LA PREMIÈRE SŒUR

DU MÊME AUTEUR

Tout ce qui est à toi brûlera, Belfond, 2022 ; Pocket, 2023
La Forêt de la Méduse, Belfond, 2022 (en exclusivité numérique)
Neige rouge, Belfond, 2022 (en exclusivité numérique)
Les Disparues de Midsommar, Belfond, 2022 (en exclusivité numérique)

WILL DEAN

LA PREMIÈRE SŒUR

Traduit de l'anglais (Royaume-Uni)
par Laurent Bury

belfond

Titre original :
FIRST BORN
publié par Hodder & Stoughton, une marque de Hachette UK Company, Londres

Retrouvez-nous sur www.belfond.fr
ou www.facebook.com/belfond

Éditions Belfond,
92, avenue de France, 75013 Paris.
Pour le Canada,
Interforum Canada, Inc.,
1055, bd René-Lévesque-Est,
Bureau 1100,
Montréal, Québec, H2L 4S5

ISBN : 978-2-7144-9918-9
Dépôt légal : janvier 2024

Belfond | un département **place des éditeurs**

place des éditeurs

Pour les infirmières, les agents de service
des hôpitaux, les pharmaciens,
les médecins, les aides-soignants.
Nous vous devons tant, à tous. Merci.

- 1 -

Je suis une moitié d'être humain.

La moitié sombre. Une partie qui ne représente pas tout à fait cinquante pour cent.

Comme mon alarme incendie n'a pas l'air en aussi bon état qu'elle le devrait, je me mets debout sur mon matelas et j'appuie sur le bouton test. Bip. Il faut recommencer parce que j'ai lu un jour sur Internet, dans un commentaire au fin fond d'un fil d'actu, qu'on pouvait obtenir un faux positif.

Parfois, j'ai le sentiment d'être un faux positif.

Pas parfois. Depuis au moins dix-huit des vingt-deux dernières années. C'est à quatre ans que j'ai compris deux choses importantes. Premièrement : les vrais jumeaux, ça n'existe pas. Deuxièmement : l'univers complote pour vous faire trébucher.

Je teste l'alarme à nouveau, et elle fait bip.

Je me recouche sur le lit et les quatre oreillers de sécurité pour bébé se compriment sous le poids de ma tête. Des oreillers microperforés. Des taies qui laissent respirer. Il est rare qu'une femme adulte s'étouffe dans son sommeil, mais ce n'est pas impossible. Un cas a été signalé en Corée du Sud l'an dernier.

Sur ma table de chevet se trouve un canif. C'est légal parce qu'il n'a pas de cran d'arrêt et que la lame fait moins de dix centimètres, mais j'ai pris soin de commander le plus solide qui existe. Il faut savoir équilibrer les risques. Être détenue par la police, même à court terme, même si c'est juste pour un interrogatoire, contre le risque d'une agression armée dans ma propre maison.

Mon existence entière consiste à équilibrer les risques. KT, ma jumelle, n'en a jamais éprouvé le besoin.

J'ai envie d'aller me préparer une tasse de thé à la cuisine, mais je ne bougerai pas tant que mon téléphone charge. Reddit m'a appris à me méfier : sur ce site, un pompier retraité donnait trois conseils pour éviter les incendies domestiques. Il ne s'agissait pas d'une simple opinion, mais de la conclusion à laquelle l'avaient mené des années d'expérience. Premièrement : jamais de couvertures électriques. Deuxièmement : jamais de guirlandes électriques bas de gamme. Troisièmement : ne jamais laisser son téléphone se recharger sur une surface inflammable. Je ne surveille pas tout le temps mon appareil quand il charge, je ne suis pas folle, mais je reste couchée ou assise à côté, avec à portée de main mon extincteur ou ma couverture anti-feu. Il y a deux autres extincteurs à l'autre bout de la chambre. Deux autres dans toutes les pièces de mon petit appartement de Camden Town. Il vaut toujours mieux prévoir.

Camden n'est peut-être pas le quartier le plus sûr de Londres mais, là encore, c'est affaire d'équilibre. La plupart des gens examinent les chiffres de la criminalité et les prix de l'immobilier avant de se décider. Je dois éviter à la fois le crime et la faillite, deux risques sérieux lorsqu'on habite ici. Je tiens compte aussi d'autres facteurs pertinents. Mon agent immobilier a été bien étonné quand je lui ai demandé à quelle hauteur exacte au-dessus de la Tamise on se situait. Comme s'il n'avait pas entendu parler de la hausse du niveau des océans. Comme s'il n'avait pas vu sur YouTube le documentaire où un scientifique hollandais explique que la digue de protection de Londres est obsolète et que, si nous subissons une grande marée séculaire, les trois quarts de la capitale finiront sous l'eau.

Quand je calcule mon budget, j'essaye toujours de garder un peu d'argent pour maman au cas où. Il y a cinq ans, l'entreprise de papa a failli mettre la clé sous la porte. Maman n'a pas d'emploi, pas de qualifications, pas de revenus. Il ne veut pas qu'elle travaille. Je n'aime pas beaucoup cette situation, ce manque d'autonomie, donc j'essaye d'épargner un peu tous les mois, au cas où elle en aurait besoin.

À côté de mon téléphone, j'ai une photo de mes parents : Paul et Elizabeth Raven. De braves gens, affectueux, francs et qui ont les pieds sur terre. Honnêtes, en général. Maman, en tout cas. À côté, il y a une photo de moi, Molly Raven, et de ma jumelle monozygote, Katie, ou KT, comme je l'appelle. Je ne parle pas de « jumeaux identiques » parce que c'est un mensonge flagrant. Une imposture. Notre ADN de base est identique, bien sûr, mais c'est à peu près tout.

À une époque, nous étions une seule personne.

Ce n'est plus le cas.

La photo a été prise l'an dernier, avant que KT s'installe aux États-Unis. Elle m'avait déjà annoncé la nouvelle et je vois cette perte dans mon regard. Le trauma que cela a été.

Nous ne sommes pas identiques ; elle est plus jolie, plus drôle, et elle n'a pas besoin de constamment évaluer les menaces. « Je voudrais tout essayer une fois », comme elle dit toujours. Pourquoi faire ça ? Et pourquoi en être fière ? Dans la maison de trois pièces où nous avons grandi, dans le Nottinghamshire, c'est elle qui a essayé le patin à glace pendant que je restais confortablement installée au café avec maman, à la regarder. C'est elle qui se portait volontaire en classe, alors que moi, je ne l'étais jamais, sauf si cela nous valait un peu plus de sécurité, à l'une ou à toutes les deux.

Si j'examine de près la photo, je distingue la cicatrice qu'elle a au sourcil, depuis le jour où elle est tombée sur la plage, dans les Cornouailles, quand nous avions sept ans. Déjà alors, j'étais la maladroite. L'inquiète. KT était l'aventureuse, toujours à explorer les mares, à pêcher des crabes et à vouloir nager. Elle me laissait sur la plage derrière mes brise-vents, tartinée de crème solaire. À l'abri. Ce jour-là, alors que le sang coulait dans son œil, et que papa et maman essayaient de nettoyer la blessure avec de l'eau en bouteille, je suis partie. Je ne pouvais pas supporter tout ce tapage. Les regards des autres vacanciers. Ou le fait que nous étions si différentes à ce moment-là. Papa et maman se donnaient beaucoup de mal pour que je sache gérer le quotidien, pour soulager mes angoisses. Mais, à cet instant précis, ils étaient tellement focalisés sur KT qu'ils m'ont oubliée. Je suis allée m'asseoir sur les rochers et personne ne s'en est aperçu. Papa et maman réconfortaient KT, ils avaient l'air de former une famille parfaite.

Mais elle est ma jumelle. C'est précieux. Elle est la personne la plus proche de moi au monde. Nous ne sommes pas comme les autres. Nous étions un ovule, un unique et superbe ovule, qui s'est divisé in utero.

KT a pris une moitié de moi et j'ai pris une moitié de KT. Je n'ai pas d'animaux parce que je n'en ai pas les moyens, parce que ce n'est pas autorisé par mon propriétaire et parce que – je vous en prie, vérifiez par vous-même – on estime que quatre mille accidents se produisent chaque année, rien qu'en Europe, à cause de chiens et de chats qui tuent ou blessent grièvement leur maître. C'est un souci dont je préfère me dispenser.

Dans un autre coin de ma chambre, il y a un coffre ignifugé. J'y range mon passeport inutilisé, mon permis de conduire inutilisé et mes cartes de crédit inutilisées. Je tiens mes papiers à jour, au cas où j'aurais besoin de prouver mon identité, ou si jamais je devais fuir en cas de guerre. En temps ordinaire, les voyages internationaux ne m'intéressent pas, même avec toutes les assurances possibles. Je ne conduis pas car, selon l'Office national des statistiques, la voiture est le deuxième moyen de transport le plus dangereux après la moto.

J'aimerais savoir où en est la batterie de mon téléphone, mais je résisterai à la tentation de toucher l'écran. Ne jamais toucher un téléphone relié au secteur, sauf pour le débrancher. Ne jamais prendre ce risque inutile. J'ai lu quelque part en ligne que toucher un téléphone branché qui se recharge augmente encore de trois pour cent le risque d'électrocution. Il faudra remplacer le chargeur la semaine prochaine ; il a déjà un mois, les fils doivent se dégrader à l'intérieur.

Cela ne viendrait même pas à l'esprit de ma sœur. Elle est si spontanée, si insouciante qu'elle réussit à vivre pour nous deux. Il en est ainsi depuis que nous sommes adolescentes. Ces temps-ci, elle est complètement accro à son téléphone, à ses likes et à ses retweets. Elle m'a confié l'an dernier qu'un jour elle l'avait emporté dans sa salle de bains avec une rallonge électrique d'au moins cinq mètres. J'en ai eu le souffle coupé. Et c'était à New York, de l'autre côté de la planète. Je lui ai dit : « KT, tu dois me jurer de ne plus jamais faire ça. Tu dois me le jurer. »

Elle l'a juré.

Je suis assise sur le lit, j'étale de la crème sur mes mains, quand mon téléphone se met à vibrer.

Les vibrations le font glisser lentement sur ma table de chevet.

Sur l'écran s'affiche un numéro que je ne reconnais pas.

Une sirène retentit au loin mais je ne vois pas de lumières clignoter à ma fenêtre. Le bruit s'intensifie, puis je vois une voiture de police qui file devant l'immeuble.

Le téléphone vibre dans ma main.

Je prends une respiration et je décroche.

— Molly Raven à l'appareil.

Silence au bout du fil, puis quelqu'un renifle.

— Qui est-ce ?

— Oh, Molly ! C'est...

— Maman ? Que se passe-t-il ?

Maman ne pleure jamais. C'est une personne pleine de sang-froid. Méthodique et calme.

— Molly, c'est...

Puis je l'entends pleurer. Mon estomac se noue.

— Maman, que se passe-t-il ? Tu es en danger ? Parle-moi.

Mais c'est maintenant la voix de papa au téléphone. Apaisante. Son ton habituel, doux et patient.

— Ta mère, elle est un peu...

— Papa, tu me fais peur.

— Moll, je ne sais pas comment te dire ça...

Il s'interrompt.

— Oh, mon Dieu ! C'est… c'est ta sœur. Je suis désolé.

J'entends maman sangloter à l'arrière-plan et mon corps se change en pierre.

— Elle n'est plus là, Moll.

- 2 -

— Comment ça, elle n'est plus là ?

Une pause au bout du fil. Ma tête sait ce qu'il dit mais mon corps et mon âme me font défaut.

— Je... dit papa d'une petite voix tremblante. Je suis vraiment désolé, Moll.

— Où est KT ? Papa, s'il te plaît. Elle a disparu dans New York ?

Une pause plus longue. Maman qui pleure en fond sonore.

— Elle est morte, Molly. Elle n'est plus là.

Mon sang se glace dans mes veines. Les mots m'accablent. Je m'assieds sur le lit.

— Nous voudrions que tu viennes ici si tu peux. Je sais que c'est très difficile pour toi de voyager, mais...

— Comment ? Papa, je ne comprends pas. C'est une erreur. Comment a-t-elle pu mourir ?

Je l'entends déglutir.

— La police n'en est pas encore sûre. Nous l'avons trouvée dans son appartement. Elle avait l'air si tranquille, Moll...

Ma mère hurle.

— Enfin, vous êtes certains que c'est elle ? Sûrs à cent pour cent ?

— Oui, Moll. J'en suis sûr. Katie est morte. (Il renifle à nouveau.) La police enquête. Ta mère et moi, nous voudrions t'avoir ici avec nous, à New York. Nous avons besoin d'être ensemble.

Je regarde mon reflet dans la vitre et ma tête se secoue d'elle-même, refusant d'admettre tout cela.

— Ça va, Molly ? Il y a quelqu'un qui peut veiller sur toi jusqu'à ce que tu prennes l'avion pour nous rejoindre ?

Il n'y a personne.

— L'avion pour vous rejoindre ? Papa, je...

J'entends les sirènes à l'extérieur de leur chambre d'hôtel, sûrement à Manhattan. Des sirènes qui vont et viennent.

— C'est quoi, ce bruit ?

— Les pompiers, répond papa. Ce n'est rien. Qu'est-ce que tu voulais dire ?

— Je vais venir. Bien sûr que je vais venir. Il y a des bateaux rapides pour New York ?

— Non, ma chérie, dit-il du ton consolateur qu'il emploie depuis que je suis petite. Nous avons cherché. Mais l'avion est sans danger. Absolument sans danger.

Cette fois, c'est moi que j'entends déglutir.

— Je sais. Statistiquement, je sais.

Un sur un million. Moins d'un sur un million.

— Je serai avec vous dès que je pourrai. Je trouverai un moyen. Je...

— Fais tes exercices de respiration, Molly. Tout va bien se passer.

— C'est juste...

— Quoi ?

— En fait, j'ai toujours pensé que je saurais. J'ai toujours pensé que, si ça arrivait, je le sentirais. Je le devinerais.

— Nous ne l'avons pas senti non plus, Moll.

— Mais vous n'êtes pas sa sœur jumelle. C'est complètement différent.

— Je sais. Je suis désolé. Tu as besoin d'aide pour réserver un vol ?

J'inspire profondément.

— Je peux m'en occuper.

— Elle était si parfaite...

Mon père renifle à nouveau mais il ne pleure pas.

— Comment... Comment est-ce arrivé ?

— Nous ne savons pas encore, Moll. Mais on nous a dit qu'elle n'avait pas du tout souffert à la fin.

Ces deux mots m'ébranlent.

La.

Fin.

Après leur avoir dit au revoir, je pose mon téléphone sur la table de chevet, puis je glisse mes mains sous le matelas et je serre les poings. Je tremble, mais je ne pleure pas.

Le temps passe. Je me sens engourdie. Détachée.

Quand je reçois une nouvelle, bonne ou mauvaise, j'en fais part aussitôt à ma sœur. Et elle me confie aussi les siennes. C'est ce que nous faisons. Si je dois choisir une couleur de peinture pour un mur ou que je découvre une nouvelle soupe dans mon bar favori, je lui en parle. Toutes les petites choses que je fais, je lui en parle. C'est le genre de chose dont je lui parlerais immédiatement. Elle est mon autre moitié.

Elle *était* mon autre moitié.

Mon Dieu.

Le monde ne tourne pas rond.

Je me rends dans ma kitchenette et je contemple l'évier en acier inoxydable. Le visage de ma sœur me scrute. Je cligne des yeux, je prends du papier et un stylo, et je m'assieds à table.

Ma main tremble. Je regarde le stylo, dont la bille s'agite en l'air. Je le pose, puis le reprends.

J'écris le mot *Liste*. Une stratégie éprouvée pour affronter les épreuves. Tirer l'ordre du chaos.

J'écris *New York*. Je bloque sur *Billets d'avion*.

Elle n'est plus là. Elle n'est vraiment plus là.

Faire mes bagages. D'habitude, cela me prend une semaine, voire plus.

Comment maman va-t-elle faire face ?

Passeport.

Comment vais-je faire face, moi ?

Argent.

Je ne reverrai plus jamais ma sœur.

Prévenir mon patron.

Je prends mon téléphone et je tape « Katie Raven » sur Google, mais je ne trouve que des liens vers ses comptes Twitter, Instagram et Facebook. Puis je repère des articles qu'elle a écrits pour le *Columbia Daily Spectator*, et un autre sur son bénévolat au foyer pour sans-abri de Mornington Heights. Je cherche des entrées datant des dernières vingt-quatre heures, mais je ne trouve rien.

Je vérifie son compte Instagram.

La dernière photo date d'il y a trois jours. Central Park, le soleil d'octobre se répand sur son profil, soulignant la cicatrice de son sourcil. Elle paraît si détendue… Je commence à pleurer mais je continue à me focaliser sur son visage, ses cheveux, son sourire, tandis que l'image se déforme à travers mes larmes. J'essuie l'écran avec mon pouce et son visage rétrécit. Il remplit à nouveau tout le cadre dès que je relève le doigt. Que faire à présent ?

Une heure plus tard, je me sens différente.

Calmée, mais également vide.

Plus seule qu'on ne pourrait l'imaginer en étant réaliste. Je suis entrée dans cette vie avec ma sœur jumelle et une partie de moi pensait que je la quitterais aussi avec elle. Maintenant je suis seule ici. Une moitié privée de son complément.

Le mieux que je puisse faire pour le moment, c'est d'être pragmatique. Agir. Papa et maman ont besoin de mon soutien. Je vais pointer les tâches à accomplir sur ma liste et quand tout sera en ordre je pourrai m'autoriser à ressentir la douleur. Je pourrai m'abandonner au chagrin.

Je tape sur Google « Compagnie aérienne la plus sûre au monde » et j'entreprends des recherches. Je limite les options à cinq compagnies qui proposent des vols quotidiens entre Londres et New York. Il faut que je prenne la question plus au sérieux que jamais auparavant, car si mes parents me perdent maintenant, ils auront tout perdu.

J'ai toujours cru qu'elle me survivrait. Elle était plus gentille. Par bien des côtés, elle était une version améliorée de moi. Elle méritait une vie longue.

Il n'y a pas grand-chose sur mon compte en banque mais je devrais m'en sortir. Je ne sais pas tout mais, d'après ce que maman me dit, leur situation financière est bien pire que la mienne, donc je dois couvrir seule le coût de ce voyage cauchemardesque. Un billet British Airways en classe économique, départ à 15 h 50.

J'ai près de moi un portrait encadré de ma sœur, posé sur mon lit.

Ma pauvre sœur.

Jusqu'à nos sept ans, maman nous habillait de la même manière, mais je pense que c'était une idée de papa. Sur la photo, nous avons des nattes, des tenues et des chaussures assorties. Les chaussettes de la petite

KT sont bizarres. L'une est remontée, l'autre baissée sur la cheville. Elle le faisait exprès. Nous allions partout ensemble. Nous avions même créé une langue secrète, compliquée, au grand dam de nos parents.

Dehors, il fait nuit.

Je trouve dans ma boîte mail le courriel de confirmation de vol, puis je me prépare une tasse de thé. Du thé fort, avec une cuiller de sucre supplémentaire. La plupart des gens auraient recours au gin mais je n'ai pas de gin. Je n'en ai jamais eu. À présent, plus que jamais, je ne dois commettre aucune erreur, je dois garder les idées claires, rester aux commandes de la situation. Il n'y a plus personne pour m'aider si je trébuche.

Après avoir mis noir sur blanc tout mon itinéraire et vérifié deux fois les restrictions concernant les bagages, je me renseigne sur la météo. Je consulte plusieurs sites. Toujours rien aux actualités.

Je tape sur Google « Choses à faire avant un voyage à New York ». Il me faut une « exemption de visa ESTA », sinon je ne serai pas autorisée à pénétrer sur le territoire américain. Sans ça, je ne pourrai pas monter dans l'avion. Or j'ai besoin d'être avec mes parents, de parler à la police. Sur l'intimidant site de l'ESTA, on me demande : « Quelle sera votre adresse temporaire aux États-Unis ? » J'envoie un texto à papa, qui répond immédiatement : le Bedfordshire Midtown Hotel, 44e Rue ouest. Je saisis cette information et paie les quatorze dollars demandés. J'aperçois le visage de KT sur la photo et je me frotte les yeux.

Je ne respire pas normalement. Vais-je faire une crise cardiaque ? Suis-je en état de choc ?

Je me refais un thé avant de m'informer sur l'assurance voyage. Après avoir lu des histoires terrifiantes de factures d'hôpital s'élevant à cent mille dollars, je décide de me couvrir en souscrivant deux polices auprès de deux assureurs distincts basés dans deux continents différents. Il est important d'avoir une assurance pour son assurance.

Quand un oiseau se met à chanter derrière ma fenêtre fermée, je m'endors sur mon lit, avec la photo de ma jumelle à côté de moi, sur son oreiller réservé.

Dès mon réveil, je consulte Google, mais il n'y a toujours rien sur KT. Je voudrais en savoir plus : la chronologie, les preuves médico-légales, les rapports d'analyse, les suspects en garde à vue. Je veux connaître les détails. L'ESTA m'a été accordé, Dieu merci. Je fais une capture d'écran de la confirmation et je me l'envoie pour l'archiver dans mes courriels.

Du café fort. Je repointe mes listes, je prépare ma valise de soute et mon bagage à main, puis je les vide pour les réorganiser. Je tape sur Google « Peut-on emporter un parachute à bord d'un avion de ligne » et je découvre que l'on peut, mais que cela n'augmente pas les chances de survivre à un accident grave.

Je débranche tous les appareils sauf le réfrigérateur, puis je quitte l'appartement après avoir verrouillé les trois serrures de la porte. Le taxi m'attend. La compagnie me connaît. Ils savent que j'exige une Volvo et un chauffeur expérimenté qui a tous ses points de permis.

Sur l'écran d'accueil de mon téléphone, il y a le visage de ma sœur. Mon visage à moi. Une photo prise dans Central Park et publiée sur Instagram. Auparavant, il y avait une photo d'elle se promenant dans Hampstead Heath, près des lacs, un de nos endroits préférés au monde. Je me sens mieux dans la nature qu'avec des gens.

Au cours du trajet vers l'autoroute M4, j'aperçois Buckingham Palace et Hyde Park. À Heathrow, le chauffeur prend la sortie vers le terminal 5 et je vois des policiers armés à proximité. J'en dénombre quatre.

Je remets mon sac à dos, je remercie le chauffeur, je déplie la poignée de ma valise et je cours aussi vite que je peux en traînant mon sac derrière moi. J'ai lu sur des forums de discussion que, dans le monde moderne, la zone d'accueil d'un aéroport, avant l'enregistrement, compte parmi les lieux où il est le plus risqué de s'attarder.

Au contrôle de sécurité, on m'ordonne d'ôter mes chaussures et de retirer tous les liquides de mon sac. Je franchis le portique sans déclencher le détecteur de métaux. Ma vigilance est totale. À aucun instant je ne perds de vue les individus qui m'entourent.

Mon sac est inspecté et certains objets qu'il contient provoquent l'étonnement de l'agente, mais elle me laisse passer. Avant de m'éloigner, j'appuie sur le bouton vert *Très satisfait.*

En traversant le magasin hors taxes, je détecte un effluve d'Armani Mania et soudain je ne respire plus. Ce parfum m'est si familier… Je m'arrête, m'adosse au mur et ferme les yeux pour m'empêcher de pleurer. J'essaye d'avancer mais je dois me retenir aux chariots à bagages.

J'atteins la porte d'embarquement deux heures et quarante minutes avant le décollage parce que je ne peux pas manquer cet avion. Mes parents ont besoin de moi et j'ai besoin d'eux. Nous avons besoin les uns des autres pour supporter cette perte catastrophique. Pour la comprendre.

Mon groupe, le groupe 5, est le dernier à embarquer. Je repère mon siège et range mon sac sous mes pieds, mais l'hôtesse me dit que je dois le placer dans le coffre à bagages. C'est contrariant, car ce sac contient ce dont j'ai besoin pour affronter ce vol ; j'ai emporté tout le nécessaire. Je sors l'essentiel, que je fourre dans mon manteau. Quand je me rassieds, mes articles de sécurité et mon sandwich Prêt-à-Manger gonflent tellement mes poches que l'homme assis au milieu de la rangée grogne de mécontentement.

— Un problème ? dis-je.

Il secoue la tête et se tourne vers le hublot.

Imbécile.

L'imbécile du siège du milieu.

Avant le décollage, j'écoute attentivement toutes les annonces de sécurité. Je lis l'intégralité des instructions affichées autour de l'issue de secours, puis je compte le nombre de rangées de sièges me séparant des autres portes.

Nous avions toujours prévu de nous retrouver ensemble à New York, mais pas comme cela. Jamais comme cela. L'avion était impensable ; ç'aurait été une cabine en classe économique à bord du *Queen Mary II*. Une traversée de six jours, avec un gilet de sauvetage et tout le matériel de survie qui pouvait tenir dans des sacs. Elle et moi, nous aurions eu un programme de visite de Manhattan, avec promenades dans Little Italy et Chinatown, et excursions à Long Island et dans le New Hampshire s'il restait du temps.

La fatigue me tombe dessus tout à coup. Je me sens accablée.

Je serre ma ceinture au point que cela me fait presque mal. Mon voisin met des bouchons d'oreilles et tire un comprimé d'un blister. Est-ce un somnifère ? Quel idiot, franchement. L'avion prend de la vitesse puis décolle. Par le hublot de la porte de secours, je regarde Londres rapetisser. Mon cœur rapetisse aussi à l'idée de quitter tout cela pour aller rejoindre ma jumelle morte.

Les passagers d'autres rangées commencent à placer des masques sur leurs yeux et à commander des boissons.

Cela me paraît irréel. Maintenant au-dessus des nuages, nous survolons la pointe sud-ouest de l'Angleterre, la région où nous passions nos vacances autrefois. Le bon vieux temps. Tous les quatre, une famille des Midlands normale, raisonnablement fonctionnelle. Papa nous faisait rire, maman était affectueuse et affairée. Je savais déjà que les jumeaux identiques ne sont pas identiques. Pas vraiment.

Autour de moi, la plupart des passagers regardent des films sur l'écran du dossier leur faisant face. Certains lisent, d'autres sont déjà endormis.

L'hôtesse s'approche, tout sourire, puis il y a un grand bruit. Une femme crie et l'avion pique du nez.

- 3 -

Le signal nous demandant d'attacher nos ceintures s'allume et la femme assise devant moi se met à prier.

Est-ce une zone de turbulences ? Nous sommes à peine au-dessus de l'Atlantique. Par le hublot, je vois l'aile trembler violemment. Quelle est la tolérance d'ingénierie de cet avion ?

L'appareil se stabilise, cesse de s'agiter. Mon voisin a été tiré de son sommeil. Il se tourne vers moi, perplexe.

— Les turbulences n'ont jamais provoqué de crash, lui dis-je.

Il fronce les sourcils.

— Cependant, si j'étais vous, je m'attacherais. Chaque année, plusieurs dizaines de personnes subissent des fractures parce qu'elles ont été projetées hors de leur siège.

Il ajuste sa ceinture.

Les gens retournent à leurs films et l'homme au somnifère finit par se rendormir, la tête contre le passager assis à côté de l'issue de secours.

J'imagine à quoi tout cela ressemble. Une coupe transversale de l'atmosphère terrestre, dont j'ai découvert les couches en classe de géographie il y a dix ans.

L'océan, puis onze mille mètres d'air et, au-dessus, une boîte en aluminium avec des ailes, remplie de carburant, qui vole à huit cents kilomètres/heure, les rivets, les boulons, les ceintures et les systèmes de sécurité du cockpit ayant été acquis il y a des années auprès du fournisseur le moins cher.

Une femme assise en diagonale par rapport à moi regarde un film de Noël alors que nous ne sommes qu'en octobre. Ma sœur m'aurait adressé un clin d'œil si elle avait été là.

Dans l'idéal, je préférerais être seule pour rassembler mon matériel anti-détournement, mais on ne fait pas toujours ce qu'on veut.

J'étale sur moi la couverture British Airways et, à tâtons, je localise le câble dans ma poche la plus profonde. Il s'agit en fait de fil de qualité militaire, comme on en utilise pour les parachutes, et les YouTubers que je suis ne jurent que par ça. Je prends cinq pièces d'une livre dans mon autre poche et je fais un nœud de poing de singe autour d'elles. On peut en fabriquer un sans pièces au centre, mais le nœud sera moins efficace. Ma ceinture est serrée à fond et mes mains travaillent, mais personne ne peut s'en rendre compte. Les poings de singe sont interdits dans de nombreux pays du monde parce qu'ils peuvent être utilisés comme moyen de défense, mais si vous apprenez à les nouer vous-mêmes et que vous vous entraînez suffisamment, dans le noir, vous pouvez en fabriquer un dans un avion en dix minutes maximum. Je range ensuite mon poing de singe dans ma poche droite, dont je tire une paire de chaussettes. Dans l'une des deux, je glisse quinze autres pièces d'une livre et place cette arme improvisée dans ma poche gauche.

Le risque que j'en aie besoin est infime, mais pas autant qu'on pourrait le supposer. J'ai vingt-deux ans, je pèse quarante-cinq kilos pour un mètre soixante-cinq, et je suis une femme seule qui se rend aux États-Unis. Ce n'est pas seulement contre les pirates de l'air que je dois me protéger, mais contre les dingues qui décident d'ouvrir une issue de secours en plein ciel, ou ceux qui pètent les plombs pour une raison parmi tant d'autres, à cause du stress et de l'anxiété liés à un vol long-courrier. Tout le monde n'a pas ma pondération.

Ma sœur était aussi pondérée que moi. La femme continue à regarder son film de Noël. Voilà une fête que je ne partagerai plus jamais avec KT. Nous placions ensemble nos souliers au pied du sapin. Nous emballions ensemble les cadeaux tout en écoutant des chants traditionnels à la radio. C'est fini, maintenant. Je ne l'emmènerai plus jamais dans une pizzeria approuvée après enquête pour passer la soirée à ricaner des âneries qu'elle faisait quand nous étions enfants.

Mon voisin se met à ronfler, donc je bouge sur mon siège, je tousse, et il finit par se tourner de l'autre côté.

Je suis seule au monde, prisonnière d'un avion, et ma jumelle n'est plus là. Comment appelle-t-on le jumeau restant ? Un survivant ? Je ne sais même pas. Mais je sais que, statistiquement, la plupart des jumeaux identiques meurent à moins de deux ans d'intervalle.

La femme devant moi incline son siège, ce qui me donne envie d'utiliser mon poing de singe.

Je m'inquiète pour maman. Elle a vieilli depuis la mort de grand-mère l'an dernier, et je ne suis pas sûre qu'elle puisse affronter tout ça. Perdre sa mère et sa fille en moins de douze mois, c'en serait trop pour n'importe qui.

Toujours à l'abri sous la couverture, je sors mes aiguilles à tricoter – honnêtement, j'ai été très surprise d'apprendre qu'elles étaient autorisées en cabine – et les fixe ensemble grâce au morceau d'adhésif rangé dans la poche de mon jean, puis je les renfonce dans ma chaussette. Je ne suis ni héroïque ni courageuse ; je crois seulement qu'en étant préparée et vigilante je peux éviter certains risques inattendus.

Nous survolons l'immensité blanche du Groenland. Si on était obligés d'atterrir ici, et à condition de survivre à l'impact et à l'incendie probable, il faudrait affronter une hypothermie extrême et les ours polaires affamés, aux dents aiguisées comme des rasoirs. Je préférerais m'écraser ailleurs. Presque n'importe où ailleurs. Notre avion se dirige vers le Canada. Grizzlys et meutes de loups. Mes aiguilles à tricoter ne m'aideront guère dans ce genre d'environnement.

Les hôtesses nous débarrassent de nos plateaux et bouteilles vides, puis entament une nouvelle distribution de boissons.

Nous entrons dans l'espace aérien des États-Unis et nous passons au-dessus des sombres forêts infinies du Maine. Nous approchons de JFK. Tout mon corps est raide, et je m'agrippe si fort aux accoudoirs que les tendons de mes avant-bras me font mal.

Les roues touchent la piste.

Quand je sors de l'avion, je ressens comme une nausée. J'ai besoin de me nourrir, de m'hydrater et de me reposer. J'ai besoin d'être embrassée par mes parents, et ils auront besoin que je les embrasse.

L'aéroport est différent de Heathrow. L'accent des agents et des personnes qui font des annonces dans les haut-parleurs. Les panneaux et les polices de caractère. Le type de moquette.

Il me faut passer le comptoir des services d'immigration, gardé par des policiers armés. À Heathrow, je trouvais ça rassurant, mais ici ils ont l'air dangereux. Menaçants. Je sais qu'ils sont là pour faire respecter la loi à l'intérieur du terminal et protéger les gens normaux comme moi, mais je ne suis pas à l'aise.

— Pour les citoyens des États-Unis, la file est ici, dit une femme. Si vous êtes déjà venu aux États-Unis grâce à votre ESTA, c'est l'autre file.

Puis un homme crie :

— Pour un premier séjour, c'est par ici.

Il désigne une longue file d'attente, à laquelle je me joins. J'attends mon tour, en serrant si fort mon passeport tout neuf qu'il commence à se plier et que mes paumes transpirent.

Puis je salue l'homme qui me demande mon passeport et le lui tends.

Il me regarde, observe mes traits, mes cheveux bruns pas lavés, mon visage étroit et mes yeux verts.

— Pour le travail ou pour le plaisir ?

Ma jumelle est morte. Personne ne semble savoir ce qui s'est passé.

— Le plaisir.

Très loin du plaisir. Le plus loin possible.

— Mettez votre pouce ici.

Je fais ce qu'il dit.

— Avancez-le plus, comme sur le schéma.

J'obéis.

— Les doigts.

J'obéis.

— L'autre pouce.

J'obéis.

— Les doigts.

Il lève les yeux, regarde mon passeport une dernière fois, puis y appose un tampon et me le rend.

— Merci.

— Oui. Bonne journée.

- 4 -

Je cours aux toilettes et je m'effondre. Larmes et haut-le-cœur. *Bonne journée.* Je pense que plus aucune de mes journées ne sera jamais bonne. Une femme au fort accent hispanique me demande gentiment si tout va bien. Je me frotte les yeux. Ensuite, je m'arrose les mains, les bras et le visage de gel hydroalcoolique.

Les bagages ne sont pas encore sur le carrousel, donc je choisis de m'adosser à un mur pour attendre ma valise. Les gens remarquent mes yeux rouges. Je n'arrive toujours pas à admettre que ma sœur n'est plus là. Définitivement. Plus moyen d'aller la voir un dimanche, ou de jouer au Monopoly avec elle, chez nos parents, près de Nottingham, à chaque Nouvel An. Je ne pourrai plus jamais discuter avec elle des chansons de Dolly Parton ou des films de Shirley MacLaine, je ne partagerai plus avec elle les petites banalités quotidiennes de l'existence.

En un sens, par bien des côtés, cette ville s'est interposée entre nous.

Je me ressaisis lorsque mon bagage arrive, inspire profondément, puis avance calmement dans la file « Rien à déclarer ».

Sortie de cette zone, je suis accueillie par des inconnus enthousiastes, aux bras grands ouverts. Un homme devant moi tient un ballon rouge et une rose. Il est au bord des larmes. Une famille de six personnes attend un vieux parent, tous brandissent des pancartes faites maison.

Je pars en courant, sous les regards interdits.

À l'extérieur, je continue à foncer vers la tête de la file de taxis, mon sac dérape sur le trottoir, mon poignet se tord, un 4×4 noir passe si près de moi que le rétroviseur me frôle l'épaule. « Uber ? » crie le chauffeur. Je recule et me mets dans la queue pour un vrai taxi jaune.

Il n'y a pas de gratte-ciel ici. Pas de pont de Brooklyn. Pas d'Empire State Building en vue.

Bruine et petite brise fraîche.

Un homme affable, ayant une cicatrice sur la joue, me fait signe de monter dans son taxi et range ma valise dans le coffre. Je préfère garder mon bagage à main sur la banquette arrière.

— Pourriez-vous me conduire à l'angle de la 44e Rue ouest et de l'avenue des Amériques, s'il vous plaît ?

— 44e et Sixième Avenue, aucun problème.

— Non, l'avenue des Amériques, s'il vous plaît, répété-je fermement.

Il m'ignore et se met à parler à quelqu'un au téléphone avec son micro-casque. Je pense qu'il est sénégalais parce qu'un drapeau miniature du Sénégal est suspendu à son rétroviseur intérieur, ainsi qu'une pochette d'album de Black Sabbath et une banderole de Greenpeace. Il rit et glousse au téléphone tout en quittant l'enceinte de l'aéroport. J'aimerais mieux qu'il se concentre sur la route, mais je ne dis rien.

Rien n'est comme je le prévoyais. Je consulte mon téléphone et la carte GPS m'apprend que je suis dans le Queens. Des maisons basses, avec de petits jardins et des chiens qui aboient. L'équivalent américain de la demeure familiale où nous avons grandi, ma sœur et moi. J'en vois une où une bâche a été fixée sur le toit du porche.

Le chauffeur ricane à l'avant et j'étudie encore un peu le plan. Nous roulons dans la mauvaise direction. Le GPS me rassure. Je le consulte à chaque virage, à chaque carrefour.

— Pourrions-nous prendre un pont pour Manhattan plutôt qu'un tunnel, s'il vous plaît ?

Il me regarde dans son rétroviseur.

— Qu'est-ce qu'il y a, m'dame ?

— Un pont, s'il vous plaît. Je n'aime pas les tunnels.

— OK, pas de problème. Queensboro. Première fois à New York, pas vrai ?

— Oui, c'est ma première fois. Merci.

Il reprend sa conversation et j'aperçois les premiers gratte-ciel. Ils sont en partie éclipsés par les bâtiments industriels et les entrepôts, mais je distingue leur sommet et le reflet de l'East River. Mon cœur tambourine dans ma poitrine, je ne peux pas croire que je suis à New York pour la semaine la plus triste de ma vie.

Nous traversons Roosevelt Island et Manhattan se dévoile. Mon Dieu, c'est exactement comme au cinéma. Le soleil bas filtre à travers un quadrillage d'immeubles ; les phares brillent comme des étoiles tombées. La ville palpite. Londres a son rythme bien à elle, mais cette ville-ci bat selon une tout autre pulsation.

Ma sœur jumelle est quelque part là-dedans. Froide. Inanimée, dans un tiroir en acier inoxydable ou sur une dalle de marbre. Elle est venue dans cette ville, cet épicentre, et maintenant elle est morte. C'est terrible, mais je ne peux m'empêcher de penser que je vais la remplacer, en un sens. Je ne ferai jamais ça, évidemment, à aucun point de vue, mais notre ADN de base est à cent pour cent identique. C'est comme si cette ville avait perdu cet ADN spécifique et qu'à présent le mal était réparé. L'acide désoxyribonucléique, chaque miraculeuse double hélice, a été remplacé par un clone. Un double parfait. Au niveau cosmique, cela a quelque chose de magnifique et de monstrueux. C'est comme si je ne devais pas du tout être ici.

Le Chrysler Building. Le siège des Nations unies. Nous approchons de Grand Central Station et je demande au chauffeur : « Plus qu'une dizaine de minutes ? » Il me fait signe que non.

Je fronce les sourcils et il explique : « C'est la mauvaise heure. »

J'appelle papa, laisse sonner trois fois puis raccroche. Il rappelle presque aussitôt, trois sonneries, puis raccroche. C'est ainsi que ma famille communique. Gratuitement.

Que ma sœur soit morte alors que nos parents lui rendaient visite en Amérique pour la première fois me paraît particulièrement affreux. On pourrait s'attendre à être plus en sécurité que jamais lorsqu'on a ses parents à proximité.

Nous passons devant le MetLife Building, puis l'imposante bibliothèque publique de New York. J'entends des sirènes dans la rue et instinctivement je resserre ma ceinture. Je me rends compte que mes mains forment deux poings et que mes ongles s'enfoncent dans mes paumes. Le téléviseur du taxi diffuse une publicité pour un médicament qui soulage la douleur.

Le chauffeur prend quelques virages puis tourne à un coin de rue.

— Bedfordshire Midtown Hostel, dit-il.

— Merci.

Je regarde l'enseigne. Il a raison. C'est bien « Hostel » et non « Hotel ».

Comme je ne vois ni papa ni maman, je sors du taxi. Le vacarme est partout. D'autres sirènes, des klaxons, des moteurs, des gens qui hurlent dans leur portable. Une gigantesque fourmilière.

Il me tend mes bagages, je lui donne soixante-cinq dollars et il me souhaite un bon séjour à New York.

S'il savait.

La porte de l'hôtel s'ouvre et maman apparaît. Elle a vieilli de dix ans depuis la dernière fois que je l'ai vue.

Elle sourit, puis secoue la tête et se met à sangloter. Papa est juste derrière elle mais elle bloque le passage. Je tire mes sacs jusqu'à elle, en pleurant moi aussi. La souffrance dans ses yeux. D'avoir perdu une fille, mais aussi de la voir vivante devant elle, une copie trop exacte pour lui apporter le moindre réconfort. Si je n'étais qu'une sœur ou un frère, mon arrivée aurait été rassurante. Consolatrice. Mais quand elle me regarde, elle voit KT.

Elle pose sur mes joues ses mains sèches et fraîches. Je secoue la tête, l'air quitte mes poumons et elle s'écrie : « Je sais, Molly. Je sais. Oh, mon Dieu. » Nous nous étreignons, elle tombe à genoux et je tombe avec elle. À moitié dans l'hôtel, à moitié dehors. Moi dans la rue et elle à l'intérieur. Papa derrière. Elle gémit. Je sens une odeur de crème Nivea.

Papa se penche sur le tas que nous formons et nous frictionne le dos.

— Vous feriez mieux de rentrer, toutes les deux.

Nous franchissons le seuil en titubant et je devine la réception à travers mes larmes.

— Ça va ? demandé-je à maman.

Elle acquiesce, se mord les lèvres, puis répond :

— Pas vraiment, mais je suis contente que tu sois là, Molly.

— On est tous les deux contents, dit papa. Ta chambre est prête, juste à côté de la nôtre. En sécurité.

La réception indique « Bedfordshire Midtown Hotel », je ne sais pas à quoi attribuer cette différence de nom par rapport à l'enseigne. L'établissement envisage peut-être de changer de catégorie et de gamme de prix.

— Montez dans l'ascenseur, toutes les deux, dit papa. On n'y tiendra pas tous ensemble. Je prendrai l'escalier.

Nous nous serrons dans la cabine avec mes bagages et les portes se referment.

— Où est-elle ? Il faut que je la voie, maman.

Ma mère s'essuie les yeux et renifle.

— Je sais, ma chérie. On va en parler au policier. C'est compliqué. Les choses se passent différemment ici.

Les portes s'ouvrent et nous sortons. Troisième étage. Ils l'ont choisi pour moi. Assez haut pour être à l'abri des désagréments de la rue, mais pas trop pour permettre une fuite en cas d'incendie.

— Que dit la police ?

Maman secoue la tête, papa arrive et dit, en ouvrant la porte avec une clé en cuivre :

— Te voilà chez toi, Moll. Nous sommes dans la chambre d'à côté. Juste là.

J'insiste :

— Que dit la police ?

— Il n'y a encore rien de sûr, ma chérie, répond maman.

— Pour l'amour du ciel, intervient papa en se tournant vers elle. Ce n'était pas un accident, Elizabeth. Nous savons qu'elle ne s'est pas suicidée, et qu'elle n'a pas succombé à une maladie subite.

Maman sanglote dans ses mains.

— Que lui est-il arrivé ?

— La police n'a encore rien dit de précis, Moll. C'est difficile d'obtenir des informations. Mais nous pensons que Katie a été assassinée.

- 5 -

Assassinée ?

Pourquoi quelqu'un aurait-il voulu tuer KT ?

Elle était si gentille ! Quand je regarde la plupart des gens, je vois des secrets coupables, des mensonges, de la dissimulation et de la haine de soi. Mais tout le monde savait que KT était l'honnêteté incarnée.

Ma chambre fait environ la taille d'un lit double. Je m'assieds sur mon lit simple : un banc de bois couvert d'un matelas mince, avec de la place en dessous pour ma valise. Un fil de fer court d'un mur à un autre, et une petite serviette blanche y est suspendue à un cintre. Les draps ont l'air fins et propres. L'oreiller est très bien, mais ce n'est pas un oreiller de sécurité pour bébé comme celui que j'ai à Londres. Il n'y a pas de salle de bains privative. Le verrou de la porte paraît inadapté. Il n'y a pas de climatisation, mais un ventilateur. En cette saison, cela devrait suffire. C'est une chambre à trente dollars, que mes parents ont probablement payée soixante.

Je suis frappée comme par des vagues s'écrasant l'une après l'autre sur une plage de galets. Fatigue, peur, chagrin, confusion, décalage horaire, faim, nausée. Nous aurions dû nous retrouver ici l'année prochaine, au terme d'une longue traversée en bateau, avec tout le matériel de protection adéquat, et un programme soigneusement conçu. Avec du temps pour nous reconnecter, pour être ensemble. Nous pardonner l'une à l'autre nos paroles méchantes. En rire. J'ai rêvé des promenades que nous ferions dans Central Park. Des conversations que nous aurions dans l'appartement, tout en mangeant nos céréales au lait froid, comme celles de notre adolescence. Et maintenant rien de tout cela ne pourra se produire.

J'entends maman pleurer dans la chambre voisine. La cloison est loin d'assurer la moindre isolation sonore.

Ils m'ont accordé vingt minutes pour me rafraîchir et me changer avant que nous sortions manger. Horrifiée à l'idée de la salle de bains commune, je me change ici et je bois un verre d'eau, dans cette chambre plus haute que large. Une lugubre boîte à chaussures mise debout.

Papa frappe doucement à la porte. Je reconnais le rythme auquel ses articulations toquaient jadis, à la maison, quand ma sœur et moi étions toutes petites et que nous partagions une chambre, que nous partagions tout.

— Tu es prête, Moll ?

Je sors et il m'emmène un peu plus loin dans le couloir. Il paraît épuisé. Brisé.

— Ta mère a du mal à digérer tout ça. Elle fait bonne figure, mais elle est très fatiguée.

— Je sais.

Il ferme les yeux, sa mâchoire se crispe, puis il respire à fond et m'embrasse le front.

— On y va ? demande maman qui apparaît à la porte de leur chambre.

Nous descendons l'escalier. Maman tient son sac à main si serré que j'ai l'impression qu'elle pourrait abîmer le cuir. Comme si c'était pour elle un point d'ancrage. Un harnais de sécurité.

— Il y a un Prêt-à-Manger dans le coin ?

Maman regarde papa et papa me regarde.

— Peut-être, mais nous n'en avons pas encore vu. Nous allons au petit snack du coin de la rue. Ils sont gentils et la nourriture est bonne. Pas trop chère.

— Vous y êtes allés plusieurs fois ?

— C'est propre, ma chérie. C'est un endroit sans danger, je te le promets, dit maman.

— Je crois que je ne pourrai rien avaler.

Papa nous tient la porte et nous sortons dans la frénésie de Midtown. Les trottoirs grouillent de piétons, il y a des taxis jaunes et un camion de pompiers au loin, avec la bannière étoilée accrochée à l'arrière. L'air sent le cannabis.

— C'est là, dit papa quand nous arrivons au coin de la rue.

J'ai envie d'exiger des détails sur ce qui est arrivé exactement à KT, je veux savoir s'ils pensent que sa mort est liée au fait qu'ils sont venus la voir. J'ai besoin de précisions. De toute l'information disponible. Mais je dois aussi songer à leur bien-être. Ils ont trente ans de plus que moi et sont encore plus perdus ici, débarquant de leur village ouvrier endormi à côté de Nottingham. Je dois veiller sur eux. Ils pensent que je suis ici pour qu'ils puissent me protéger, mais en réalité c'est l'inverse.

Le snack a de grandes fenêtres et paraît moderne, pas rétro. Il y a un menu affiché sur une vitre.

Nous entrons.

Conversations calmes et service efficace. Une cuisine semi-ouverte, ce que je considère toujours comme un bon indice de propreté et de transparence. Les banquettes en similicuir sont petites. Sur chaque table, il y a un pot en céramique contenant des sachets de sucre et d'édulcorant, et une fleur artificielle dans un petit vase. On nous installe, et on nous donne à chacun un menu plastifié.

— Les tartines sont bonnes, dit maman.

J'imagine que j'ai hérité d'elle mon côté aventureux.

— Moi, je prendrai des pancakes, annonce papa. Avec du sirop d'érable.

Nous le dévisageons et maman articule son prénom en silence. Nos mines sont trop complexes pour être interprétées mais on pourrait les traduire grossièrement par *Comment peux-tu oser vouloir des pancakes ce soir ?* De simples tartines sont acceptables dans ces circonstances, mais des pancakes au sirop, à l'encontre de tout raisonnement logique, nous semblent à toutes les deux constituer une sorte d'affreuse trahison.

— Je vais peut-être me contenter de tartines, dit papa. Je n'ai pas si faim que ça, en fait.

Nous commandons aussi deux thés et un café allongé. La serveuse est une Portoricaine d'une quarantaine d'années. Elle a un sourire aimable et ne nous bouscule pas. Elle voit peut-être que nous sommes perdus, à une extrémité du spectre du deuil, ou bien elle traite tous ses clients de cette manière, parce que tout le monde a besoin de calme et de gentillesse, surtout dans une ville aussi frénétique que celle-ci.

— Il faut que j'achète deux ou trois choses.

— Il est trop tard pour ça aujourd'hui, ma chérie, répond maman. Tu dois te reposer après ton vol. Tu sais comment tu seras si tu es trop fatiguée. Nous pourrons passer dans un magasin demain matin de bonne heure, avant de nous rendre au poste de police.

— À l'antenne de police, rectifie papa.

— Tu sais exactement ce que je veux dire, Paul.

Je les dévisage tous les deux. Maman pose sa main sur celle de papa.

— Je suis désolée, je suis simplement épuisée.

Je me penche pour placer ma main par-dessus les leurs mais la serveuse surgit avec nos tasses.

— Deux thés, un allongé. Vos tartines suivent.

Nous la remercions.

L'endroit est tranquille. Serein.

— Que... que s'est-il passé ? J'ai besoin de savoir ce qui est arrivé à KT.

Maman donne à papa deux sachets de sucre. Sa main tremble.

— Ils ne nous ont pas expliqué grand-chose, Moll, dit papa en touillant son café. On aimerait en savoir davantage, mais la police essaye d'attraper le coupable, et elle n'a pas encore dévoilé de détails. Ils tentent encore d'assembler les pièces du puzzle, à ce qu'ils disent.

— Parle-lui de ce soir-là, Paul. Elle a le droit de savoir.

Il regarde maman, aspire une gorgée, secoue la tête et avale son café.

— Ta mère et moi, on devait retrouver Katie dans un restaurant italien de l'Upper West Side, près de Central Park. Ça faisait six jours qu'on était à New York, et on connaissait un peu son quartier. On était logés au Best Western, ça faisait partie de notre forfait. C'était notre dernière soirée avec ta sœur, et on voulait marquer le coup, manger de bonnes pizzas. Mais elle n'est jamais venue, et tu sais comment est Katie : jamais en retard, toujours très ponctuelle.

— Elle l'a toujours été, dit maman, le nez dans son thé.

— Donc on l'a attendue, attendue, on l'a appelée plusieurs fois.

— On a fini par aller à son appartement. Ton père s'inquiétait. On a sonné à l'interphone, mais rien. Alors on a essayé chez un voisin et un jeune homme est sorti du sous-sol, tout l'immeuble appartient à sa mère.

Les tartines arrivent et papa reprend le récit.

— On lui a demandé de nous laisser entrer, il a répondu qu'il ne pouvait pas, qu'il devait appeler sa boss.

— Sa mère, en réalité, corrige ma mère.

— Oui. Donc, il l'appelle, je parle à sa mère pendant quelques secondes, elle lui ordonne de nous laisser entrer. Il trouve une clé et il nous ouvre.

Maman se frotte le visage avec ses paumes. Puis elle secoue la tête. Papa déglutit péniblement et poursuit :

— Au début, tout avait l'air normal. Aucun signe d'effraction, ni fenêtre cassée ni porte défoncée. Pas de... sang.

Maman ferme les yeux. Papa pose une main sur la sienne et la serre.

— Elle était là, dans son lit, Moll. Tellement paisible... On aurait cru qu'elle dormait profondément. Je te promets, on aurait cru qu'elle dormait.

— D'après la police, elle n'a pas souffert, précise maman en se mordant la lèvre pendant une fraction de seconde. À la fin, Katie n'a pas du tout souffert. Le policier m'a donné sa parole.

Papa hoche la tête.

— Mais qu'est-ce qui l'a tuée ? De quoi est-elle morte ?

Un homme assis sur une banquette voisine me fait les gros yeux à travers une plante en pot, alors je me rapproche de papa et maman par-dessus la table en formica.

— Nous n'aurons pas de certitudes tant que...

Papa s'interrompt, consulte maman du regard, puis articule pour moi le mot *autopsie*.

— Nous en saurons beaucoup plus demain, j'espère. Maintenant, je vous en prie, mangez vos tartines. La semaine va être longue, il faut vous nourrir.

Je beurre ma tartine grillée et en croque un bout. J'ai plus faim que je ne le pensais, mon ventre gargouille. La tartine n'a pas le même goût que les toasts londoniens. C'est quand même réconfortant, quand même bon. Mais différent. Maman picore et papa a déjà fini la sienne, ensevelie sous une couche de beurre de cacahuètes et de confiture.

— Tu veux autre chose ? demande-t-il.

Maman semble sur le point de s'effondrer à tout instant, le cœur brisé. Je ne l'ai jamais vue comme ça. Pour ma part, je dois être parfaitement atroce, les traits tirés, les yeux fatigués par le voyage, mes vêtements froissés. Mais maman paraît en proie à une hantise.

Elle fixe un point juste au-dessus de ma tête. Papa cherche à voir ce qui la fascine tant. Leurs mâchoires tombent. Je me retourne.

Le visage de KT passe au journal télévisé.

- 6 -

Maman se lève et papa hèle une serveuse pour qu'elle monte le volume, mais le reportage est déjà fini et c'est maintenant le bulletin météo qui occupe l'écran. Un genre d'avis de tempête.

— Qu'est-ce qu'ils ont dit ? demande maman.

J'ouvre mon téléphone et je fais défiler mon fil d'actualités et mes notifications.

— Ont-ils arrêté quelqu'un ? demande papa. Inculpé quelqu'un ?

Je tape « Katie Raven » sur Google, je vérifie dans l'onglet Infos, et elle est là.

Je leur montre mon écran.

— Son beau visage, dit maman, les poings serrés, les lèvres tendues.

Je lis à haute voix :

— « La police de New York enquête sur l'homicide présumé d'une jeune Britannique, Katie Elizabeth Raven. La victime a été découverte dans son appartement de Morningside Heights le soir du... »

— C'est tout ? Pas d'arrestation ? Pas de suspect appréhendé ?

— C'est tout ce qu'il y a, papa. S'ils avaient un suspect, ils nous auraient sûrement prévenus.

— Nous en saurons beaucoup plus demain, répète maman. Ils doivent arrêter celui qui a fait ça à Katie, et l'enfermer pour qu'il pourrisse en prison jusqu'à la fin de ses jours.

Papa règle la note. Le type en face me suit du regard quand nous quittons le snack. Il a les yeux bleu vif et une moustache. S'il pense que nous lui avons offert son divertissement de la soirée, c'est un porc.

Dans la rue, maman frissonne et papa lui donne son écharpe. Un couple nous croise, totalement subjugués l'un par l'autre. Comme s'ils étaient seuls dans Manhattan.

— Essayons de dormir un peu. Moll, tu dois être crevée. C'est le milieu de la nuit pour toi.

— Ça va.

— Nous devons nous reposer, insiste papa. Essayer, au moins. Demain, la police aura besoin de notre aide.

Nous marchons, maman et moi devant, bras dessus bras dessous comme nous ne l'avons plus fait depuis mes neuf ans, et c'était toujours avec ma sœur de l'autre côté. Je sens un manque, un dangereux déséquilibre. Papa est derrière. Il a un fort instinct protecteur, toujours aux aguets ; c'est peut-être de lui que je tiens ça. À la maison, pendant les longues vacances d'été, il nous apprenait l'autodéfense. Les coups de poing et coups de pied de base, les techniques de fuite. Il voulait que ses deux filles soient en sécurité.

Je leur dis au revoir dans le couloir, maman appuie sa tête sur mon épaule et murmure : « Pourquoi ? »

Papa s'assure que je n'ai rien à craindre dans ma chambre, puis il part se coucher.

Je souhaite déballer mes affaires sans bruit, mais il n'y a nulle part où les ranger. Pas de salle de bains pour mes produits de toilette, pas de garde-robe pour mes vêtements. Je commence à poser des choses à terre mais j'abandonne car la moquette est sale, et je me mets à vérifier les poches de mon manteau. Il y a le poing de singe et la chaussette lestée. Une arme artisanale de chaque côté.

Je sors de la chambre aussi discrètement que possible, et je verrouille ma porte. Derrière celle de mes parents, aucun bruit. Le plancher grince mais j'arrive à m'enfuir, et me voilà lâchée dans New York après 23 heures. Situation risque-récompense typique de Molly Raven. Un des YouTubers que je suis en a expliqué la formule il y a des années, et je pense que c'est une idée tout à fait raisonnable. Le risque que je cours en restant dans cet hôtel sans vrai moyen de me défendre – à part ceux dont je disposais dans l'avion – contre le risque d'une forme très prudente et calculée de shopping nocturne.

Je n'ai pas envie de sortir mais je suis obligée.

Je passe devant une supérette ouverte vingt-quatre heures sur vingt-quatre, où je repasserai avant de rentrer. Il me faut des bouteilles d'eau et des provisions alimentaires en cas d'ouragan ou d'attentat à la bombe. Hélas, le moment de l'année est mal choisi pour visiter New York. Si un ouragan comparable à Sandy frappe encore, je dois être bien préparée. Dans mon intérêt et dans l'intérêt de mes parents.

À chaque carrefour, une camionnette propose de la nourriture à emporter. Je m'approche de l'une d'elles et je m'adresse au vendeur.

— Vous connaissez un endroit où je pourrais acheter une batte de base-ball, s'il vous plaît ?

— Vous voulez un smoothie ?

— Une batte.

— Une batte ?

Je hoche la tête.

— Une batte, j'en sais rien. Le magasin de sport de la 42e est fermé à cette heure-ci, mais vous pourriez tenter la quincaillerie de Broadway, celle qui ne ferme jamais. Vous aurez peut-être de la chance.

Nous échangeons quelques amabilités, et je le complimente sur son étalage de mangues. Il me demande d'où je viens. Comment je m'appelle. Je lui dis que je suis adjointe administrative. Il m'explique qu'il a grandi à Kaboul. Nous bavardons. Il essaye de me vendre une salade de fruits.

— Merci, monsieur, mais non merci.

— Je vous en prie.

Quelqu'un de bien.

Je descends la Sixième Avenue et je m'efforce d'éviter les lumières vives de Times Square. Je n'ai pas besoin de ce genre de frénésie. Il y a une boutique de souvenirs sur le trottoir d'en face ; je regarde autour de moi, et j'y pénètre. C'est une grotte profonde, tapissée de casquettes et de T-shirts *I Love NY*, de plaques d'immatriculation new-yorkaises et de reproductions de la statue de la Liberté dans toutes les tailles que l'on peut imaginer. J'achète deux ou trois choses, dont une casquette, un briquet fantaisie et un couteau multifonctions sur lequel est gravé le pont de Brooklyn.

À la quincaillerie, je prends un filtre miniature qui élimine les bactéries de l'eau, un aérosol anti-guêpes et frelons extra-fort, de ceux qui projettent de la mousse, et je choisis un sifflet anti-viol. Pour papa et maman, je trouve une douzaine de cintres, ainsi qu'une demi-douzaine pour moi. Deux bâches compactes, trois pièges à souris et un petit extincteur à poudre. Le type du comptoir, à qui je demande s'il vend des battes de base-ball, examine mes emplettes.

— Il se passe un truc dont je devrais être au courant, c'est ça ?

— Que voulez-vous dire ?

Il hausse les épaules et me vend une Big Barrel Louisville de cinq cents grammes.

Je remonte la Sixième Avenue avec mes sacs si lourds que les poignées me scient les mains. Les lumières sont envoûtantes. Comme si je flottais dans un rêve causé par la fièvre.

Quand je repasse devant la camionnette de smoothies au coin de la rue, le vendeur me lance :

— Faites gaffe à qui vous allez tuer avec votre batte, m'zelle. Je voudrais pas être votre complice après-coup.

— Avant coup.

Il sourit.

— Bonne nuit, l'Anglaise.

À la supérette, j'achète autant de bouteilles d'eau et de barres nutritives que je peux en porter.

Aucun bruit derrière la porte de papa et maman. S'ils parviennent à dormir quelques heures, je suis contente pour eux.

Je dépose les sacs aussi silencieusement que possible sur le bout de mon lit une place, puis je déroule une bâche que j'étends sous le sommier, sur la moquette. L'idée d'avoir une surface propre où stocker des choses suffit à me ragaillardir. Je range l'eau dans le coin et j'installe les pièges. La batte reposera près de mon oreiller et le couteau ira dans mon manteau, suspendu à la poignée de la porte, juste à côté de ma tête.

Ce n'est pas grand-chose mais c'est mieux que rien. Je me protège dans cette pièce et je serai prête s'il se passe quelque chose dans la chambre voisine. Papa et maman ne s'étonneront pas de mes achats. Ils savent ce que je répondrai : dans une ville aussi densément peuplée, on ne peut exclure aucune éventualité. C'est comme Londres, mais sous stéroïdes. Il pourrait y avoir une tempête extrêmement violente ; cela ne me semble pas invraisemblable. Des grues de chantier pourraient alors s'écrouler, ou bien les vitres des gratte-ciel environnants exploseraient, projetant des éclats de verre coupants dans toutes les rues. Si la loi martiale et le couvre-feu étaient décrétés pour une nuit ou deux, cela aiderait, mais risquerait aussi d'irriter la population locale. En très peu de temps, des troubles sociaux pourraient éclater dans les cinq quartiers de New York. Je n'ai pas assez à manger et à boire pour tenir pendant ce genre d'événement, mais, d'ici demain soir, j'aurai tout ce qu'il faut.

Ma jumelle a été tuée. Ma jumelle monozygote. Nous avons exactement le même visage, à part quelques cicatrices et défauts mineurs. Le même corps. Tout le monde sait que les tueurs adorent revivre leur crime dans le moindre détail. Oui, tout le monde le sait.

Je parcours le couloir à pas hésitants, munie de ma trousse de toilette.

Personne en vue.

La salle de bains est petite mais propre. Il y a un lavabo, une cuvette de WC, et une douche est accrochée au-dessus de la baignoire. Quel genre d'individu irait prendre un bain dans une salle d'eau commune ?

Après m'être lavé le visage et brossé les dents, je me sens plus humaine. Dans le miroir, c'est le fantôme d'une femme que je vois. Je regagne ma chambre, enfile mon pyjama et me couche. La batte à gauche, le couteau à droite, le spray anti-frelons sous l'oreiller.

Mais mes yeux refusent de se fermer. Je vérifie mon téléphone une dernière fois : les photos Instagram de KT, avec son fiancé Scott, avec sa meilleure amie Violet. KT semblait heureuse. Elle semblait aller bien, la semaine dernière, et maintenant elle n'est plus là.

Je pose mon téléphone sur le rebord de la fenêtre pour le recharger. L'extincteur est juste à côté.

J'éteins.

Dans la chambre voisine, mon père dit quelque chose mais je ne peux distinguer ses mots. Sa voix est trop grave. Étouffée.

Puis maman répond :

— Nous devons lui dire la vérité, Paul.

- 7 -

Je me réveille lorsque l'on frappe à ma porte.

Ma main se dirige vers la batte, mais elle s'est enfoncée entre mon corps et le côté du lit.

Je m'efforce de la dégager.

Une respiration bruyante dans le couloir.

La poignée bouge.

Je sors ma batte.

— Ce n'est que moi, Moll. Ce n'est que moi.

Je respire à nouveau.

— Une seconde.

J'enfile mon pull et je regarde par le judas.

— Quelle heure est-il ? demandé-je en ouvrant la porte.

— Neuf heures et demie, ma chérie. Ta mère a voulu qu'on te laisse dormir.

Je me frotte le coin des yeux et je me rappelle les mots entendus hier soir. Il m'a sans doute fallu des heures pour m'endormir après ça.

Nous devons lui dire la vérité, Paul.

— Maman a réussi à te trouver un Prêt-à-Manger. En fait, il y en a plein ici.

Il me tend un sac en papier rendu transparent par la graisse, et un gobelet en carton.

— Croissant au chocolat. Et un latte avec un sucre.

Je souris, le remercie et accepte le tout. Il me suit dans ma chambre exiguë. Pas assez d'air. Je me recule jusqu'à la fenêtre pour tenter de l'ouvrir, mais elle ne bouge que de deux centimètres.

— Nous avons déjà pris notre petit déjeuner, dit-il. Ta mère ne dort pas beaucoup. On pensait partir à 10 heures précises. Ça te convient ?

— Bien sûr, dis-je en sirotant le café. Merci encore pour tout ça, papa.

Il m'offre un sourire creux et plat, puis regagne sa chambre.

Affamée, je dévore le croissant, j'avale le café et je vais prendre une douche chaude. La salle de bains commune est déjà humide, enfumée, trempée, mais au moins je n'ai pas à attendre. Je me maquille dans ma chambre devant un petit miroir, puis je vérifie le contenu de mon bagage à main avant de retrouver mes parents pour quitter l'hôtel.

— Tu as dormi, maman ?

— Un peu. Par intermittence. Et toi ?

— Il m'a fallu du temps, mais j'ai fini par y arriver.

— Tant mieux. Tu en as besoin, dit-elle en inspirant profondément, avant de tousser. Nous avons tous besoin de garder des forces pour aider la police. Afin d'obtenir justice pour ta sœur.

— Les murs de cet hôtel sont minces comme du papier.

— C'est vrai.

— Je vous ai entendus parler hier soir, papa et toi.

Elle me dévisage.

— Que devez-vous me dire, maman ? Quelle est la vérité que vous devez partager avec moi ?

Elle baisse les yeux sur le trottoir, se recoiffe puis relève la tête avec une mine peinée.

— Ce n'est pas le bon moment, ma chérie. Ton père t'en parlera, ajoute-t-elle en me frottant l'épaule pour me rassurer.

Papa nous hèle, nous traversons la rue pour le rejoindre et montons dans un taxi jaune.

— Vingt-sixième antenne de police, indique papa au chauffeur tandis que nous nous entassons à l'arrière à côté de lui.

— Quelle adresse ?

— À côté de l'université Columbia. Dans Morningside Heights.

— On est dans le mauvais sens, commente le chauffeur en s'engageant dans la circulation.

Peu après, il prend un virage et nous partons vers le nord. Le chauffeur doit venir d'Europe de l'Est, avec ses cheveux blonds et fins.

— Quelle rue ?

Papa consulte son téléphone et répond :

— À l'angle d'Amsterdam Avenue et de la 126e Rue.

Le chauffeur hoche la tête.

— Papa, qu'est-ce que tu as à me dire ?

Il se tourne vers moi. Aujourd'hui, il porte une cravate ; cela n'arrive presque jamais. Il fait un geste en direction de maman, qui acquiesce.

— Pas maintenant, Moll. On en parlera plus tard, après avoir discuté avec la police. Nous devons nous concentrer.

Il regarde par la vitre tandis que maman garde les yeux fixés devant elle. C'est le moment que KT aurait choisi pour nous raconter une de ses anecdotes de voyage, ou sortir une plaisanterie minable pour détendre l'atmosphère. Je sais que tout le monde me trouvait difficile quand j'étais petite. Il fallait beaucoup d'efforts pour s'assurer que rien ne viendrait me contrarier trop. Alors que KT était facile. Quand quelqu'un lui faisait du tort, elle réglait le problème très vite, puis passait à autre chose. En ce moment, à l'arrière de ce taxi, elle nous aurait épargné de nous retrouver face à nous-mêmes.

Selon le GPS de mon téléphone, nous longeons le Ed Sullivan Theatre et Carnegie Hall, puis nous remontons le côté ouest de Central Park. Je tape à nouveau « Katie Raven » sur Google et je cherche de possibles informations ou hashtags sur Twitter. Elle est partout. Le *Mail Outline* publie un collage réalisé à partir de ses selfies sur Instagram, et une interview de Violet, sa meilleure amie. Maman regarde la vidéo avec moi. Avec un fort accent new-yorkais, Violet dit à quel point elle est abasourdie. Que KT était une étudiante brillante et que toute leur classe a été horrifiée par la nouvelle.

— Tu devrais lever les yeux de ton écran de temps en temps et admirer le parc, il est très pittoresque à cette époque de l'année, dit papa. Regarde ces feuilles.

Maman me tapote le genou, le message étant : *Pardonne à ton père, il ne réfléchit pas.*

Les bâtiments se font plus rabougris, plus normaux d'aspect. Moins de gratte-ciel. Plus d'enseignes géantes ou de touristes.

— Quoi que te demande la police, réponds clairement et honnêtement, du mieux que tu te souviennes, me conseille papa.

— Que pourrais-je faire d'autre ?

— Tu ne comprends pas, explique maman. Les policiers d'ici ne s'expriment pas comme ceux que nous connaissons en Angleterre. Ils sont plus directs. Avec eux, il vaut mieux prendre le temps avant de répondre, c'est tout.

— La police de New York trouvera qui a fait du mal à notre Katie. Jusqu'ici, l'inspecteur Martinez a été très utile, et très gentil avec ta mère. Je fais totalement confiance à la police new-yorkaise.

Je scrute les visages dans la rue.

— Le coupable pourrait être tout près de nous.

— Ou bien il pourrait déjà être au Mexique, me répond papa. Mais j'espère bien qu'il est encore ici. Il faut le traîner devant les tribunaux. Il faut...

— On est près de l'endroit où vivait ta sœur, Molly, l'interrompt maman. À trois cents mètres environ.

Je contemple les immeubles et les fenêtres. J'imagine KT s'épanouissant dans ce quartier. Faisant son jogging dans le parc, allant au restaurant japonais avec des amis. Un frisson parcourt ma colonne vertébrale de haut en bas. C'était son quartier. Elle marchait sur ces trottoirs. Elle vivait ici même.

— Je peux voir son appartement ?

— Nous vérifierons avec la police, dit maman.

Elle ne pleure pas, mais je vois bien que cela lui demande un gros effort.

Le taxi s'arrête devant un commissariat de deux étages, avec des véhicules de police garés devant. Je règle la course. Un agent monte la garde, seul, devant un blason géant.

— Nous y sommes, vingt-sixième antenne de police. Vous êtes prêtes ?

Nous hochons la tête, mais c'est papa qui n'a pas l'air prêt. Son visage est grisâtre.

Quand nous avançons, l'agent qui monte la garde me dévisage comme s'il avait vu un fantôme. En un sens, c'est le cas. Il a sans doute vu KT aux actualités télévisées, ou bien il y a peut-être une photo d'elle punaisée sur un panneau du commissariat. Et maintenant il me voit. Une réplique. Il me regarde entrer dans le bâtiment.

Des chaises vissées au sol et un distributeur de boissons en panne. Des affiches, des prospectus, et une grande fontaine à eau. Deux personnes attendent leur tour. Nous nous approchons du guichet et un flic en civil vient nous accueillir. Il salue mes parents, puis se tourne vers moi.

— Bonjour, Molly. Je suis l'inspecteur Martinez, veuillez me suivre.

Il nous ouvre plusieurs portes, puis nous fait entrer dans une grande salle divisée par des cloisons, sans lumière naturelle.

— Je souhaite vous présenter à nouveau toutes mes condoléances. Nous allons faire le maximum afin de découvrir le coupable et de le traduire en justice.

— Merci, inspecteur, dit papa.

Maman sort un mouchoir de sa poche.

— J'aimerais vous poser quelques questions, si vous êtes d'accord. C'est la procédure standard. Elizabeth, mon collègue, l'inspecteur Ramirez, va vous conduire en salle B, et je m'occuperai de vous, Molly. Paul, si vous voulez bien rester ici, nous viendrons vous chercher dès que nous aurons terminé.

Papa déglutit et bat des paupières.

— OK, Paul ?

Papa fait signe que oui.

— Peut-il venir avec moi pendant que je réponds à votre collègue ? demande maman.

— Non, madame, désolé. Nous procédons toujours comme ça. Paul... (Il le regarde mais papa a les yeux ailleurs et s'agite sur sa chaise.) Monsieur Raven, voudriez-vous un café ou un verre d'eau, pour patienter ?

— Non, merci, ça ira.

L'inspecteur Martinez hoche la tête et me conduit en salle A.

Deux chaises vertes d'un côté d'un bureau. Deux chaises vertes de l'autre côté. Un bloc-notes. Trois gobelets vides. Un miroir sur le mur.

— Thé, café, eau ?

J'ai soif, mais je n'ai aucune idée de l'état de leur cuisine.

— Rien, merci.

— Asseyez-vous, Molly.

Il tient sous son bras un épais dossier qu'il ouvre sur le bureau.

— J'ai besoin de vous poser quelques questions à propos de votre sœur jumelle et de sa vie ici, à New York. Nous voudrions réunir toutes les informations possibles afin de mieux comprendre ce qui s'est passé et d'identifier le coupable, OK ?

J'acquiesce.

— Certaines de mes questions risquent de vous mettre mal à l'aise, ou de vous paraître sans intérêt, mais je suis obligé de les poser, d'accord ? Je ferai aussi vite que possible. Je n'ai pas envie de vous séparer de vos parents une minute de plus que nécessaire.

— Qu'est-il arrivé à ma sœur ? Qui a pu...

— Laissez-moi d'abord vous interroger, Molly, m'interrompt-il.

Je me soumets.

— Vous habitez Londres, c'est exact ?

— Oui.

— À quand remonte votre dernière conversation avec Katie ?

— C'était il y a environ cinq jours, en FaceTime.

— De quoi avez-vous parlé ?

Ma gorge se noue à ce souvenir. Nous avons bavardé il y a moins d'une semaine. Moins aisément qu'autrefois, mais quand même. Nous avons causé comme si nous devions avoir l'occasion de le faire encore mille fois dans les années à venir. Nous n'avons absolument rien échangé d'essentiel. Nous n'avons pas eu l'occasion de nous dire adieu, d'exprimer notre amour ou quoi que ce soit de ce genre.

— De papa et maman, surtout. Elle était déçue. Cela fait une semaine qu'ils sont ici pour lui rendre visite. Les vacances de leur vie. Enfin, ils ont dû prolonger leur séjour à cause de... C'est aussi la première fois qu'ils sont en Amérique. Nous n'avons pas voyagé beaucoup, contrairement à KT.

— Déçue, disiez-vous ?

— Rien de grave. KT m'a confié ce qu'elle avait sur le cœur. Nous sommes nées à trois minutes d'intervalle, et nous nous parlons de presque tout. Beaucoup de bêtises, des choses du quotidien. Ce n'est pas comme deux sœurs, ou deux meilleures amies. Nous nous déchargeons l'une sur l'autre. Une sorte de réflexe.

— Pourquoi était-elle déçue, Molly ?

— J'ai besoin de savoir ce qui est arrivé à ma jumelle.

— Pourquoi Katie était-elle déçue, selon vous ?

— Honnêtement, je ne sais pas. Sans doute parce que papa était égal à lui-même. Il est parfois agaçant, dis-je avec un sourire inattendu. Quand il découvre un endroit qu'il ne connaît pas, il est surexcité. Et il était très enthousiaste à la perspective de visiter New York. Il a dû imposer des choses à maman sans vraiment la consulter, sans se soucier d'elle. Papa aime dépenser son argent et maman s'inquiète beaucoup. Il a dû la convaincre de passer une journée entière à l'Intrepid Sea-Air-Space Museum, et elle a suivi même si ça ne l'intéresse pas du tout. Le quotidien de tous les couples, je suppose. KT aurait voulu que maman tienne davantage tête à son mari, qu'elle fasse ce dont elle avait envie.

— Katie était-elle malheureuse ou anxieuse ? De quelle humeur était-elle ?

Je m'accorde une minute.

— Elle semblait normale. Je ne sais pas, je n'ai pas analysé la chose, sur le moment. Peut-être un peu fatiguée ? Elle avait dormi chez son fiancé.

L'inspecteur prend note.
— L'identité de ce fiancé ?
— Scott Sbarra. Je ne l'ai jamais rencontré.
L'inspecteur écrit ce nom mais je vois bien à son attitude qu'il le connaissait déjà. Peut-être a-t-il déjà interrogé Scott. Peut-être est-ce l'un des suspects.
— Revenons-en une seconde à ce dernier coup de téléphone. L'appel en FaceTime. Katie a-t-elle dit qu'elle avait peur de quelque chose ou de quelqu'un ? Savez-vous si elle avait eu une dispute récemment ? Si elle avait des ennemis ?
— KT ? Non, ce n'était pas son genre. Tout le monde l'adorait. De nous deux, c'était la souriante, la facile à vivre, celle qui aimait s'amuser.
Il paraît perplexe.
— Nous sommes identiques, mais sans l'être.
— Je crois deviner ce que cela signifie.
— C'est bizarre d'être ici sans elle, vous savez. Surtout avec nos parents : j'ai l'impression que nous venons la chercher pour aller au cinéma. Papa et maman l'ont trouvée dans son appartement. Ils l'ont vue, sans pouvoir lui dire adieu. Ils la pleurent, mais je n'arrive pas à croire qu'elle n'est vraiment plus là. Je n'arrive pas à saisir.
— Je comprends. Nous avons des gens qui pourront en parler avec vous, si vous voulez. Vous aider jusqu'à l'enterrement.
— Ce sera ici ou en Angleterre ? Quand pourrons-nous la récupérer ?
Il fronce les sourcils un instant.
— Je vais tâcher de me renseigner. Écoutez, vous êtes sûre que vous ne voulez pas de l'eau ou un café ?
Je n'ai aucune envie de devoir aller aux toilettes ici.
— Non, merci.

— Je vous ai demandé si Katie pouvait s'être fait des ennemis.

— Franchement, je ne vois personne.

— Avait-elle de bonnes relations avec son fiancé ? A-t-elle parfois formulé des remarques négatives sur Sbarra ?

— Ils n'étaient ensemble que depuis le printemps. Je pense que tout allait bien. Il lui plaisait.

— Elle ne vous a jamais parlé de désaccords, de disputes, ou d'autre chose de ce genre ?

— Non, je ne crois pas. Pourquoi ? Elle s'est battue avec quelqu'un ? Elle est morte en se débattant ?

— Qui étaient ses autres camarades ?

— De Columbia ?

— Oui.

Je change de position.

— Violet.

— Violet Roseberry ?

— Oui. Elles s'entendaient vraiment bien. Elles passaient beaucoup de temps ensemble. Pendant tout le premier semestre, c'est elle qui a piloté KT dans New York. Elle est née ici et elle a bien aidé ma sœur. KT lui faisait confiance.

La caméra de surveillance dans l'angle de la pièce s'éclaire.

— Vous a-t-elle parlé d'autres personnes qu'elle fréquentait ici ? Son tuteur à l'université ? D'autres petits amis avant Scott Sbarra ? Des voisins ? Des camarades de classe ?

— Pas vraiment.

— Ne le prenez pas mal, mais Katie avait-elle des vices, à votre connaissance ?

— Des vices ?

— Vous savez : le jeu, la drogue, des choses qu'elle aurait pu vous cacher.

Je souris.

— Non, pas KT. Elle faisait parfois des expériences, mais je ne dirais pas qu'elle avait des vices. Elle était peut-être trop gentille, si c'est un défaut. Trop crédule, trop cordiale avec des inconnus. Pas assez sur ses gardes. Elle était un peu naïve face aux risques de la vie moderne, mais ça ne constitue pas un vice.

Je réponds à d'autres questions concernant ses amis en Angleterre, ses passe-temps et ses anciens fiancés à Londres, puis je me rappelle les mots de maman. *Nous devons lui dire la vérité, Paul.*

— Que lui est-il arrivé ?

— Nous traitons la mort de votre sœur comme un homicide présumé, Molly. Mais c'est compliqué. Il n'y avait pas de signes d'entrée par effraction. Très peu d'indications de lutte, ni égratignures ni sang ou peau sous les ongles.

— Donc ce pourrait être un accident ?

— Nous partons de l'hypothèse que ce n'en était pas un, en attendant les résultats de l'enquête et les rapports médicaux. Nous avons collecté divers éléments sur place. Des empreintes digitales, des cheveux, des choses comme ça. Et votre sœur avait des bleus sur le visage.

Mes mains se portent instinctivement à mes joues.

— Des bleus ?

— Nous pourrons bientôt vous en dire plus. Je suis désolé, notre enquête n'est pas encore très avancée. (Martinez jette un coup d'œil vers le miroir sur le mur, inspire profondément, puis me regarde.) Saviez-vous que votre sœur avait récemment souscrit une assurance vie ?

— Pardon ?

— Vous savez pourquoi elle a pris cette décision ?

— Non, pas du tout. Une assurance vie ? Cela n'a aucun sens. De quoi avait-elle peur ? Il faut que vous retrouviez le criminel !

— Nous le trouverons, Molly. Écoutez, je vous remercie vraiment pour tout ce que vous m'avez appris. (Il me remet sa carte.) Si vous repensez à quelque chose, vous pouvez m'appeler à ce numéro, ou m'envoyer un texto. N'hésitez pas.

— OK.

— Maintenant, je vais m'entretenir un peu avec votre père.

- 8 -

Quand tous les interrogatoires sont terminés, nous sortons du commissariat. Maman a pleuré. Elle a les yeux gonflés. Papa paraît agité.

— Bon, qu'est-ce que nous sommes censés faire, maintenant ?

Avant de me répondre, papa regarde dans la rue, d'un côté puis de l'autre.

— Je pense qu'il faut qu'on se parle.

Sans un mot, nous longeons la cathédrale St John the Divine et nous atteignons l'extrémité nord de Central Park. Nous croisons surtout des joggeurs avec leurs écouteurs et des personnes âgées promenant de petits chiens. Des enfants s'amusent sur le terrain de jeux de la 110e Rue ouest. L'air est frais.

— C'est à propos de l'entreprise, dit papa. J'ai fait tout ce que je pouvais mais ça n'a pas suffi. On a perdu la boîte.

— Je suis désolée.

Ce n'est pas complètement un choc pour moi. Je ferai le peu que je peux pour aider maman. Pour les aider tous les deux.

Papa se gratte le nez.

— Vingt années anéanties d'un coup. Les créanciers auraient pu me laisser plus de temps. Ça ne les aurait pas tués d'être un peu souples. En tout cas, ça paraît dérisoire maintenant, mais on voulait que tu le saches. L'important, pour le moment, c'est de savoir ce qui est arrivé à Katie.

J'ai l'impression d'avoir une vraie conversation. Dehors, en plein air. Tout éclate au grand jour.

— Je veux savoir comment elle est morte. Martinez dit qu'il n'y avait aucune trace de lutte. Aurait-elle pu se faire ça elle-même ? S'empoisonner avec des antidouleur ? Ou bien une crise cardiaque, je ne sais pas !

— La police parle d'homicide, me répond papa. C'est comme ça qu'ils considèrent sa mort. Ils n'ont trouvé sur les lieux ni toxines suspectes ni narcotiques. Et notre Katie ne se serait jamais suicidée. Elle n'y aurait même jamais pensé.

Moi, j'y ai pensé.

Plus d'une fois.

— Je pense qu'elle a été empoisonnée, dit maman. Elle n'a clairement pas été tuée par balles ou à coups de couteau, et je n'ai pas vu de marques sur son cou, donc elle n'a pas non plus été étranglée. Je pense que quelqu'un l'a droguée et l'a frappée.

— Oh, mon Dieu !

— Je sais.

— Attends, Liz, intervient papa. Nous ne savons encore rien. Martinez m'a avoué qu'il ne pouvait pas entrer dans les détails tant que le médecin légiste et le coroner n'ont pas rendu leurs conclusions, mais il a bien compris que nous avons besoin d'en savoir plus, et il m'a promis de m'appeler dès qu'il pourrait.

Il pose ses deux mains sur sa bouche et soupire, puis nous restons tous les trois les yeux perdus dans le vague pendant une bonne minute.

Des sirènes au loin.

— Martinez m'a annoncé que nous pourrions aller à l'appartement après 12 h 30. La propriétaire nous ouvrira. Apparemment, ils ont fini de travailler sur la scène de crime. Il n'est pas encore question d'emporter quoi que ce soit, mais on peut y aller si on veut.

— Moi, je veux. J'ai besoin de voir où elle a vécu.

Papa consulte sa montre.

— Je ne suis pas sûre d'être en état d'y retourner, nous prévient maman. Je ne suis pas sûre de pouvoir faire face, ma chérie.

— Papa ?

— Attends, poursuit maman en fermant les yeux et en inspirant. Je vais peut-être vous accompagner, mais je resterai à l'extérieur. Ou un peu plus loin dans la rue. Bien sûr que tu as besoin de voir son appartement, Molly. Pour lui dire au revoir.

— Je ne pourrai pas lui dire au revoir tant que je ne l'aurai pas vue, elle.

Une feuille de sycomore tombe lentement et atterrit à côté de mon pied.

— J'ai aussi posé la question, me répond papa. La priorité absolue est d'arrêter le salaud qui a fait le coup, mais ensuite je veux savoir exactement quand ils nous la rendront pour que nous puissions repartir en Angleterre et organiser de vraies obsèques religieuses. J'ai expliqué que grand-père était un prédicateur laïque et que je voulais qu'elle soit enterrée près de nous. Que notre maison familiale n'est pas très éloignée de l'église de la paroisse.

— Qu'a répondu Martinez ?

— Qu'il me transmettrait les détails. Ça ne dépend pas de lui. Ils ne tiennent pas à différer les choses une minute de plus que nécessaire.

Nous marchons du parc jusqu'à l'appartement, par les rues dans lesquelles KT devait faire son jogging, et nous croisons des gens auxquels elle a dû sourire. Je ne souris pas. Je serre les dents.

— Là, c'est la laverie où elle allait, dit maman. Et, là-bas, l'épicerie où Katie achetait son café, son pain et son lait.

— La *bodega*, rectifie papa.

— C'est comme ça qu'ils appellent les épiceries, ici, précise maman.

Nous continuons à avancer.

Une femme d'âge moyen, dont le manteau descend aux chevilles, me regarde d'un air horrifié. Je me retourne après l'avoir dépassée et elle me fixe encore, par-dessus son épaule, les yeux écarquillés.

— Voici la rue.

— Oh, Paul, gémit maman en secouant la tête.

— Tu veux rester ici, Liz ? Tu veux que je te trouve un petit café ?

Elle nous regarde tour à tour et dit :

— Non, je vais vous accompagner. Je ferai de mon mieux.

L'immeuble est élégant. Briques brunes. Quatre étages, avec une minuscule courette et des arbustes grimpants qui dissimulent les fenêtres du rez-de-chaussée. Il y a un monde entre ce logement et le vieux studio que KT partageait en colocation à Londres.

Papa appuie sur l'interphone et la propriétaire vient nous accueillir, vêtue d'une robe portefeuille en cachemire et chaussée de bottes fourrées beiges.

— Comment allez-vous ? demande-t-elle avec une sollicitude excessive, avant de m'apercevoir et de s'exclamer : Oh !

Je ne peux pas croiser son regard. Elle m'examine de la tête aux pieds, comparant chaque détail avec KT.

— Vous devez être la jumelle. Je m'appelle Victoria.

— Molly.

Elle me dévisage encore quelques instants en silence, puis retrouve la parole.

— Excusez-moi. Entrez, je vous en prie. Entrez donc.

Elle ouvre la porte de l'appartement du rez-de-chaussée. Il n'y a pas de ruban jaune isolant la scène de crime. Pas de profil dessiné à la craie par terre, pas de pile de gants en latex jetables. L'ordre règne partout.

Une kitchenette avec machine à café et robot à smoothie. Une salle de bains avec une vraie baignoire et une douche séparée. Je vois le rouge à lèvres sur l'étagère du miroir, ce rouge à lèvres que KT a reçu en cadeau pour son anniversaire, en juin dernier. *Notre* anniversaire.

Maman s'assied sur une des chaises de la cuisine et s'essuie les yeux avec un mouchoir en papier.

La pièce a conservé l'odeur de KT, qui en un sens est aussi la mienne. Je peux à peine respirer. Les couvertures sont pliées exactement comme je plie les miennes, les torchons accrochés à la poignée de porte comme je le ferais. Exactement comme je le ferais.

— Elle était bien dans cet appartement, dit papa en admirant le salon. Je suis content qu'elle ait pu mener la vie dont elle rêvait.

Il dit cela alors que cette vie-là l'a tuée. Il a parlé sans arrière-pensée, mais je sens bien que Victoria, qui se tient encore sur le seuil, est profondément mal à l'aise.

Je pousse la porte de la chambre.

Un lit double.

Un matelas qui a dû coûter cher, mais tout le linge a été retiré.

Un tapis Laura Ashley. Exactement le même qu'elle avait à Londres lorsqu'elle était en dernière année de master à King's College. Je me rappelle qu'on a échangé des textos pendant des semaines à cause du prix.

— Elle était juste là, dit papa en désignant le lit. Ils ont enlevé les draps et les oreillers, mais elle était juste là. Comme si elle dormait.

En face du lit, un assemblage de photos. Il y a papa et maman devant le château de Nottingham, et dans son studio londonien de l'an dernier. Puis une série de Polaroid. KT en contre-plongée devant le zoo du Bronx. Un autre avec Scott Sbarra, son fiancé, qui ressemble à un sportif de série télé : mâchoire carrée, cheveux courts et fossette au menton. Il y a une photo de sa classe à Columbia, où figure son amie Violet. Elle porte une casquette des Yankees mais je vois ses cheveux roux par-dessous. Et puis il y a un Polaroid pris à bord d'un petit avion, où elle tient une coupe de champagne. Une autre femme est à côté d'elle. Une dernière photo de KT avec un jeune homme arborant un T-shirt qui représente un poing serré et au-dessus le slogan *End Chad.*

— Maman, je reviendrai demain, dit une voix dans l'autre pièce.

Je retourne dans le salon où papa et maman sont avec Victoria, et quelqu'un caché derrière elle.

— Molly Raven, je vous présente mon fils, Shawn. Il habite en dessous, vous l'avez peut-être vu sur Internet, ou...

— Salut, dit-il en me toisant.

Son blouson bomber n'est pas fermé jusqu'en haut.

Le T-shirt qu'il porte dessous est le même que sur la photo du mur. Le poing et *End Chad.*

- 9 -

— Présente-toi correctement aux Raven, exige la propriétaire.

Il recommence, en fuyant notre regard.

— Bonjour, je m'appelle Shawn.

Je m'avance vers lui.

— Bonjour, je suis la jumelle de KT.

Il semble un peu gêné. Peut-être parce qu'il est évident que je suis sa jumelle, ou peut-être seulement parce qu'il est mal à l'aise. Je le serais si ma mère me traitait comme un petit enfant. Il ne cesse de s'essuyer les mains sur son pantalon. Ce type paraît avoir à peu près mon âge. Il a des veines saillantes dans le cou et sur les mains, mais il n'est pas du genre culturiste, simplement ultra-maigre. Comme un coureur de marathon, ou un acteur qui s'est entraîné à fond pour une scène torse nu.

Shawn évite de me regarder dans les yeux. Lorsqu'il parle, il fixe le sol, le mur, ou un point situé juste au-dessus de ma tête.

— C'est vraiment moche, ce qui est arrivé à votre sœur.

Moche ? C'est plus que moche, Shawn.

— Avez-vous vu quelque chose, ce jour-là ?

Ma question semble embarrasser sa mère.

— Oh, la maison était entièrement vide. Nous ne louons que cet appartement du rez-de-chaussée. Shawn et moi étions sortis. Nous avons expliqué tout ça quand on nous a interrogés. Je regrette de ne pas avoir été là pour appeler la police.

— Elle est au ciel maintenant, dit papa. Elle est mieux là-haut.

La propriétaire se signe et sort de sa poche son téléphone qui sonne.

— Il faut que je prenne cet appel. Shawn, je te laisse quelques minutes avec les Raven.

Il la regarde comme un adolescent à qui l'on demande de ranger sa chambre.

— Vous habitez au sous-sol ? lui demande papa.

— J'ai le studio d'en dessous, répond-il en redressant les épaules et en réussissant à regarder papa pendant une seconde. Je bosse ici et je paie un vrai loyer, ajoute-t-il. Ce n'est pas comme si j'étais logé par ma mère.

Pourtant, ça y ressemble fort, Shawn.

— Katie adorait cet appartement, dit maman. Quand elle m'appelait en FaceTime à Nottingham – c'est de là que nous venons –, elle me montrait tous les détails originaux et les vieilles fenêtres. Elle était très heureuse d'habiter ici.

— Shawn, vous avez une idée de ce qui a pu arriver à ma sœur ?

Muet, il se contente d'observer ses Nike et secoue la tête de façon exagérée.

— Est-ce que vous avez déjà entendu KT se disputer ici, ou dans la rue ? Vous savez si quelqu'un l'avait menacée ou lui avait crié dessus, ce genre de chose ?

— Non, fait-il en regardant le lit. Rien de rien. Désolé.

Je m'approche lentement du lit, je reconnais à nouveau le parfum de ma sœur et cela m'oblige à m'arrêter, le souffle coupé.

— Molly ? Tu es sûre que tu supportes d'être ici ?

— Et toi, maman, je réponds avec un sourire, ça va ?

Elle acquiesce et se tourne vers papa.

— Si un souvenir vous revient, dis-je à Shawn, vous voudrez bien en faire part à l'inspecteur Martinez ? Il travaille à la vingt-quatrième antenne de police.

— La vingt-sixième, Moll.

— Bien sûr, sans problème, répond Shawn.

Une sirène retentit dans une rue voisine. Des klaxons et des éclats de voix.

La propriétaire est de retour.

— C'était un appel concernant cet appartement ; nous recevons beaucoup de demandes, car il est très proche du campus. Je réponds qu'il n'est pas libre pour le moment, mais que je rappellerai. Je sais que vous vivez un moment difficile, mais ce serait très gentil à vous de me faire savoir si vous voulez continuer à le louer. Katie a payé, ou plutôt sa bourse a payé jusqu'à la fin du mois prochain, mais, à partir de décembre, vous devrez me verser le loyer ou bien je trouverai un nouveau locataire. J'espère que vous ne m'en voulez pas d'être aussi directe avec vous.

— Nous n'en aurons plus besoin, admet papa d'une voix abattue.

Maman se lève et demande :

— Laissez-nous juste un peu de temps pour y réfléchir, Mme Bagby. Tout cela est tellement... tellement soudain. Il nous faut quelques jours pour y voir clair. Si vous êtes d'accord.

Victoria hoche la tête.

— Bien entendu, prenez quelques jours, puis recontactez-moi quand vous en aurez discuté.

Elle regarde papa d'un air de dire : *Décidez-vous au plus vite.* Puis elle s'adresse à son fils :

— Shawn, reste avec les Raven. Tu les raccompagneras, j'ai rendez-vous avec un de mes associés en ville.

— Ouais, mais j'ai des trucs à télécharger, proteste Shawn.

— Et ça ne peut pas attendre une demi-heure, mon chéri ?

Il grogne trois mots et elle s'en va. Deux minutes plus tard, il grommelle quelque chose à notre intention et ajoute qu'il revient dans dix minutes.

— Nous allons nous arranger pour que toutes ses affaires soient renvoyées à Nottingham, dit maman. Je peux m'occuper du transport, et de tout réinstaller. Nous n'avons rien changé dans votre chambre, Molly.

— Je sais bien, maman.

J'ai passé le dernier Noël chez eux, avec ma sœur. Deux lits une place séparés par un no man's land. Deux petits bureaux. Deux placards.

— On va faire établir des devis, marmonne papa pour lui-même plutôt que pour nous. Ça risque de coûter cher. Je demanderai à l'inspecteur Martinez si on peut remporter quelques objets personnels dans nos bagages la semaine prochaine.

— J'aimerais garder certaines de ses affaires, dis-je. Je les rapporterai moi-même. Son châle, peut-être.

Je m'avance vers le châle plié sur l'accoudoir du canapé. Je le porte jusqu'à mon visage, et quelque chose se débloque en moi. Armani Mania. Mes jambes se dérobent. Mes larmes inondent les grandes mailles du tricot. Je le colle contre mon visage et je sanglote. Je sens que maman pleure derrière moi, papa la serre dans ses bras.

— Laisse-la, Elizabeth. Ça lui fait du bien.

Les sanglots cessent. Je m'assieds sur le canapé, le châle encore contre mes yeux. Elle était ma moitié ; c'est ce que disent les conjoints, mais ce n'est jamais vrai. Chacune de nous était vraiment la moitié manquante de l'autre. Si nous avions eu des enfants, ils auraient été cousins, mais un lien génétique bien plus étroit les aurait également unis, tant nous étions connectées l'une à l'autre. Nous étions entrées ensemble dans la vie. Et maintenant elle n'est plus.

— Faudra bientôt que je parte, alors... annonce Shawn depuis le seuil de la porte. Je dois fermer à clé, ordre de ma mère.

— Juste cinq minutes, mon garçon, plaide papa.

— OK, pas de souci, ça marche.

Je m'essuie les yeux sur le châle et je reprends ma respiration.

— Elle t'aimait tant, me dit maman.

La vérité, c'est qu'elle veut me consoler, mais elle ne soupçonne pas à quel point KT m'aimait et à quel point je l'aimais. Notre relation était plus profonde qu'elle ne peut l'imaginer. C'était quelque chose qui existait uniquement entre nous. Quelque chose de privé. Maman nous aimait toutes les deux mais ne pouvait mesurer l'intensité de notre relation. Personne ne le peut.

Cette photo me revient en mémoire. Shawn et KT ensemble.

— Vous connaissiez bien ma sœur ?

Il pointe le doigt vers sa poitrine.

— Quoi, pardon ?

— Sur le mur de sa chambre, il y a une photo où on vous voit tous les deux.

— Molly, fait papa.

— Vous sortiez ensemble ou quoi ? Qu'est-ce qu'il a bien pu lui arriver ?

— Mais rien, attendez. Non…

— Vous couchiez avec elle ? Vous aviez *envie* de coucher avec elle ?

— Non. Il y a une photo au mur ?

Je désigne le panneau. Le Polaroid. Le T-shirt.

— Oh, ça, fait-il avec un rire gêné. Non, ça, c'était une soirée où elle recevait ses amis, je suis juste monté une minute pour les voir. Ils écoutaient de la musique. Son copain était là aussi, donc non. Scott était là. C'est rien, je vous jure.

Une alarme se déclenche sur le téléphone de Shawn.

— Vous connaissez le fiancé de KT ?

— Je le connais pas, je l'ai juste vu deux ou trois fois, il était tout le temps fourré ici. Comme il fume, je le voyais dehors. Interdit de fumer à l'intérieur, règle de ma mère.

— Shawn, que pensez-vous de Scott ? C'est quelqu'un de bien ? Il faisait parfois du mal à KT ?

— Quoi ? Non. Pas que je sache. Écoutez, je n'ai rien à voir avec ça. J'habite ici, c'est tout. Sbarra, c'est un de ces mecs… Toutes les filles sont folles de lui, il a jamais eu aucun problème dans la vie, il se pointe et toutes les portes s'ouvrent pour lui, vous voyez ? Comme quand on roule en voiture et que tous les feux sont au vert. Bon, il faut vraiment que j'y aille. Pour mon boulot, désolé. Faut que je ferme à clé.

— Scott est-il venu le jour où KT est morte ?

Shawn regarde le lit, puis les fenêtres.

— Écoutez, faut que je parte…

— Était-il ici ?

— Scott Sbarra ? Un mètre quatre-vingt-treize, les yeux bleus, vingt-deux ou vingt-trois ans ? Ouais, Scott est venu. On peut pas le rater.

- 10 -

J'ai l'impression de quitter à jamais l'appartement de KT. Comme si une page se tournait. J'ai un nœud à l'estomac rien que d'y penser.

Nous nous attardons sur les marches, maman et moi, tandis que papa cherche un taxi.

— Comment te sens-tu ? demande maman.

Comment je me sens ? *Comment je me sens ?* Perdue, furieuse, terrorisée, seule. Désespérément triste. Comme si ma jumelle m'avait été volée par ce quartier, par cette masse de gens. J'ai envie de retourner directement à Londres et de m'enfermer chez moi pour décompresser.

— Je pense que ça m'a aidée un peu à comprendre. De voir où elle habitait.

Maman me prend dans ses bras et une de ses boucles d'oreilles s'accroche aux miennes.

— Excuse-moi, tu as toujours eu du mal à exprimer tes émotions, tu tiens ça de ton père. Katie avait le problème inverse. À cause de moi, je suppose.

Maman se met à pleurer et à rire en même temps. Papa nous fait signe qu'il a trouvé un taxi.

— L'inspecteur nous a posé beaucoup de questions sur des garçons jaloux et des problèmes d'argent. Katie t'avait dit que Scott était jaloux ?

Je secoue la tête.

— Je n'ai même pas pu demander quoi que ce soit. C'est lui qui posait toutes les questions. Il a dit qu'elle avait des bleus au visage.

Maman me prend la main.

— Nous avons vu ça. C'était très léger, ma chérie.

Pendant notre trajet, Central Park défile derrière les vitres. Nous longeons le Lincoln Center : des centaines de touristes insouciants font des selfies devant les fontaines.

Le parfum de KT ne me quitte pas. Ce châle. Plaquée contre une des portières, je jure de venger ma sœur. Rien ne va plus. Tout part de travers. Je dois débusquer ceux qui sont responsables de la souffrance qu'elle a connue et contribuer à remettre le monde d'aplomb. Elle en aurait fait autant. Ce crime ne peut pas rester impuni.

Lorsque nous regagnons notre hôtel, il y a du vomi devant la porte de mes parents. Un homme est en train de nettoyer de son mieux avec une serpillière et un seau, mais les dalles de moquette sont déjà imprégnées. Il s'excuse et maman répond :

— Ce n'est pas votre faute, monsieur.

Ils veulent faire une sieste. J'explique que je sors faire un tour. Explorer la ville. Respirer un peu, en m'en tenant aux zones touristiques sans danger. Maman paraît tout à coup beaucoup plus âgée. De vingt ans plus âgée. J'ai de la chance de l'avoir. Toujours fiable, toujours à penser aux autres. Le roc auquel notre famille est amarrée.

Sur mon téléphone, je cherche Scott Sbarra. Il n'est pas difficile à repérer sur Internet. Pas comme moi.

Sur sa page LinkedIn, j'apprends où il a fait un stage l'été dernier. Sur Facebook, je découvre la ribambelle de ses ex-fiancées ou amourettes, dont la plupart ressemblent un peu à KT – un peu à moi. En tant que bénévole au Kenya, il a aidé à construire une école, et il s'est bien assuré que tout le monde serait au courant. Il fait de la musculation. Scott Sbarra prend soin de son physique et il est rameur dans l'équipe poids lourds de Columbia. Je suis douée pour ce genre de recherches. J'obtiens des résultats. Je consulte le site de l'équipe d'aviron, trouve le local, l'agenda, des informations sur le coach. Une session d'entraînement devrait se terminer bientôt. Je m'informe sur les horaires et les itinéraires des bus, car je refuse de prendre le métro.

L'hôtel est silencieux quand je m'esquive.

Une bonne partie de moi souhaite retourner à la relative sécurité de ma chambre. Abandonner. Mais une partie plus importante a besoin de réponses. De creuser. D'interroger cet homme.

Dans Midtown, l'heure de pointe correspondant au déjeuner est passée, mais cela ne change pas grand-chose. Ici, c'est toujours l'affluence, semble-t-il. Les gens marchent encore plus vite que dans le centre de Londres. Le portable collé à l'oreille, munis d'un petit sac à dos : l'assurance urbaine.

Hélas, le bus que je veux prendre part de Times Square.

Je trouve l'arrêt avec l'aide du charmant marchand de smoothies. Il tente de m'en vendre un mais je refuse poliment et promets de lui en acheter un plus tard.

Le bus est correct. J'ai mon poing de singe, mes aiguilles à tricoter et ma chaussette remplie de pièces d'une livre. J'ai l'impression de pouvoir affronter ce trajet s'il me permet de jauger le fiancé de KT, de le regarder dans les yeux.

Je descends du bus dans la 218e Rue ouest. Nous ne sommes plus du tout dans Midtown. Même plus dans Harlem ; c'est la pointe nord de Manhattan. Au nord de Fort George et de Washington Heights, dans Inwood. Les rues sont autrement dangereuses. Moins de piétons, moins de risques de terrorisme, mais aussi moins de magasins appartenant à de grandes chaînes reconnaissables et pouvant servir de refuge, réel ou supposé.

Je suis les panneaux jusqu'au local de l'équipe d'aviron de Columbia. Un bâtiment neuf à côté d'un ancien, une rampe en béton descendant vers la Harlem River, les arbres emmêlés et le feuillage brûlé d'Inwood Hill Park à l'arrière-plan, le pont Henry-Hudson au-delà.

Je ne vois personne sur l'eau.

Finalement, un homme de mon âge sort du bâtiment neuf, très grand, en T-shirt et pantalon de jogging.

— Excusez-moi, dis-je en souriant et en exagérant mon accent anglais. Scott Sbarra est là aujourd'hui ?

— On se connaît, non ? dit-il en plissant les yeux, la lèvre retroussée d'un côté. On s'est rencontrés chez Julia. Katy, c'est ça ? Non. Kirsty ? Désolé. Comment ça va ?

Comment peut-il ne pas être au courant pour KT ? J'avais imaginé que tout le monde en parlait, sur le campus. Surtout Scott et ses camarades.

— Scott est ici ?

— Oui, bien sûr. Je viens de le voir dans son bateau. Il doit être sous la douche, maintenant. Il sera là dans une minute. Hé, on se voit chez Alisha ce soir ?

Je secoue la tête.

— À la prochaine, alors, dit-il en s'éloignant et en mettant ses écouteurs dans ses oreilles.

Je pressentais que Scott serait à l'entraînement, mais c'est un choc malgré tout.

Trois hommes apparaissent cinq minutes plus tard. L'un d'eux, le plus costaud, me dévisage, sourit, puis change de physionomie. Ses traits s'affaissent. Il fronce les sourcils. Quand ils sont plus loin dans la rue, tous trois se retournent vers moi.

Scott sort seul, un sac à dos sur la poitrine et un autre derrière.

Il se pétrifie lorsqu'il m'aperçoit.

Il ne s'évanouit pas, il ne vomit pas, il ne crie pas, mais il s'arrête tout d'un coup. Il est totalement immobile. Paralysé à ma vue.

— Scott Sbarra ?

Son visage se décompose.

— Je suis Molly.

Il s'avance lentement vers moi.

— Je ne savais pas que vous étiez à New York. Enfin, je suis absolument désolé pour votre sœur. Nous sommes tous sous le choc, ici.

Pas au point de manquer ton entraînement d'aviron.

— On pourrait discuter un peu ?

— Bien sûr... Quand êtes-vous arrivée ? Euh, ça t'ennuie si on se tutoie ? Comment tu as su où me trouver ?

— Je suis arrivée hier soir.

Il soupire et ajuste les sangles de ses sacs.

— Katie me parlait tout le temps de toi.

Il me dévisage pour s'assurer qu'il ne parle pas à sa fiancée morte, car nous sommes presque identiques non seulement pour l'œil, mais pour l'oreille aussi.

— Je ne peux pas croire qu'elle ne soit plus là, dis-je. C'est un cauchemar.

— M'en parle pas.

Il paraît fatigué, soudain.

— Il y a un endroit pas loin où on pourrait s'asseoir ?

— Oui, il y a un café à deux cents mètres, ça irait ?

C'est mieux de marcher dans ce quartier avec Scott. Il mesure une dizaine de centimètres de plus que papa et ses épaules sont deux fois plus larges que les miennes. Il a des muscles longs, le physique d'un nageur plutôt que d'un adepte de la gonflette.

— C'était une fille formidable, commence-t-il. Une personne formidable.

— Je sais.

— Nous ne sortions ensemble que depuis quelques mois, mais elle n'était vraiment pas comme les autres. Je l'aimais énormément.

— Elle me l'a dit.

— Ah oui ?

— Bien sûr. Nous sommes jumelles. Nous nous confions absolument tout.

Il me regarde avec une expression de crainte plutôt que d'amitié. Comme si je savais des choses que je devrais ignorer.

Il ouvre la porte du café et j'entre. La chaleur de la salle et l'odeur du café me mettent immédiatement à l'aise. L'endroit me paraît familier : parquet en bois, gobelets à emporter, fauteuils en cuir usé. Je pourrais presque me croire à Londres.

— Un triple expresso avec lait d'amande, commande-t-il.

— Pour moi, juste un cappuccino.

— À quel nom ?

— Scottie.

Nous nous asseyons près de la vitrine.

Je le regarde droit dans les yeux tandis qu'il souffle sur son expresso. *Sais-tu qui a tué ma sœur ?* ai-je envie de demander. *Sais-tu ce qui est arrivé à la personne avec laquelle je suis venue au monde ? Lui as-tu fait du mal ?*

— Honnêtement, je ne sais pas quoi te dire, marmonne-t-il.

Il ne paraît ni triste ni affolé. Son regard est clair.

— Tu souffres sans doute, dis-je.

— Beaucoup, oui. Le jour où ils attraperont le type qui a fait ça, je...

Sa mâchoire se bloque et je vois saillir les muscles de part et d'autre de son visage.

— Tu l'as vue le jour où elle est morte, Scott ?

— Non.

— Non ? Quelqu'un m'a affirmé le contraire.

— Enfin, si, tôt le matin. Avant mon jogging. Ça a été très bref.

— Elle t'a semblé normale ?

— Elle dormait encore quand je suis parti. Nous avions travaillé à la bibliothèque Butler, la veille. Katie faisait la grasse matinée.

— Parle-moi de sa vie ici. Je ne pourrai pas rester longtemps à New York et je veux aider la police si je peux. Quelqu'un doit bien savoir qui est le coupable. Il faut l'arrêter.

— Katie était toujours de bonne humeur, une fille qui aimait rire. Tu dois être pareille.

Nous n'étions pas du tout pareilles.

Nous ne l'avons jamais été.

— À la fac, elle s'est très vite fait des amis. Un tas de garçons lui couraient après, tu sais, mais elle était exigeante. Sûrement parce qu'elle était anglaise. Elle était très copine avec Vi Roseberry. Tu lui as parlé ?

— Pas encore.

— Vi peut être pénible, franchement, mais elle est cool et elles étaient très proches, deux âmes sœurs.

Il me paraît troublant qu'il ne s'attribue pas, ou ne m'attribue pas à moi, le rôle d'âme sœur de KT. Je devrais être la candidate numéro un, avec lui en numéro deux, mais pas Violet Roseberry.

— KT a-t-elle jamais été suivie ou harcelée dans le campus, à ta connaissance ? Avait-elle reçu des menaces ?

— Son voisin d'en dessous était un dingue. Un loser de première classe. Mais il avait l'air inoffensif. Si Katie avait été harcelée, j'y aurais remédié – tu vois comme je suis bâti.

Je le regarde.

— Jamais je n'aurais laissé quelqu'un lui faire de mal.

— Quelqu'un l'a tuée, Scott.

Notre conversation s'interrompt et c'est comme si tout le café nous écoutait, mais non. Les autres clients vérifient leurs likes et leurs retweets, leur nombre d'abonnés et de vues sur LinkedIn.

— Mais je n'ai rien pu faire, soupire-t-il. Elle n'était pas toujours facile, ta sœur. Elle allait dans des tas d'endroits sans moi, et elle sortait avec ses amis. Il y avait d'autres garçons parmi eux. Je tâchais de ne pas me formaliser, mais je ne pouvais pas non plus la protéger quand elle était avec un autre, pas vrai ?

— Non, sans doute pas.

Il fixe sur moi un regard froid, puis se tourne vers la vitrine et finit son café.

— Elle avait une dent contre son tuteur, le professeur Groot, un vieux barbu. Je ne suis pas dans sa classe. Rien de précis, mais elle était toujours bizarre quand il était là. Un genre de malentendu, qu'elle ne m'a jamais expliqué.

— Le professeur Groot.

— Eugene Groot. Lit Hum.

Je prends note.

— Que signifie Lit Hum ?

— Littérature et Humanités. Je suis désolé, Molly, dit-il en consultant sa montre, il faut que j'aille en cours.

— Y a-t-il un autre détail, même quelque chose de très mineur ? Quelque chose que je pourrais transmettre à Martinez ?

— À qui ?

— L'inspecteur Martinez. De la brigade des homicides. Tu ne l'as pas encore rencontré ?

Il paraît embarrassé.

— Non. J'ai vu un autre flic. Un nom différent.

— Aide-moi. Nous devons découvrir ce qui s'est passé.

— Tu crois que je ne le sais pas ? J'ai envie que ce type se retrouve très vite sur la chaise électrique.

— La chaise électrique ? À New York ?

— Tu vois ce que je veux dire.

J'écris mon numéro de téléphone sur une serviette en papier.

— Appelle-moi si tu as des informations, ou même simplement pour parler de KT. Je veux continuer à parler d'elle. Pour la maintenir en vie un peu plus longtemps.

Scott me regarde comme si j'étais dérangée, puis il glisse la serviette dans sa poche et reprend ses deux sacs.

— Il faut vraiment que j'y aille. Je suis désolé pour ta sœur.

- 11 -

Je suis tentée d'appeler un taxi mais je n'ai pas les moyens de me payer la course. Disons que je pourrais me le permettre, mais qui sait à quelles dépenses je devrai faire face au cours des jours qui viennent ? En marchant dans Broadway, je me rends compte que cette rue est d'une longueur incroyable. Elle est bordée de part et d'autre de bâtiments à un seul étage. Ateliers de garagistes, épiceries, boucheries. Un cabinet juridique où l'avocat n'est payé que s'il gagne le procès de son client. Je trouve un arrêt de bus et j'essaye de comprendre les horaires.

— Vous êtes une touriste ? Une touriste, hein ? Vous êtes pas d'ici ?

La femme est accompagnée de sa petite-fille et elle traîne derrière elle un chariot à provisions.

— En effet. Excusez-moi, je voudrais retourner dans Midtown.

Elle fronce le nez, puis passe sa langue sur ses dents.

— Vous feriez mieux de prendre le métro, ma petite.

— Je n'aime pas les souterrains.

D'un geste de la main, elle écarte cette objection.

— Oh, ça, c'est rien. Des millions de gens le prennent tous les jours. Faut juste pas regarder les rats. Ou les pervers. Bien sûr, y en a moins que de mon temps. Le métro, c'est plus ce que c'était, je dis ça dans le bon sens – du temps où Koch était maire...

Je l'interromps :

— Je ne peux pas prendre un bus d'ici ?

— Un bus ? Si, vous devriez pouvoir, mais avec la circulation ça sera plus long, comme je vous le dis. Si vous avancez encore sur deux cents mètres, vous trouverez le... Je me rappelle pas le numéro mais vous le verrez, en face de la pharmacie albanaise, elle est tenue par des Albanais maintenant, des gens très bien, avant c'était des Dominicains mais ils sont partis, il y a une grande croix verte sur la vitrine.

— Merci.

— Pas de quoi, ma petite. Bon voyage. Et faites attention à vous.

Je marche jusqu'à l'arrêt de bus et j'arrive à déterminer l'itinéraire à suivre.

Le panneau indique que je suis encore dans Inwood et, selon le plan, la meilleure solution est de prendre le bus qui va jusqu'à Grand Central Station, puis de terminer à pied, vers l'ouest.

Alors que je m'adosse à un mur de brique, une voiture arrive et le conducteur crie :

— C'est vous, Susan ? Vous allez à Port Authority ? Susan Bryers ?

Je fais signe que non.

Dans le bus, je parviens à m'asseoir près d'un homme dégingandé et mal rasé.

Les bâtiments gagnent de la hauteur : deux étages, cinq étages, sept. La ligne d'horizon est une crête de béton irrégulière qui s'élève vers Midtown et au-delà.

Je fouille un peu plus dans les comptes de Scott Sbarra sur les médias sociaux. Son Instagram est verrouillé mais son compte Twitter est public. Mon voisin répond à un appel – « Je suis encore à Inwood. Tu vas devoir attendre » –, puis raccroche. Scott suit les mêmes personnalités que la plupart des gens : Obama, Trump, Elon Musk, des acteurs comiques, Oprah, quelques astronautes et leaders d'opinion. Je découvre des vidéos de lui ramant, et une vidéo officielle de l'université Columbia où il parle quelques minutes de l'équipe poids lourds et de leur voyage d'entraînement sur le Canal 54 en Floride. Sa beauté est évidente, comme s'il sortait d'un dessin animé.

Nous traversons Sugar Hill et atteignons Hamilton Heights. Je me sens relativement à l'abri dans le bus, comme si je voyais tout cela sur un écran de télévision. Ce n'est pas si différent de Londres, et à la fois c'en est très loin. Le bus sent le cannabis, les pastilles à la menthe et le cuir. Certains bâtiments ont sur le toit un réservoir d'eau en bois. Il n'y a pas ça à Londres.

Je cherche le nom de KT dans les actualités et les articles s'accumulent. On parle de sa mort sur Fox News, CNN, la BBC, mais aussi 4Chan. Tout un fil lui est consacré sur Reddit. Puis je vois l'information. Quelqu'un signale que la sœur jumelle de KT est arrivée de Londres.

Je regarde autour de moi dans le bus, encore plus gênée que d'habitude. Je sors de ma poche le poing de singe et tiens l'extrémité dans ma paume. Le câble de parachute n'est pas aussi parfaitement noué que je le voudrais mais cela devrait quand même être efficace en tant qu'arme.

Le site de Columbia indique le numéro du bureau du professeur Groot, que j'appelle. Je tombe sur une messagerie et lui demande de me rappeler. Je précise que c'est urgent.

Mon voisin descend dans l'Upper East Side et, malheureusement, un passager moins idéal le remplace. C'est une femme de quatre-vingt-dix ans, ou du moins qui paraît avoir quatre-vingt-dix ans. Elle me confie que son père est mort dans les montagnes russes de Coney Island. J'écoute poliment mais, lorsqu'elle m'explique qu'elle s'en va cueillir des framboises sauvages dans le parc avec son grand-père, je détourne la tête. Pas par grossièreté, mais simplement parce que je ne veux pas l'encourager.

— Vous allez jusqu'à Times Square ? demande-t-elle. Oh là là, je pourrais vous en raconter de belles sur ce carrefour, et sur la 42e Rue – évidemment, c'était dans le temps, et tout ça a bien changé, ça n'est plus du tout pareil aujourd'hui, je ne dis pas que c'est mieux maintenant, juste que ça a changé. À l'époque, Times Square, c'était un peu le Far West. Un ami de mon grand-père a reçu un œuf dur dans l'œil en 1882, en plein dans l'orbite – il n'est plus jamais retourné à Manhattan, le pauvre homme. Comment s'appelait-il donc ?

Je quitte le bus à Grand Central Station, contente d'être à nouveau dans Midtown. La verticalité des immeubles est écrasante, mais au moins je reconnais plusieurs enseignes. Au moins le quadrillage des rues a un sens. Il est presque impossible de se perdre dans le centre de Manhattan dès lors que l'on sait compter.

Je lève les yeux vers le MetLife Building, puis je pars vers l'est en direction de Madison Avenue, affamée.

Je remarque dans une vitrine le reflet d'un type qui marche derrière moi. Il a une épaisse moustache et une casquette de base-ball. Je continue à avancer, j'attends que le feu soit vert, puis je traverse Madison Avenue. Le type en fait autant, vingt mètres derrière moi, donc je tourne à gauche, vers le sud. Je passe devant le magasin de liqueurs de Park Avenue. Il ne me suit pas. J'entre dans un Starbucks. J'inspire lentement et profondément. J'observe la rue à travers la vitrine tout en mangeant un sandwich. Je me sens tout à coup beaucoup plus humaine. Quand je sors, je repère le type sur le trottoir d'en face, le nez dans son téléphone. Je retourne donc dans le Starbucks et en ressors par une issue latérale. Pas de moustachu en vue. Je repars vers Grand Central. S'il me suit vraiment, je le saurai bientôt. Changeant de trajectoire, je me dirige vers la Cinquième Avenue, près de la bibliothèque publique de New York. Le type est de nouveau là à m'espionner, il photographie la bibliothèque avec son téléphone, essayant d'avoir l'air d'un touriste. Je me précipite dans un magasin Muji et, au bout de cinq minutes, je ressors, le poing de singe à la main, pour me diriger vers Grand Central Station, à trois cents mètres. Il a disparu. Mon cœur bat très vite. Je pénètre dans la gare, descends les marches, me retourne et il est là. Je me mets à paniquer vraiment. Je pique un sprint, mes pièces tintent dans ma poche. Je traverse la salle des pas perdus à toute allure, je cherche à la fois le moustachu et de l'aide. Il y a là un bar à huîtres. Je me tiens dos au restaurant quand, depuis l'intérieur, une voix m'interpelle.

— Molly Raven, n'ayez pas peur.

Je me retourne, saisis mon poing de singe et lui montre l'arme. Il recule de quelques pas. Personne d'autre ne semble nous remarquer.

— Pourquoi me suivez-vous ? Qui êtes-vous ?

Il lève les paumes pour me calmer, puis un flic s'approche.

— Tout va bien ? Cet homme vous ennuie ?

Le moustachu se présente :

— Bogart DeLuca, détective privé. Avant, je travaillais à la trente-quatrième antenne de police.

Le flic l'ignore.

— Tout va bien, madame ? Vous avez besoin d'aide ?

Je regarde le moustachu, qui répète, cette fois à mon intention :

— Je suis Bogart DeLuca, détective privé agréé à New York. J'ai été embauché par Columbia pour enquêter sur le meurtre de votre sœur. Je veux vous aider, c'est tout.

— Vous voulez que j'appelle quelqu'un, madame ? propose le flic.

— Non, ça va. Merci, monsieur l'agent.

Il fixe les yeux sur moi quelques secondes, puis sur DeLuca.

— Je reste là-bas.

Il désigne l'escalier surplombant les restaurants.

— Je suis désolé de vous avoir fait peur, dit DeLuca. Je suis parfois maladroit.

— Vous auriez une preuve de votre identité ? Un insigne professionnel ?

— Bien sûr.

Il me tend une petite carte d'identité.

— Pas d'insigne ?

— Je ne suis plus dans la police, Molly.

— Pour quelle raison ?

— C'est une longue histoire. On pourrait s'asseoir quelque part pour parler ? J'ai une putain de patte folle qui me lance.

Je tressaille.

— Ça va ?

— Je n'aime pas les jurons.

— Vous n'aimez pas les jurons ? On est à New York, Molly – vous ne pourrez pas y échapper. Écoutez, je suis désolé pour votre sœur. Je vais vous aider à découvrir ce qui lui est arrivé. Je suis vraiment doué pour ça.

Nous nous asseyons à la terrasse du Shake Shack et il achète deux milk-shakes. Le flic nous observe toujours.

— Columbia vous a embauché ?

— Eh bien, pas précisément. J'ai été embauché par une fondation privée, affiliée à Columbia, pour enquêter sur l'affaire. La fondation a des rapports avec l'université - relations philanthropiques, ce genre de chose. C'est compliqué.

— Une fondation ?

— Les gens qui finançaient les études de Katie.

— Sa bourse ?

— Ouais, c'est ça, enfin, c'était plutôt un parrainage qu'une bourse. Ils veulent savoir ce qui lui est arrivé. Les directeurs de la fondation. Ils m'ont donc contacté.

— Comment s'appelle cette fondation ?

— Ils sont très discrets, Molly. Je suis payé par un avocat installé aux îles Caïmans, c'est très indirect. Je ne suis même pas sûr moi-même du nom de la fondation, à vrai dire. Ils sont quelque part en Europe.

— Je pense que je préférerais avoir affaire seulement à la police.

— Vous pouvez, répond-il en aspirant le milk-shake avec sa paille. Mais j'ai travaillé dans les deux camps et je sais comment obtenir des résultats. Croyez-moi, la police de New York est la meilleure du monde - j'y ai encore des potes -, mais ils doivent se farcir des tonnes de cas merdiques, pardon si je vous choque. L'affaire de Katie fait la une en ce moment, mais bientôt ils auront une autre fille morte sur les bras, et puis une autre encore. Si le mystère n'est pas élucidé rapidement, ça deviendra un crime parmi tant d'autres. J'espère que vous comprenez. Alors que moi, je mène l'enquête jusqu'à ce que j'aie réglé une affaire. Une seule. Et en ce moment, l'affaire dont je m'occupe, c'est votre sœur jumelle.

— Vous ne travaillez que sur le cas de KT ? Rien d'autre ?

— C'est comme je vous le dis. En plus, l'inspecteur chargé de l'enquête... Martinez, de la vingt-sixième antenne, un bon gars à ce qu'il paraît, je n'ai jamais été directement en contact avec lui, mais on a des connaissances en commun... Eh bien, lui ne touchera pas de prime s'il résout l'énigme.

— Tandis que vous...

— Ah oui ! Mon contrat prévoit un bonus lié au résultat.

— Alors pourquoi me suivre ? Pourquoi ne pas m'avoir écrit un courriel ? Pourquoi avez-vous besoin de moi, DeLuca ?

— Bogart, appelez-moi Bogart.

— Pourquoi me suivez-vous, Bogart ? Vous m'avez fait peur.

— Désolé. J'ai des questions à vous poser, c'est tout. Des questions urgentes. Mon petit doigt m'a dit que vous aviez un billet retour sur un 777 de British Airways qui décolle dans cinq jours, et je voulais vous rencontrer pour qu'on puisse collaborer. Personne ne connaissait Katie mieux que vous, j'ai raison ?

Je hoche la tête.

— Donc vous voyez où je veux en venir.

— Que voulez-vous savoir ? Qui elle fréquentait ? Où elle allait ?

— Oui, mais je connais déjà l'essentiel. Vous pouvez m'aider parce que, à mon avis, vous avez les mêmes réactions qu'elle, vous voyez ? Ce que je vous demande, Molly, c'est ce que vous disent vos tripes à propos de l'assassin de Katie.

Je regarde autour de moi les banlieusards avec leurs écouteurs et leurs livres.

— Je sens que c'était quelqu'un qui la connaissait bien.

Il acquiesce.

Je me rappelle le calme de Scott Sbarra.

— Mes tripes m'orientent vers le fiancé.

— Scott Sbarra. Et puis ?

— Le jeune homme qui habite au sous-sol de son immeuble.

— Shawn Alexander Bagby, le YouTuber. Oui, j'ai déjà le gamin dans mon radar.

— Et son amie Violet. Peut-être. Mais je ne sais pas. Je ne l'ai pas encore rencontrée.

— Continuez.

— Nous ne nous sommes jamais parlé, mais KT m'a parfois dit qu'elle se montrait un peu pénible. Un peu trop envahissante, intrusive. Rien de sexuel - elle n'a jamais fait d'avances à KT, rien de ce genre-là -, mais son amitié était intense.

Il prend note dans un petit calepin, au crayon.

— C'est bon à savoir. Vous avez son nom de famille ?

— Roseberry. Violet Roseberry. Je pense qu'elle a eu des problèmes de santé mentale, à une époque. KT m'a confié qu'elle avait séjourné en hôpital psychiatrique. Quelque part dans les Catskills.

— Un asile de dingues dans les Catskills ? Intéressant.

— Un hôpital, dis-je en le foudroyant du regard.

Il prend note.

— Autre chose, Molly ? Je vous garantis que je travaillerai jour et nuit pour résoudre le mystère. Je ne dormirai pas tant que je n'aurai pas fait arrêter l'assassin de Katie. Il n'y a rien d'autre ? Quelque chose qui vous tracasse, peut-être ?

— Je veux parler à son professeur à Columbia. J'ai laissé un message pour qu'il me rappelle.

— Le professeur Crabtree ? Philip Crabtree ?

— Non, je ne le connais pas, celui-là. Je veux parler d'Eugene Groot.

— Ah oui, ça me dit quelque chose. Pourquoi vous vous intéressez à Groot ?

Je repense à l'expression de Scott lorsqu'il a mentionné le professeur.

— KT m'a rapidement parlé de lui il y a quelques mois. Il était très cordial avec elle, très intéressé par son travail. Ils ont dîné ensemble dans un restaurant appelé Nolita.

— Vraiment ?

— Je m'en souviens parce que je n'avais jamais entendu parler de cet endroit et que le nom m'a fait penser à *Lolita*. De Vladimir Nabokov.

— Le Nolita se situe entre Little Italy et le Bowery.

— Je sais. J'ai cherché.

Il baisse les yeux sur son calepin.

— Scottie Sbarra, Shawn Bagby, Violet Roseberry, le professeur Eugene Groot. Vous sentez quelque chose dans vos tripes à propos de quelqu'un d'autre encore ? Juste un soupçon ?

J'hésite à lui parler de papa. Qui n'a ni pleuré ni vraiment réagi à la mort de KT. C'est bizarre. Parfois, on croirait qu'il est en vacances plutôt qu'en deuil.

— Non. Rien que ces quatre-là.

- 12 -

Bogart DeLuca me tend sa carte. Il y a un genre d'écusson au dos, comme s'il n'avait pas encore tout à fait renoncé à sa carrière dans la police.

Il fait froid alors que je regagne la 44e Rue ouest. Je reçois un texto de maman quand j'ouvre la porte de l'hôtel. *Où es-tu ?* Je réponds : *Ici.*

Des étudiants sud-africains passent en file indienne.

Quand je frappe à la porte, maman m'ouvre avec un air inquiet. Il semble aussi qu'elle se soit remise à prendre des somnifères. Elle a commencé après la mort de grand-mère et papa a dû surveiller pendant un temps les médicaments qu'elle prenait, les rationner, lui distribuer un comprimé chaque soir pour éviter qu'elle n'en avale trois d'un coup afin de s'assommer.

— Où étais-tu, ma chérie ?

— J'ai rencontré le fiancé de KT.

Papa se raidit et se redresse à la mention de Scott Sbarra.

— Qu'a-t-il dit pour sa défense ? Il n'a même pas eu la correction de venir se présenter à ta mère ou à moi, ni même de nous écrire un mot.

— Comment ferait-il pour vous trouver ?

— Eh bien, lance papa avec agacement, t'a-t-il seulement confié un message à nous transmettre ?

— Non, mais ça ne signifie pas qu'il n'aimait pas KT. Ce n'est pas comme s'ils avaient été mariés, papa. On ne peut pas lui en vouloir.

— Je lui en voudrai si ça me plaît.

— Paul, intervient maman.

— J'aimerais juste connaître sa version des faits.

— Il m'a expliqué qu'ils avaient travaillé ensemble la veille à la bibliothèque Butler de Columbia. Il a passé la nuit avec elle et il est parti de bonne heure le lendemain matin.

Papa renifle.

— T'a-t-il fait l'effet d'un garçon bien, Molly ? demande maman.

Je hausse les épaules.

— Oui, je suppose.

— Molly a le goût plus sûr, déclare papa.

Ce qu'il sous-entend, c'est que je suis encore vierge à vingt-deux ans et que je ne suis jamais vraiment sortie avec un garçon. J'ai un profil soigneusement rédigé sur trois sites de rencontres, l'un des abonnements m'ayant même été offert par maman pour mon anniversaire, mais je ne me suis jamais senti assez d'affinités pour vouloir rencontrer en personne aucun des inscrits.

— Il a l'air très bien, papa. Il fait de l'aviron.

Papa se redresse un peu plus.

— Et j'ai rencontré un détective privé qui enquête sur l'affaire.

— Un quoi ? s'étonne maman. Comment l'as-tu rencontré ?

— Qu'est-ce qu'il t'a raconté, ce détective privé ? demande papa.

— Il a été embauché par Columbia – indirectement, si j'ai bien compris. Il est payé par la fondation qui finance la bourse de KT.

— Il est payé par eux ? Pourquoi ?

— Je suppose qu'ils ont misé beaucoup d'argent sur KT et qu'ils ont peur de ne pas obtenir de retour sur leur investissement. Je ne sais pas, papa. Je n'ai pas eu le temps d'y réfléchir. Il m'a demandé qui KT fréquentait, le même genre de questions que Martinez nous a posées à tous les trois. Ce détective était dans la police, avant.

— Avant ? fait maman.

Papa reçoit un appel de son banquier et sort dans le vestibule.

— Il devient fou dans cette pièce minuscule, me confie maman.

J'observe leur chambre, environ quarante pour cent plus grande que la mienne.

— Vous auriez dû rester au Best Western.

— J'aurais préféré.

Je contemple la tache au plafond.

— Ton père essaye de négocier un accord de liquidation volontaire avec ses créanciers. Une sorte de plan de paiement. Nous ne devrions même pas être ici. Il est très stressé en ce moment.

— Il n'est pas le seul, toi aussi.

— Mais nous sommes plus fortes, nous autres.

Nous nous embrassons. La moquette sent l'eau de Javel, et la silhouette de papa éclairée à contre-jour dans le vestibule grandit alors que nous nous étreignons.

— Je veux juste que son assassin soit arrêté, murmure maman. Enfermé pour toujours.

— Moi aussi.

— Violet Roseberry m'a écrit pour me demander tes coordonnées. Elle nous a trouvés grâce au site de l'entreprise. Je pense qu'elle va te contacter. Elle a des choses ayant appartenu à Katie qu'elle souhaite te donner. Je lui ai indiqué ton adresse électronique, j'espère que tu ne m'en voudras pas.

— Aucun problème. Je vais prendre dix minutes pour lui répondre tout de suite.

— On se voit au snack. Tu veux qu'on commande pour toi ?

— Non, il me faudra peut-être plus de temps, ne m'attendez pas.

— Bien sûr que nous t'attendrons, Molly. Nous allons d'abord prendre le thé. Ne te presse pas.

J'entre dans ma chambre. La batte de base-ball, le spray anti-frelons, le couteau.

Dans ma boîte, je trouve deux spams et trois nouveaux courriels. Un de Violet Roseberry demandant si nous pouvons nous rencontrer, me donnant son numéro et celui de Scott au cas où j'aurais besoin d'aide tant que je suis à New York. En réponse, je suggère qu'on se voie en fin d'après-midi. Elle propose 17 heures devant la YMCA du West Side, à côté du parc. J'accepte le rendez-vous. Puis j'ouvre le dossier où j'ai archivé les messages de KT.

4 773 courriels.

En général, nous échangions des SMS ou nous parlions sur FaceTime, mais nous nous envoyions aussi souvent des articles ou des liens. Parfois, nous ne prenions même pas le temps de nous demander si l'autre aurait envie de lire le texte ; c'était comme un automatisme. Nous étions deux côtés de la même double hélice. Je ne sais pas combien de fois nous nous sommes envoyé le même article exactement au même moment. Ce que je trouve intéressant, KT le trouve généralement intéressant. Le *trouvait*.

Il y a un message qui ne vient ni de son compte Gmail, ni de sa boîte de King's College ou de Columbia. Un unique courriel envoyé depuis l'adresse katie999@fortressmail.tv. Il date de l'an dernier et il est vide. J'y ai répondu par « C'est toi, KT ? » et elle n'a jamais réagi, j'ai donc supposé que c'était un spam ou un hameçonnage. Mais le 999 était son nombre préféré, alors c'était peut-être un compte supplémentaire.

Je cherche FortressMail sur Google. Cette messagerie existe encore. Elle est implantée à Panama. Sur le site, il est beaucoup question de cryptage de bout en bout, d'open source, de technologie VPN et du fait qu'il n'y a ni archivage ni log d'IP. J'essaye de me connecter avec le nom d'utilisateur de KT et *mollyraven* comme mot de passe, en vain. Apparemment, il me reste quatre tentatives. J'échoue encore avec *katiemolly* et *mollykatie*. Plus que deux tentatives. Enfants, nous avions notre langage – pas très sophistiqué, mais à six ou sept ans nous utilisions le contraire des mots ou nous en supprimions la première lettre. KT et moi nous bavardions à vitesse normale, ou même plus vite, à force, et nos parents ne pouvaient jamais suivre. J'essaye *atie*. Incorrect. Plus qu'une tentative. J'essaye *ollie*.

Ça marche.

Dans la boîte de réception, 774 courriels, dont 773 ont été lus.

Il y a 592 messages envoyés.

La corbeille est vide.

Il n'y a qu'un message dans les brouillons, que j'ouvre.

Il date d'il y a neuf jours et il est adressé à OPO64@fortressmail.tv. Un courriel que ma sœur n'a jamais envoyé, avec pour objet *Elle*. Le message dit :

Je suis désolée de vous embêter avec ça, je sais que vous avez beaucoup de travail, mais V me rend complètement cinglée. Elle ne veut pas comprendre. J'ai peur qu'elle n'attente à sa vie. Un jour, elle m'a dit que son père a un revolver dans le tiroir de sa table de chevet et que sa mère a assez de pilules de codéine pour tuer une équipe de base-ball. Elle n'a plus qu'une idée en tête et je n'aime pas ça

XX

V doit être Violet Roseberry, la meilleure amie de KT, la fille que je dois rencontrer dans un peu plus d'une heure. Mais elle n'a qu'une vingtaine d'années ; peut-elle vraiment être dangereuse ? À qui KT prévoyait-elle d'envoyer ce courriel ? OPO64. Cela ne me rappelle rien. Et cet individu, homme ou femme, est très pris par son travail. Pourquoi KT n'a-t-elle jamais envoyé ce message ? Je tape « OPO64 » sur Google et j'obtiens un tas d'acronymes et de spécifications techniques, puis, à la page 17 des résultats, je tombe sur quelque chose de pertinent.

La faculté de littérature et d'humanités de l'université Columbia, New York. Bâtiment OPO. Salle 64. Professeur Eugene Groot.

Je tire de ma poche la carte de visite et j'envisage de transférer ce brouillon à Bogart DeLuca. Martinez serait sans doute le meilleur choix, mais il faudrait que j'avoue avoir piraté la messagerie de ma défunte sœur. Je pourrais dire que je connaissais son adresse. Je pourrais dire que j'avais déjà le mot de passe.

J'entends un bruit derrière mon épaule. J'attrape la batte et ma porte se met à trembler sur ses gonds. Quelqu'un tente de crocheter la serrure en y introduisant un objet métallique. Je déglutis, la vitesse de mes battements de cœur est multipliée par deux, puis je me lève lentement et j'adopte une position défensive : un pied en avant, les genoux fléchis. Je pourrais hurler, mais un attaquant compétent étoufferait mes cris en une seconde ou moins. Je lève la Louisville Slugger au-dessus de ma tête quand la porte s'ouvre sur une petite vieille portant une résille dans les cheveux.

— J'ai cru que vous vouliez entrer par effraction ! dis-je en baissant ma batte.

— Ne me frappez pas. Oh, mon Dieu ! S'il vous plaît, madame.

— C'est bon.

— Non, non. Je travaille ici. Je vérifie toutes les chambres pour m'assurer que tout est OK. Je fais ma ronde tous les deux jours. Je travaille ici depuis quatre ans.

— Tout est en ordre. Désolée de vous avoir fait peur.

— OK, madame.

Elle s'en va et je me promets d'améliorer ma sécurité. J'ai besoin d'être protégée mais aussi de rester dans le cadre de la loi. Le risque d'être attaquée est une chose, celui de m'attirer des ennuis avec la police en est une autre. Il y a une limite à ne pas franchir.

Je range dans mon petit sac le couteau, soixante dollars en liquide et le spray anti-frelons avant de sortir en fermant ma porte à clé.

L'air extérieur est chargé d'une odeur de noix grillées mêlée à des effluves d'essence. Deux hommes discutent sur le trottoir d'en face, et un pigeon à une seule patte se débat pour tirer une frite d'une grille d'égout.

Je me dirige vers la camionnette du marchand de smoothies, qui m'a aidée à trouver la quincaillerie.

— Encore vous ! Comment ça va, Molly ?

— Vous vous souvenez de mon prénom.

Il sourit.

— Un jour, vous serez ma nouvelle meilleure cliente.

— Et quel est le vôtre ?

— Mon quoi ?

Il sert deux bubble teas à un couple.

— Quel est mon quoi ?

— Votre prénom.

— Jimmy.

— Le vrai.

— Mon vrai nom, c'est Mahmud Nadir. Vous pouvez m'appeler Jimmy. Je m'appelle Jimmy.

— OK, Jimmy. Il paraît que vous avez remporté un prix avec vos smoothies.

Il brandit plusieurs cartons pliés, ses certificats.

— J'en ai eu trois. Deux pour l'hygiène, un pour ma salade de fruits.

Derrière le comptoir, il y a un drapeau des États-Unis, un petit drapeau afghan et une photo de sa famille.

— Je pourrais avoir un smoothie ?

— Sans problème.

— Mangue-framboise, s'il vous plaît.

— Et voilà.

Il me donne mon gobelet et je lui tends cinq dollars et mon sac à dos. Il recule, les mains en l'air.

— Attendez, c'est quoi, ça ? En tout cas, j'en veux pas. Pas question. Non, merci.

— C'est un sac prêt-à-emporter de survie, dis-je en souriant.

— Un quoi ?

— Un sac prêt-à-emporter de survie, Jimmy.

— À emporter ?

— Exactement.

— Euh, vous pourriez parler plus clairement ?

— Depuis combien de temps habitez-vous New York, Jimmy ?

Il refuse toujours d'accepter le sac.

— Dix-huit ans, pourquoi ?

— Vous savez que parfois les choses tournent mal. Un gros orage, une crise financière. Une explosion, un accident de bus, une fusillade, ce genre de trucs.

Il m'observe avec méfiance, les mains toujours très loin de mon sac à dos.

— J'aime bien laisser quelques objets importants hors de ma chambre d'hôtel quand je voyage. Parfois, je les dépose dans une consigne à la gare, mais là j'ai pensé que je pouvais vous confier ce sac. Je repars bientôt en Angleterre, c'est juste pour trois ou quatre jours. Vous pouvez l'ouvrir : il n'y a pas de bombe, pas de membres humains à l'intérieur.

— Je ne peux pas le prendre.

— S'il vous plaît, Jimmy. C'est une urgence familiale et je n'ai pas les moyens de me payer une consigne pour le moment. Regardez à l'intérieur si vous voulez.

Il plisse les yeux.

— Qu'est-ce qu'il y a dedans ?

— Un peu d'argent, de l'eau, de l'insecticide, des vêtements de rechange, un canif, des Tampax...

— D'accord, d'accord, ça suffit. Je vous le garde. Mais je ne veux pas en être responsable, vous m'entendez ? S'il disparaît, si quelqu'un le prend, ce sera la faute à pas de chance.

— Ça marche.

— Vous êtes folle, l'Anglaise.

— Je sais. Maintenant, pouvez-vous me dire où je peux trouver un spray au poivre ou un répulsif à ours ?

— Y a pas d'ours à New York.

Je hausse les sourcils.

— On m'avait parlé d'un magasin près de la 14e Rue, mais c'était il y a longtemps, je ne sais pas s'il existe encore. Il vendait toutes sortes d'armes pour les arts martiaux. Des étoiles ninjas, des trucs dans ce goût-là.

Faites gaffe si vous utilisez ça, Molly. Vous avez pris des cours ?

— Merci, Jimmy. À bientôt.

Il disparaît en marmonnant et dissimule mon sac à dos à l'intérieur de la camionnette.

Je passe au snack et j'annonce à papa et maman où je vais. Je suppose qu'ils ont renoncé à attendre car tous deux mangent de la tourte au poulet avec des frites. Tandis que maman me demande pardon, je remplis une serviette de frites et je repars.

Un taxi jaune m'emmène en dix minutes à la YMCA de l'Upper West Side.

Elle m'attend dehors.

Cheveux roux coupés court. Blue-jean. Épais manteau noir, comme pourrait en porter un ouvrier du bâtiment.

Violet me regarde sortir du taxi.

Puis elle s'écroule comme si elle venait de recevoir une balle dans la tête.

- 13 -

Je cours secourir celle que Scott a qualifiée d'âme sœur de KT. Personne d'autre ne semble remarquer qu'elle est à terre.

— Tout va bien, je vous assure. J'ai eu une faiblesse, il faut que je mange, je crois. Tout va bien. Je suis vraiment idiote.

Tout en se relevant, elle me fixe droit dans les yeux.

— Eh, mademoiselle, il faut me régler ! crie le chauffeur de taxi.

— Payez-le, dit Violet. Je vais mieux.

Je règle la course et le chauffeur me toise comme si j'avais essayé de le voler.

— C'est un plus grand choc que je ne pensais. De vous voir, je veux dire. Oh là là, mon Dieu, je suis désolée. Je suis Violet, Vi, l'amie de Katie.

— Je sais.

— Je sais que vous savez. Je me présente, c'est tout. Putain, qu'est-ce que tu lui ressembles ! Enfin, évidemment, vous êtes jumelles, mais putain, tu es exactement pareille qu'elle. Comme si rien n'avait changé – tu fronces même les sourcils comme elle.

Je hausse les épaules.

— Je suis désolée pour ce qui est arrivé, ajoute-t-elle.
— Merci.
— Je suis sincère. Je suis vraiment désolée. Que ce soit arrivé ici, à New York. C'est horrible.
— Ce n'est pas ta faute.
— On s'embrasse ? J'ai un peu de mal à affronter tout ça. Ça te fait bizarre, qu'on s'embrasse ? Je ne devrais peut-être pas. Ou bien si ? Ça va ? Je crois qu'on en a besoin toutes les deux.
— Je ne suis pas sûre.
KT aimait embrasser, pas moi.
— Allez.
Nous nous embrassons, non sans un certain embarras, devant l'entrée de la YMCA, et notre étreinte cesse uniquement lorsqu'un Japonais apparaît, son vélo à la main.
— Tu vois pas qu'on est là ? lui crie Violet. On est invisibles, elle et moi ? Tu pouvais pas attendre une seconde, mec ?
Il présente ses excuses même s'il n'a réellement aucune raison de le faire, et Violet s'écrie :
— Putain, allons au parc.
Nous traversons la rue pour entrer dans Central Park, au sud de Dalehead Arch. Il y a des New-Yorkais avec de petits chiens en laisse, des touristes mal attifés. Nous croisons une jeune femme qui explique comment elle pourrait obtenir les notes nécessaires pour être acceptée à UCLA.
— Les flics ont des pistes ? demande Violet. Je ne peux toujours pas croire que Katie soit morte. Impossible. Ils t'ont dit des trucs ?
— Pas vraiment.
— Dans son appartement, putain. Je lui avais dit d'habiter sur le campus, mais c'est comme si je chantais.

Je survis dans cette foutue ville depuis que je suis née, mais elle ne m'a pas écoutée.

— Tu es d'ici ?

— Ma mère est de Brooklyn, mon père du Queens, mais je ne l'ai pas revu depuis que je suis petite. Je suis les mêmes cours que Katie. Endettée jusqu'aux yeux. J'ai deux petits boulots à Williamsburg rien que pour payer mes factures.

Violet semble nerveuse. Peut-être est-elle encore sous le choc.

— KT disait qu'elle s'amusait beaucoup avec toi, que tu étais une amie formidable.

— Elle disait ça ? C'est gentil. On ne s'est connues que pendant un an, mais on était vraiment proches, tu sais. On passait des moments merveilleux ensemble. Ces soirées, l'an dernier. Comme tu étais à Londres, j'imagine qu'elle avait besoin de quelqu'un ici, à New York.

— KT et moi n'étions plus autant en contact depuis un an.

— Je sais, ma belle. Je suis désolée. Katie m'a dit que tu l'as plutôt mal vécu. Le fait qu'elle soit venue continuer ses études ici.

Je serre les dents.

— Nous avions toujours habité au même endroit, toutes les deux.

— C'est dur, entre sœurs ; j'en ai cinq, dit-elle, radoucie. Fais-moi confiance, je sais ce que c'est.

— Mais c'est complètement différent entre jumelles.

Violet me regarde et propose :

— Asseyons-nous là-bas, viens.

Nous entrons sur un terrain de base-ball et nous asseyons sur les gradins peints en vert. Personne ne joue, le terrain est désert.

— Comment tu supportes tout ça, la nouvelle, le dépaysement ? Tu gardes tout là-dedans ? demande-t-elle en se tapotant le côté de la tête.

— C'est encore un choc. Ça n'a pas l'air vrai. J'assimilerai peut-être après l'enterrement. Peut-être qu'alors je comprendrai mieux.

— Ce sera ici ou en Angleterre ?

— Dans notre village près de Nottingham, dans les Midlands. Papa doit en discuter avec les compagnies aériennes.

— C'est dommage, j'aurais aimé être là pour lui dire adieu.

— Tu ne peux pas prendre l'avion ?

— J'ai à peine de quoi payer mon loyer ce mois-ci, Molly. La vérité, c'est même que je n'ai pas de quoi le payer, précise-t-elle en plissant le front avant de se toucher la tempe avec le doigt. Mais je serai en pensée avec vous. Je te jure que je serai en Angleterre en pensée.

Nous contemplons toutes deux la couleur rouille des arbres.

— Tu fumes ?

Je fais signe que non. Elle hausse les épaules et allume une cigarette.

— Vous étiez vraiment proches toutes les deux, avant qu'elle vienne ici ?

— Aussi proches que deux personnes peuvent l'être.

Elle se tourne vers moi et secoue la tête.

— Tu lui ressembles absolument. C'est bizarre, mais en même temps c'est beau, tu vois ce que je veux dire ? Ça n'a rien d'irrespectueux. En fait, c'est réconfortant de te voir. C'est comme si j'avais encore un peu ma Katie ici, voilà.

Sa KT ?

Trois garçons s'approchent, munis d'un gant, d'une batte et d'une balle. Tous trois portent des casquettes de base-ball.

— Le terrain est fermé, les gars, leur lance Violet. Eh oui, on est déjà en octobre.

Le plus petit des enfants répond :

— Mon oncle a dit qu'on pouvait jouer ici.

Violet renifle.

— Ton oncle ? Le terrain est fermé. Quoi, tu as envie qu'on continue à discuter ? Tu vois pas qu'on cause ici, ma copine et moi ? Mais tu vois pas qu'on cause ?

Les gamins s'éloignent, traînant leur batte sur le sol.

— Des sales gosses de l'Upper West Side.

— Comment le sais-tu ?

— Oh, je le devine. C'est facile.

— Violet, qu'est-il arrivé à KT, selon toi ?

Elle tire une longue bouffée de sa cigarette, puis souffle la fumée par les narines.

— Dieu seul le sait, mais il y avait dans sa vie des gens qui auraient pu être... Comment formuler ça ? Toxiques, peut-être. Problématiques.

— Qui ? Scott Sbarra ?

— Scottie ? Non, Scottie, c'est un amour. Il ne ferait pas de mal à une mouche. Il faisait jamais trop le con avec elle, il la traitait toujours bien, d'après ce que je sais, et c'est rare – bon courage pour en trouver un comme lui à la fac, surtout parmi les sportifs.

— Qui, alors ?

Violet me regarde.

— Elle te parlait parfois de ses profs ?

— Le professeur Groot ?

— Ouais, exactement. Le professeur Eugene Groot. Tout le monde sait qu'il faut l'avoir à l'œil.

— Pourquoi ?

Elle écrase sa cigarette et en allume une autre.

— Parce que c'est un vieux connard et un salopard, voilà pourquoi.

Son langage me fait frémir.

— Qu'est-ce qu'il y a ? Ça va ?

— Je n'ai simplement pas l'habitude des gros mots.

— Arrête, tu rigoles ?

Je fais signe que non.

— Tu te fous pas de moi ?

Je secoue la tête.

— Putain, Molly. Ta sœur jurait comme un charretier. Je vais devoir me surveiller avec toi, c'est ça ?

— Ce n'est pas grave. Je pense que je suis en train de m'habituer.

— Donc, toutes les deux, vous êtes pareilles, à part une cicatrice au sourcil et votre façon de vous habiller, mais au fond vous êtes complètement différentes, hein ?

— KT était beaucoup plus ouverte que moi. Nous disions pour rire qu'elle avait pris tous les gènes extravertis et moi, tous les introvertis. Tu me parlais d'Eugene Groot...

— Ouais, c'est un pervers. Il prétend être un honnête père de famille – sa femme est une avocate spécialisée dans la défense des droits de l'homme, on la voit tout le temps sur CNN, elle défend les hackers, les lanceurs d'alerte et les combattants de la liberté. Mais Eugene Groot n'est pas aussi honnête qu'il veut le faire croire. On le sait bien. La plupart des filles de ma classe l'ont compris avant même qu'il ouvre la bouche. Il te parle de l'Église et des valeurs familiales, mais il lorgne tes seins pendant tout le cours. Le genre de type qui a des photos de ses gamins sur son bureau et qui t'invite à prendre un verre.

— Il a fait ça avec toi ?

— Pas avec moi, non. Il l'a fait avec ta sœur.

— Ça me dit vaguement quelque chose. Qu'est-ce qui s'est passé ?

Elle me regarde.

— Je lui avais déconseillé d'accepter.

— Mais elle l'a fait ?

— Elle a dit que ça arrivait à Londres aussi, et que là-bas c'était normal. Entre adultes consentants. Mais ce type jouait à de drôles de jeux.

— Comment ça ?

Elle fait tomber la cendre de sa cigarette.

— Ça me fait bizarre de t'en parler. Ça ne paraît pas correct.

— Violet, j'ai besoin de savoir. Je ne peux pas vivre avec un assassin en liberté.

Elle lève les yeux vers les nuages et dit, la tête penchée en arrière :

— J'ai déjà raconté tout ça à la police. Ils sortaient ensemble.

Elle bouge la tête afin de me regarder.

— Groot et ta sœur. Ils couchaient ensemble.

- 14 -

Nous traversons le parc en diagonale, vers la Cinquième Avenue et l'hôtel Plaza.

J'ai l'esprit plein de ma sœur.

— Ça va ? demande Violet en examinant mon visage.

— Tu permets qu'on marche plutôt dans l'herbe ou les petits chemins ?

— Les petits chemins ? Pourquoi ?

— Je n'aime pas les grandes allées. Je me sens exposée. Ça me paraît dangereux.

— Quoi, tu as peur d'être attaquée par un pigeon ou par un guide touristique, c'est ça ?

— Et si une voiture arrivait à toute allure ? On est à New York, tu sais.

Elle fait la grimace.

J'articule le mot *terroristes* et elle émet un bruit de pet.

— Putain, ils peuvent toujours essayer !

— Tu n'as pas peur ?

— Molly, si je pensais comme toi, je ne sortirais jamais de mon lit. Il faut faire avec, merde, et c'est pareil à Londres, non ? Je me trompe ?

— Ça paraît plus menaçant ici.

— Y a des blocs de béton pour barrer tous les accès de ce putain de parc, et des flics partout, on les voit pas mais eux nous voient. Y a des caméras. Le FBI qui écoute les coups de téléphone. Une technologie qu'on n'imagine même pas. Molly, ils te voient, en ce moment.

Nous continuons à marcher.

— C'est pour ça que tu as une fronde ? Pour arrêter les terroristes ?

J'enfonce le poing de singe dans ma poche.

— Autodéfense.

— Ouais, peu importe. Tu sais que c'est illégal en ville ? Ici, toutes les armes sont illégales, en gros. Y a des États où on peut se balader avec sa mitraillette, mais ici on est sans défense. Mais comme on est censés tous être sans défense, c'est OK.

— Si tu avais une sœur jumelle et qu'elle se faisait tuer dans son lit, tu serais armée.

Elle réfléchit.

— Je suis désolée. Bien sûr que tu as peur, c'est compréhensible. Pardon. Merde, Molly, faut vraiment que je ferme ma grande gueule. Désolée.

— Tout va bien. Parle-moi plutôt de ce professeur.

— Il y a quelques années, ils ont fait un genre d'enquête, après une grève. Je n'y ai pas participé, mais les gens ont parlé. Il a pu conserver son poste, mais la plupart des étudiantes l'évitent. Ta sœur l'aimait bien, c'est le problème – elle était vraiment amoureuse, putain. C'est un malin, Groot, sûrement le meilleur dans sa discipline. Un cerveau comme un super-ordinateur. Pas aussi malin que moi, mais pas loin.

Je souris.

— Je rigole même pas, précise Violet.

— Quel est son domaine ?

— Civilisation contemporaine. Une autorité mondiale sur Hobbes. Tu sais, *Léviathan*, le contrat social, le nominalisme.

— Et tu crois qu'il avait une liaison avec ma sœur ? C'était sérieux ?

— Je ne *crois* pas, Molly. Je le *sais*. Il y a quelques mois, au printemps, elle n'avait plus que ça à la bouche. Folle amoureuse. Chaque fois qu'on prenait une pizza ensemble, c'était Eugene ceci, Eugene cela. Elle a commencé à voyager avec lui, ils ont dû aller à Albany pour un week-end, histoire d'être plus discrets, pour pouvoir se balader main dans la main au lieu de toujours devoir se cacher.

— Tu penses que Groot a pu faire du mal à KT ?

— Je ne sais pas quoi penser, ma belle. Mais je sais que ça chauffait entre ces deux-là.

— Ça chauffait ?

Un écureuil court à travers le terrain.

— Après l'été, Katie parlait de lancer un ultimatum à Groot parce qu'il avait envisagé de quitter sa femme et ses gosses, les conneries qu'ils racontent tous. Évidemment, il a préféré abandonner, il a même annoncé qu'il comptait *faire passer le devoir avant le plaisir*, bordel, tu le crois ?

— Je regrette qu'elle ne m'ait pas parlé de tout ça.

— Elle l'aurait fait si tu avais été ici, en Amérique, j'en suis sûre. Je n'étais pas ta remplaçante, Molly. J'étais juste un bouche-trou, en attendant.

— Si j'avais su, j'aurais peut-être pu l'aider.

— Elle m'a aussi dit que votre père était bizarre depuis qu'il était arrivé ici. Pas comme d'habitude. Elle t'en avait parlé ?

— Papa ?

— Ouais.

— Il est sous pression en ce moment. Des problèmes financiers.

— Ouais. C'était peut-être à cause de ça.

Des sirènes retentissent tout autour de nous et une voiture de police fait une embardée sur la pelouse. J'attire Violet dans les buissons pour nous mettre à l'abri, puis une ambulance s'arrête à côté de la voiture. Quelqu'un fait une crise dans le parc. Une sorte d'épisode maniaque. Nous regardons les ambulanciers l'emmener. Sans menottes, sans revolvers dégainés.

— Mais pourquoi tu m'as traînée dans un buisson ? C'est juste une ambulance, putain.

— Désolée.

— Bon, je vais bientôt commencer mon service. Qu'est-ce que tu fais, maintenant ? J'ai dit que la ville était sans danger, mais tu ne peux pas rester dans le parc quand il fait noir, même avec une fronde, il faut pas être ici de nuit. Je suis vraiment sérieuse, Molly.

— Je rentre à mon hôtel pour lire mes courriels.

— Dans la 44e Rue, c'est ça ? Je te raccompagne ?

Un frisson me parcourt la nuque.

— Comment sais-tu que c'est dans la 44e Rue ?

— Oh, c'est peut-être ta mère qui me l'a dit, je ne sais plus. J'ai pensé : Merde, quelle drôle d'idée de loger dans Midtown.

— Tu serais allée où, toi ?

— N'importe où sauf Midtown.

Nous revenons vers la YMCA en longeant le parc, et à l'ombre des arbres est alignée toute une série de carrioles à chevaux.

— On peut changer d'itinéraire ?

— Y a des terroristes ici aussi ?

— Des chevaux.

— Des chevaux ? Bon, allez, on va passer par l'allée des Milliardaires.

— Pardon ?

— La 57e Rue ouest. Y a des tarés pétés de thune qui payent pour vivre bien au-dessus des gens comme toi et moi, Molly Raven.

Je marche à côté d'une grille dans la chaussée, d'où sort un tourbillon de fumée emporté par la brise. Je retiens ma respiration pour éviter des particules véhiculant la légionellose.

— D'où vient toute cette vapeur ? dis-je une fois loin.

— La ville marche à la vapeur, une partie, du moins. Les blanchisseries, l'université, le chauffage, tout ça. Y a pas que Marilyn Monroe qui mouille sa culotte, tu sais.

— Je pensais que cette fumée montait du métro.

— Ça revient au même.

— Tu allais souvent chez KT ?

— Ouais, de temps en temps. On y est allées deux, trois fois pour bosser ensemble quand y avait trop de monde à Butler.

— La bibliothèque Butler ?

Elle acquiesce.

— Un jour, Katie a essayé de me faire la cuisine, mais comme c'était pas terrible, on est sorties manger des tacos dans Greenwich Village avec deux Coréens. Enfin, ouais, ça arrivait qu'on aille chez elle. Je l'ai aidée à installer la clim sur sa fenêtre.

— Tu as rencontré son voisin du dessous ?

— Le type hyper maigre qui évite de vous regarder ? Ouais. Je l'ai croisé là-bas, et il s'est même pointé à la fac un jour, dit-elle en fronçant les sourcils. J'aurais peut-être dû parler de lui aux flics, maintenant que j'y pense.

— Il est venu à Columbia ?

— On l'a trouvé sur les marches du fameux escalier de la fac. Si tu as vu un seul film qui se passe à New York, tu les reconnaîtras. Il disait qu'il tournait une vidéo pour YouTube ou un truc du genre, qu'il avait la permission, mais c'était évident qu'il était là pour ta sœur. Quand elle a emménagé, il l'a suivie pendant presque un mois. Bien sûr, à l'époque, c'était un type squelettique avec de l'acné, qui avait toujours les yeux ailleurs. Maintenant, il est musclé, il s'est fait refaire les joues au laser, mais il est toujours incapable de vous regarder dans les yeux. Tu penses que c'est un des suspects ?

— Il ne m'inspire pas confiance.

— Les flics t'ont dit comment Katie était morte ? Pardon si c'est une question brutale, mais y a pas grand-chose dans les journaux.

— Nous ne connaissons encore aucun détail. Maman pense qu'elle a été droguée ou empoisonnée.

Elle blêmit.

— Mon Dieu.

— Je suis arrivée, dis-je bientôt en désignant l'enseigne du Bedfordshire Midtown Hostel.

— Prends bien soin de toi, Molly. J'aimais beaucoup ta sœur, je veux que tu le saches, ajoute-t-elle sans pleurer, mais la lèvre tremblante. Et je suis tellement triste qu'elle ne soit plus là…

— Moi aussi. Je peux t'appeler si j'ai d'autres questions, avant de repartir ?

— Tu peux me téléphoner en pleine nuit si ça te chante, ma belle.

Je monte. Papa et maman sont sortis. Je trouve la carte de l'inspecteur Martinez et je lui envoie un courriel pour lui demander d'enquêter sur le professeur Eugene Groot et sur Shawn Bagby, en expliquant pourquoi. Puis j'appelle Bogart DeLuca.

— DeLuca détective.

— J'ai besoin que vous enquêtiez un peu plus sur le professeur Groot.

— Salut, Molly, j'allais vous appeler. Groot est déjà dans mon radar. Vous avez des infos précises ? Du nouveau, quelque chose d'exploitable ?

— Simplement qu'il se peut qu'il ait eu une relation inappropriée avec KT. Vous pourriez découvrir ce qu'il faisait le jour où elle est morte ? Où il était ? Son alibi, ce genre de chose ?

— C'était sur ma liste, mais je vais en faire une priorité. Laissez-moi faire. Tout va bien ?

— Tout va bien.

— Si vous vous sentez mal à l'aise, si vous avez l'impression qu'on vous suit, appelez la police. N'hésitez pas. Je vous aiderai si je peux, mais, si vous êtes inquiète, allez directement voir les flics.

— OK.

— Je vous rappelle.

Il met fin à la communication et j'entends des bruits venant de la chambre voisine.

— Maman, dis-je en ouvrant leur porte.

Sans me répondre, elle me serre dans ses bras et je sens ses omoplates pointer à travers son manteau. Il faut qu'elle mange davantage, et qu'elle se repose.

Maman inspire profondément.

— On doit parler du corps de ta sœur.

- 15 -

Nous nous collons devant les portes de nos chambres respectives car ni la leur ni la mienne n'est assez grande pour que nous y tenions tous les trois. Les dalles de moquette sont devenues rose pâle sous l'effet de l'eau de Javel. Je regarde mes parents tour à tour et demande :

— Ils vous ont dit comment elle est morte ? Que s'est-il passé ?

— Ils ne peuvent toujours pas nous en dire plus, Moll.

— Pourquoi ?

— Il faut attendre les résultats de l'autopsie. Ils nous tiendront informés dès que possible. Ton père a insisté.

— Ils ont des échantillons d'ADN et ils travaillent dessus. Ils étudient les empreintes et les vidéos de surveillance du quartier. Et ils examinent son empreinte électronique.

Maman plaque un moment son poignet contre sa bouche, et quand elle le retire sa peau est marquée.

— Ma chérie, tout ce que nous savons, c'est qu'ils considèrent qu'il y a eu meurtre. Ils ont leurs raisons et nous en saurons plus demain. Écoute, nous avons discuté avec une entreprise de pompes funèbres. Nous en avons contacté trois.

— OK.

— Pour savoir comment rapatrier Katie en Angleterre.

Je regarde papa mais il se contente de secouer la tête en contemplant le sol.

— Tu sais que je voulais qu'on reprenne l'avion tous ensemble, dit maman dont la voix se lézarde. Quand ils nous la rendront. Je voulais qu'on reparte en famille. Avec le cercueil. Mais, apparemment, ce n'est pas si simple.

— Pourquoi ? Et pourquoi parler de ça alors que son assassin est encore en liberté ?

— Parce qu'elle est notre fille, répond papa d'un air sévère. Nous voulons la ramener à la maison.

— Le problème, c'est le coût, dit maman. Le rapatriement est beaucoup trop cher pour nous. Nos cartes de crédit ont atteint leur plafond, les banques sont toutes très compréhensives compte tenu de ce que nous avons vécu cette semaine, mais nous ne pouvons pas la ramener comme ça.

— Alors vous allez le faire par bateau ? En paquebot ? Je m'étais renseignée sur la possibilité de venir ici en bateau, vous vous rappelez ? C'est peut-être moins cher. Plus lent, mais moins cher. Je pense que ça devrait coûter moins. Je pourrais demander une avance à mon patron.

Maman secoue la tête.

— C'est quand même trop cher. Mon Dieu, je suis dégoûtée qu'une décision aussi importante et aussi personnelle se réduise à une question d'argent, ajoute-t-elle en regardant papa. Nous n'avons ni parents ni amis que nous puissions solliciter. Ils sont encore moins bien lotis que nous, pour la plupart. Mais pourquoi donc… Qu'avons-nous fait… ?

Papa baisse à nouveau les yeux.

— Alors quoi ? On la laisse ici ?

— Non, mon amour, me répond maman, une boule dans la gorge. On peut organiser des obsèques à New York.

— On ne peut pas enterrer KT ici, maman. On ne peut pas la laisser ici toute seule pour toujours.

— Nous envisageons une crémation, Moll, intervient papa en plaçant un bras sur l'épaule de maman. Ici, près de Brooklyn. Dans un bel endroit qui s'appelle Fresh Pond – ils nous ont tout expliqué. C'est comme une chapelle. On peut faire les choses bien, et ensuite repartir avec Katie, avec l'urne contenant ses cendres. Tous les quatre, exactement comme on voulait.

— Une crémation ?

— Ce n'est pas ce dont nous avions parlé, je le sais. Dans la famille, nous avons toujours été enterrés, du côté de ta mère comme du mien. Mais c'est la seule solution.

— On pourra répandre ses cendres dans le jardin, à la maison, ma chérie, ajoute maman.

Papa tousse.

— Ou bien, si on doit vendre la maison, on les répandra dans le cimetière autour de l'église. Je suis sûr que le pasteur prononcera quelques mots. Il a toujours été très gentil.

Je secoue la tête.

— Ça fait beaucoup à digérer, maman.

— Je sais. Nous avons eu une longue journée et nous ne savons toujours pas quand le médecin légiste nous la rendra. Nous devrions en savoir plus demain, et nous pourrons alors réserver une date au crématorium.

— La police ne veut pas la garder plus longtemps ? Pour des analyses ?

— Je ne sais pas, Molly. Paul, qu'a dit l'inspecteur ?

— Martinez m'a dit qu'une fois... (Il se met à murmurer.) Une fois l'autopsie terminée, la cause du décès établie, nous la récupérerons vite. Ça ne sera pas long. Cette semaine.

— Bientôt, dit maman, une larme coulant sur sa joue. Je pense que j'ai besoin de m'allonger. Je ne me sens pas bien.

Ils vont faire une sieste, et j'en profite pour écumer les sites d'actualités au cas où il y aurait du neuf.

Quand papa et maman sont prêts, nous sortons manger une soupe au snack. Le rythme paisible de l'établissement est réconfortant. Nous ne parlons pas beaucoup ; nous dînons simplement. Trop de choses à assimiler en un seul jour.

Quand ils décident d'aller se coucher, je leur donne ma batte de base-ball. Ils ne s'étonnent pas. Ils me connaissent. Maman accepte avec un sourire fatigué, sans doute uniquement pour me calmer. Puis je ressors et achète un bubble tea à Jimmy.

— J'ai toujours votre sac. Je n'ai pas regardé dedans.

— Vous pouvez, si vous voulez.

— Je ne veux pas.

Je descends la Cinquième Avenue, passe devant la bibliothèque publique de New York, devant l'Empire State Building et devant le Flatiron, puis j'entre chez Murray Hill Tactical.

Il n'y a pas d'autre femme dans le magasin. Parmi les articles soldés, je trouve une ceinture d'autodéfense en cuir renforcé, avec une boucle en bronze massif. Un type à la moustache en guidon de vélo s'adresse à moi :

— Ouais, ça peut percer un pare-brise d'un coup, alors imaginez ce que ça ferait à un criminel.

Je demande ce que j'ai le droit d'avoir sur moi, à New York, et il souffle entre ses dents.

— Pas grand-chose, honnêtement. Pas d'arme à feu, bien sûr. Je peux vous vendre une lampe torche norme militaire, avec un stroboscope 3 000 lumens qui peut aveugler temporairement un agresseur. Vous en pensez quoi ?

J'ai besoin de pouvoir me défendre. Et défendre mes parents.

— J'en prendrai deux.

— Je ne vous ai pas encore indiqué le prix.

— Combien ?

— Soixante dollars l'unité.

— Alors je n'en prendrai qu'une.

— Aucune loi n'interdit de se promener avec une batte de base-ball, à condition d'avoir une balle avec, vous voyez. C'est important. Si vous n'avez pas de balle sur vous, vous êtes dans la merde.

— Les sprays au poivre ?

— Faut aller dans une pharmacie autorisée et acheter un flacon de spray d'autodéfense au piment, format poche. Pas cher.

— C'est ce que je ferai.

— Et ça, vous en pensez quoi ?

Il me montre une alarme anti-agression 140 décibels.

— Seulement sept dollars en solde.

— Il m'en faudra trois.

Il emballe le tout et je remonte la Cinquième Avenue. J'achète un gobelet de thé et un sandwich au pastrami pour une SDF, puis trouve trois sprays au poivre dans une pharmacie Walgreens. Près de Madison Square Park, un tuyau qui sort du milieu de la chaussée laisse échapper de la fumée. Une cheminée reliée aux entrailles de la terre.

Une fois dans mon lit, je consulte toutes mes notifications : météo, catastrophes naturelles, luttes politiques, tout ce qui a un rapport avec la côte Est des États-Unis. Rien de trop préoccupant. J'inspire profondément, puis je me replonge dans les courriels secrets de KT.

Dans certains messages, elle flirte simplement ; d'autres ont un contenu sexuel explicite. J'en lis quelques dizaines, échangés avec plusieurs personnes dont je suppose qu'il ne s'agit pas de Scott, avant d'en trouver un datant de début mai, qui retient mon attention.

Il y est question de se débarrasser d'un de ses voisins.

Puis de l'hôtel Park Hyatt de Chicago où ils ont fait l'amour ce matin-là.

Puis du petit déjeuner qu'ils ont pris au lit, et du fait qu'il était désolé.

Puis du match de petite ligue pour lequel il doit partir.

Puis des devoirs qu'elle a rendus ce trimestre et qu'il doit noter.

- 16 -

Le lendemain matin, j'adresse un courriel au professeur Eugene Groot, depuis mon inconfortable et étroit lit d'hôtel. Je me présente poliment et demande s'il peut m'accorder une demi-heure. Cela semble raisonnable, après mon premier message auquel il n'a pas daigné répondre. Je précise que j'irai à Columbia s'il veut bien me recevoir dans son bureau.

Papa et maman discutent d'urnes, de cercueils et de fleurs, mais tout cela me paraît trop éloigné de la réalité pour que j'y participe. Ils veulent une urne en acajou afin de pouvoir la faire graver, une fois de retour à Nottingham. Ils pensent que le mieux sera de répandre une partie des cendres dans le cimetière, probablement en présence de quelques proches, puis de conserver le reste dans l'urne en souvenir de KT. Je ne les écoute plus, je commence à imaginer les cicatrices laissées par l'autopsie, les grosses coutures à la Frankenstein retenant ensemble les fragments de son corps sans vie, sa peau froide et grisâtre. Il faut que je chasse cette idée de ma tête. J'ai la nausée. Je dois vraiment être tordue pour la visualiser ainsi. Pour *me* visualiser ainsi.

— On peut aller au Prêt-à-Manger si tu veux, Moll, propose papa.

— Bien sûr.

Nous nous installons derrière la vitrine donnant sur la 42e Rue ouest. Maman choisit un granola et une salade de fruits, papa et moi commandons des pâtisseries. Trois tasses de bon café fort. J'ai vu sur YouTube un influenceur qui conseillait de ne jamais manger dans les grandes chaînes à New York, les petits restaurants étant nettement plus authentiques. Les meilleurs au monde. Mais ce n'est pas mon genre. Ni celui de mes parents. Nous n'avons pas cet esprit aventureux. Quand l'ovule de maman s'est divisé, fendu en deux, tout le courage et toute la spontanéité sont allés à KT et m'ont laissée telle que je suis.

Je reçois une notification de courriel. Eugene Groot s'excuse : son agenda est plein jusque fin février. *Fin février ?* Il exprime ses sincères condoléances. Je lui réponds aussitôt que j'ai des informations importantes les concernant, KT et lui, et que j'aimerais pouvoir en parler, par courtoisie, avant de les confier à quiconque. Je propose Midtown ou Columbia.

Nous rassemblons bientôt nos affaires et ressortons dans la rue. Maman est attendue par l'inspecteur Martinez, qui souhaite l'interroger à nouveau. Une simple formalité, prétend-il.

Une autre notification me parvient : Groot accepte que nous nous rencontrions à 18 heures au Harvard Club, dans la 44e Rue ouest. Je réponds que j'y serai.

Je fais quelques courses, puis je me rends seule dans Central Park, l'œil aux aguets. Les mains enfoncées dans les poches pour les protéger du froid mordant de cette journée d'octobre, j'écoute la conversation des deux types qui marchent devant moi. L'un d'eux parle du marathon de New York, des désagréments causés par la sécurité renforcée dans les rues. « Des désagréments ? répond l'autre. Attends de voir le défilé de Macy's pour Thanksgiving, le mois prochain. »

Plus loin, un vieux Chinois joue d'un curieux instrument à cordes. Sa musique ne ressemble à rien de ce que j'ai pu entendre. Elle est triste, elle est belle.

Arrivée aux monolithes voisins de l'Inscope Arch, je grimpe sur les rochers, mais pas trop près du bord.

Tout autour de moi, il y a la vie. Des épaisseurs d'activité et de vie ; des gratte-ciel invraisemblablement étroits derrière les arbres, comme des stalagmites dans une grotte calcaire.

J'essaye d'assimiler la mort de KT, et mon nouveau rôle en tant que jumelle survivante. Comment vais-je m'en tirer ? En quoi cela va-t-il affecter mes espoirs et mes rêves ? Nous n'aurons pas d'enfant au même âge, comme nous en rêvions. Nous ne nous marierons pas dans la même église comme nous l'évoquions. Nous ne prendrons pas nos vacances ensemble en Cornouailles, avec nos maris et nos enfants, comme nous l'avions toujours imaginé, à boire du vin blanc frais dans un port de pêche somnolent tandis que nos petits dévoreraient des glaces à la fraise.

Mon perchoir rocheux surplombe la patinoire Wollman, qui constitue pour moi une menace. Ailleurs, les patineurs tournoyant sur la glace créeraient une ambiance sereine, mais ici, chaque séance strictement minutée est précédée d'un quart d'heure de mises en garde et de messages dans lesquels la patinoire décline toute responsabilité en cas d'accident. Les haut-parleurs diffusent toutes sortes d'avertissements et rappellent les règles prescrivant où et quand il est permis de prendre des photos.

J'ai l'esprit embrumé, mais ce petit coin du parc m'aide à organiser mes idées. Mon vol retour, dans quelques jours, est réservé. Papa, maman et moi. Et une urne pleine de cendres. En attendant, je ferai tout ce que je peux pour assister la police et Bogart DeLuca. Je le tiendrai au courant dès que mon dîner avec Groot sera terminé, ce soir.

J'imagine KT assise sur ce même rocher, mangeant un bretzel géant ou flirtant avec Scott Sbarra. Ou même en FaceTime avec moi, avant que tout ne se soit gâté. Si je pouvais remonter dans le temps et changer les choses, je le ferais.

Je reçois une nouvelle notification de courriel. C'est Groot qui précise que, pour notre rendez-vous, je ne dois porter ni jean, ni leggings, ni T-shirt. Je sais déjà que je vais détester le Harvard Club. Si des gens m'abordent pour faire la conversation, ce ne sera pas brillant. *Dans quelle université étudiez-vous ?* demanderont-ils, et je répondrai que je n'ai pas suivi d'études, puis ils voudront savoir ce que je fais dans la vie et je dirai que je suis assistante administrative chez un fabricant de peintures et de teintures pour bois, alors ils souriront, hocheront la tête et iront voir ailleurs. La vérité, c'est que nous ne pouvons pas tous être des étudiants surdoués, destinés à faire carrière à l'ONU ou dans un illustre cabinet d'avocats ; certains d'entre nous ne sont que des gens normaux, et il n'y a aucune honte à ça.

De retour à l'hôtel, je prends une douche, puis j'enfile un pantalon noir, une chemise noire et des chaussures noires.

— Tu es très élégante, ma chérie, dit maman.

— Merci, dis-je en m'approchant pour poser la main sur son épaule. Maman, si tu as besoin de venir passer un moment avec moi à Londres, quelle que soit la raison, tu peux, tu sais. Je ne gagne pas beaucoup, mais mon emploi est sûr. Si tu as besoin…

Elle place un doigt devant ses lèvres, puis m'embrasse sur le front et articule un *merci*.

Je les quitte sans expliquer que je vais rencontrer Groot parce que je crains qu'ils ne veuillent m'accompagner, auquel cas je ne découvrirai absolument rien d'intéressant. Je veux voir le professeur seule. Soutenir son regard. L'évaluer.

Le trajet à pied jusqu'au Harvard Club prend moins de cinq minutes, mais offre une transformation spectaculaire. De la frénésie de Times Square, je passe à une série de clubs et d'hôtels haut de gamme. L'Algonquin, l'Iroquois, le Sofitel. Puis le Harvard Club, un bâtiment de briques rouges avec des drapeaux, et un portier en grand uniforme qui me tient la porte ouverte.

— Bonsoir, me dit la réceptionniste. Vous êtes membre ou invitée ?

— Euh... Invitée. Par Eugene Groot.

— Bien sûr, veuillez signer ici.

Je signe.

— Prenez un siège, je vais prévenir le professeur Groot de votre arrivée.

Elle me laisse attendre, seule et mal à l'aise dans cette vaste salle garnie de portraits austères, de plaques commémoratives et de bibliothèques. Un homme arrive, plus petit que mon père de plusieurs centimètres, avec des yeux bleus pétillants, la peau bronzée et la barbe grise bien taillée.

— Mademoiselle Raven, dit-il. Eugene Groot, ravi de faire votre connaissance.

— Merci d'avoir accepté de me voir.

Il ferme les yeux pendant quelques secondes, puis me mène vers un escalier décoré et me glisse à voix basse, discrètement :

— Je vous renouvelle mes condoléances, c'est une horrible tragédie. Toute la faculté est encore sous le choc.

— Merci.

Il me conduit jusqu'à une grande salle. Une soprano chante, sa voix s'élevant jusqu'au plafond très haut. Lorsqu'il se remet à parler, Groot paraît tendu. Un peu nerveux. Il surcompense.

— Le club est installé ici depuis 1988. L'essentiel des plans a été dessiné par McKim. Et, oui, cette tête d'éléphant est une vraie.

— KT est-elle venue ici ?

— Pas que je sache.

Nous empruntons des couloirs peints en rouge foncé, jusqu'à un autre escalier. Les marches grincent comme on s'y attendrait dans un vieux manoir anglais, et nous arrivons dans la salle à manger.

— C'est une belle pièce.

— N'est-ce pas ?

Nous nous asseyons et on nous apporte le menu.

— Tout cela peut paraître très imposant, mais permettez-moi de préciser que la fondation du Harvard Club accorde des bourses à de nombreux étudiants. Ce décorum est une façon de remercier les membres.

— KT m'a parlé de vous.

Il chausse ses lunettes de lecture.

— Votre sœur était une étudiante brillante. Un esprit plein de curiosité.

— Elle vous aimait beaucoup.

Il détourne les yeux, appelle un serveur et commande une bouteille d'eau plate à température ambiante.

Un sommelier s'avance et Groot m'interroge du regard.

— Resterons-nous à l'eau, ou devrions-nous faire un choix plus adéquat pour trinquer à la mémoire de Katie ? Est-il trop tôt ? Je vous en prie, Molly, c'est à vous de décider.

— Nous pourrons trinquer à sa mémoire. Mais je ne bois pas d'alcool.

— Pas du tout ?
— Pas une goutte.
Il se tourne vers le sommelier.
— Un verre de Billecart rosé.
Quelques instants après, on lui apporte une grande flûte de champagne rose.
— À la mémoire de votre sœur.
— À KT.
Mon petit verre heurte sa flûte et nous buvons.
— Vous la connaissiez bien ?
— Au niveau master, chaque enseignant connaît ses étudiants bien davantage qu'au niveau licence, donc je dirais que je la connaissais un peu. Je l'ai toujours encouragée à poursuivre jusqu'au doctorat. Katie aurait fait une excellente thésarde.
Il commande une terrine aux crevettes et au crabe. Cela paraît bon, mais je ne peux pas risquer une intoxication alimentaire à cause de fruits de mer mal préparés ou mal conservés, alors je choisis des betteraves rôties au four qui paraissent sans danger. Le professeur discourt sur l'histoire de Columbia, les théories de Hobbes, l'avenir des meilleures universités américaines. Il réclame un verre de meursault, puis un autre quinze minutes plus tard.
— D'autres étudiants que vous suivez ont-ils reçu une bourse de la même fondation ?
Son steak d'aloyau lui est servi avec une bouteille de vin rouge, ma côtelette d'agneau arrive aussi, et il me dit qu'il n'avait jamais entendu parler de la fondation ou de la bourse jusqu'à ce que KT la touche, mais qu'il a ensuite suggéré à plusieurs étudiants de soumettre leur candidature.
— Ils ont l'air très généreux, fais-je remarquer.
— Généreux ! s'exclame-t-il d'une voix un peu moins nette. Plus que généreux, Molly. C'est inouï. Ils prennent

en charge tous les frais de scolarité, le loyer d'un appartement près de la fac, et ils offrent en plus une allocation. J'aimerais voir ça plus souvent.

— C'est le département de littérature qui propose cette bourse, ou la direction de Columbia ?

— En fait, ça n'a rien à voir avec Columbia. Il s'agit d'une bourse privée, ou plutôt d'une forme de parrainage. Je sais qu'il existe des formules semblables dans d'autres institutions à travers le monde, bien sûr ; elles sont souvent liées à un ordre religieux, ou aux performances sportives de l'étudiant. Si vous permettez, Molly, je dois avouer que je suis ravi de vous rencontrer.

— Moi de même.

— Non, je suis sérieux. C'est une sorte de cliché, mais, en parlant ici avec vous, je crois revoir Katie une dernière fois. C'est comme si, à travers vous, je parlais avec elle, en un sens. Pardonnez-moi d'être aussi sentimental – ce bourgogne...

Il doit être ivre. Je suis ici à boire de l'eau minérale, alors que KT aurait sauté le plat principal pour l'emmener dans un bar en sous-sol.

— Ça ne me dérange pas.

Il mâche son steak et sirote son vin. Il est écrit « nuits-saint-georges » sur l'étiquette. Les lèvres de Groot foncent. Il regarde autour de lui.

— Il y a des appartements à l'étage, pour les membres et leurs invités, très bien aménagés aussi.

— Aviez-vous rencontré le fiancé de KT ?

— Je ne crois pas. Comment s'appelle-t-il ?

— Scott Sbarra.

— Ça ne me rappelle rien, désolé. Je l'ai pourtant vue un jour avec un jeune homme. Large d'épaules, peut-être joueur de hockey ?

— C'est Scott. Il pratique l'aviron.

— Noble passe-temps. Ma femme ramait aussi, à Dartmouth. Elle devrait être nommée juge l'an prochain.

Il me toise tout en buvant toujours. Ses dents se teintent de rouge sombre.

— KT m'a dit que vous aviez visité son appartement.

Il pose ses couverts, se tamponne les lèvres avec sa serviette. Une miette est accrochée dans sa barbe.

— Oh, visiter est un bien grand mot. Mais oui, je pense être passé devant une fois avec elle, avant de me rendre à une réunion. Ce devait être ce jour-là.

— Elle disait que vous étiez entré avec elle. Dans sa chambre.

— Eh bien, dit-il en toussant légèrement, je ne suis pas sûr que ce soit tout à fait exact.

Je repense à son courriel.

— Elle disait que vous l'aviez aidée à se débarrasser de son voisin. Un homme qui la harcelait.

— Ah ! fait-il, visiblement soulagé. Bien sûr. Comment ai-je pu oublier ? Oui, je l'ai un jour aidée à éloigner un jeune homme de son logement. J'étais ravi de me rendre utile. C'est tout.

— Ce jeune homme avait un comportement suspect ? Violent ?

— Je crois me souvenir qu'il la suivait partout.

— Son voisin ? Il la suivait alors qu'ils habitaient le même immeuble ?

— Disons qu'il la harcelait. Il s'appelait Bagby. J'en ai déjà parlé avec la police. Si j'ai bonne mémoire, il était obsédé par elle. Elle ne s'en inquiétait pas, mais je le trouvais dangereux.

Le plateau de fromages arrive et il se sert un nouveau verre de nuits-saint-georges.

Je ne veux pas l'attaquer de front. Je pourrai obtenir davantage avec du miel qu'avec du vinaigre.

— KT m'a parlé d'un hôtel à Chicago. Elle a dû vous y croiser par hasard. Le Hilton ? Le Park Hyatt ?

Groot me dévisage.

— Que s'est-il passé entre ma sœur et vous, professeur ?

La salle est bruyante. Rires et conversations.

Groot se gratte la barbe et se penche vers moi.

— Vous êtes vraiment identiques, n'est-ce pas ?

Je hoche la tête. Ses yeux scrutent mon corps.

— Physiquement, je veux dire. À tous points de vue. Physiquement identiques.

- 17 -

Le retour à mon hôtel me fait l'effet d'une cure de détox : en marchant, je me nettoie d'Eugene Groot. Il pleut à grosses gouttes, le vent souffle en rafales, surtout aux carrefours où une rue étroite rencontre une large avenue. Je vois une femme déguisée en squelette sous un imperméable transparent. C'est bientôt Halloween et l'idée que d'ici là je serai rentrée à Londres me rassure.

Je comprends qu'une jeune femme ait pu trouver le professeur Groot séduisant sous la froide lumière du jour, à Columbia. C'est un homme estimé dans son domaine, un expert de renommée mondiale, et il est beau dans le style sûr de soi et veste en tweed. Mais s'il me faisait des avances… Enfin, il n'est pas vraiment allé jusque-là, mais pas loin, ses gestes étaient clairs, alors que le corps de ma sœur est à peine froid. C'est impensable. De quoi d'autre serait-il capable ?

Je passe devant notre snack habituel et je m'arrête un instant. Derrière les vitres embuées, je distingue une famille de quatre personnes, les deux filles boivent des milk-shakes ; elles ne sont pas jumelles, ce sont juste des sœurs ordinaires, et leurs parents semblent détendus. Ils ont l'air de s'amuser. J'ouvre la porte et j'entre.

— Oh, ça faisait longtemps ! dit la serveuse. Suivez-moi.

Une table d'angle. Elle a probablement compris que j'aime être assise là, à cette place où je peux surveiller toute la salle et deviner les menaces avant qu'elles se matérialisent. Je suis moins en danger ici que dans la chambre d'hôtel. Et puis ils servent des bagels grillés avec du saumon fumé et du fromage à la crème.

Je prends des notes sur mon téléphone, tâchant de me rappeler exactement les paroles prononcées par Groot, parce que je veux remettre un dossier complet à l'inspecteur Martinez et à Bogart DeLuca avant de rentrer en Angleterre. Dans un monde idéal, je leur fournirais des preuves concrètes, quelque chose que seule une jumelle monozygote aurait pu déceler, mais nous ne sommes pas dans un monde idéal.

Pas du tout.

La serveuse déchire trois feuilles de son carnet de commandes et pose celui-ci sur ma table avec un stylo.

— Oh, merci !

— De rien. Vous écrivez un roman ?

Je ne trouve pas de repartie spirituelle. Je suis trop fatiguée et j'ai vu trop de choses cette semaine, alors je secoue la tête. Elle sourit et s'en va.

Je déroule le fil Instagram de KT ainsi que sa page Facebook, et je note tous les endroits où elle est allée au cours des douze derniers mois. Il s'agit principalement de restaurants végétariens dans Brooklyn et d'un lieu appelé Wu + Nussbaum, près de Columbia, mais il y a aussi deux studios de yoga. Elle s'est parfois aventurée un peu plus loin, comme l'a reconnu Groot. Je trouve un voyage à Saint-Kitts le mois dernier, et un autre à Monaco en mai, pour le Grand Prix.

Je me penche de plus près sur les commentaires figurant sous ses posts. Si quelqu'un voulait usurper votre identité, je suppose qu'il s'attaquerait d'abord à un profil public comme celui de KT. On y trouve son nom, sa photo de profil – fournit-elle des données biométriques valables ? Et puis sa date de naissance. *Notre* date de naissance. Pourquoi vouloir que tout le monde ait accès à ces informations sensibles ?

Un type est tagué dans un des posts, publié l'hiver dernier à Aspen. Il a quatre-vingt-quatorze mille followers et suit dix personnes. La photo de profil montre un homme au volant d'une voiture de sport, en haut d'une montagne. Il se présente comme philanthrope et amateur de negronis. Sur les photos qu'il a publiées, on voit surtout des voitures anciennes, de vieilles maisons, lui faisant du ski et du kitesurf, lui au Japon. Plusieurs images d'une école qu'il soutient en Tanzanie, et d'autres de lui en safari, puis à une vente aux enchères de montres de collection. Il y a aussi une photo où on le voit enfant, à côté d'un avion à hélices. Il s'appelle James Kandee.

Je commande une camomille et, en l'attendant, réponds au texto de maman qui me demande où je suis.

En comparant le compte de ce Kandee avec ceux de KT, je découvre qu'ils se sont trouvés au même endroit au moins cinq fois au cours des douze derniers mois. Saint-Kitts, Aspen, Monaco, Malibu, et un endroit nommé Turbach, mais la légende indique Gstaad, en Suisse.

Turbach.

J'ai déjà rencontré ce nom pendant mes recherches d'hier soir.

La Fondation Turbach.

Google m'apprend qu'il s'agit d'un hameau voisin de Gstaad, la très chic station de ski. Le site de la Fondation Turbach, lui, ressemble plutôt à une page abandonnée. Il y a un onglet « Nous contacter » et un autre, plus général, « Découvrir la fondation », qui explique qu'elle a été créée en 2014 pour *rendre le monde meilleur*.

Je tape « James Kandee » et je tombe sur sa page Wikipédia, en réalité une courte notice. Né en 1989 à Nairobi, Kenya, James est actuellement propriétaire d'une équipe de polo en Argentine, d'une compagnie productrice d'énergie verte implantée à Londres, et d'une agence immobilière à Hong Kong. Il siège au conseil d'administration de sept organisations et œuvres caritatives. Il est le seul enfant survivant de Jemima et Freddy Kandee, propriétaires et fondateurs de la plus grande flotte privée d'avions-cargos en Afrique continentale. Ils sont morts tragiquement dans un accident de voiture en 2013. Google Images révèle un autre aspect de James : des centaines de photos le montrant en compagnie de belles jeunes femmes. Si lui prend manifestement de l'âge, ses conquêtes, elles, ne semblent jamais dépasser les vingt ans. Je fais défiler les résultats de la recherche. Un mélange d'escapades philanthropiques et de folles soirées dans les Caraïbes. Sur une image prise à l'arrière d'un yacht, sur un banc en demi-cercle, plusieurs femmes en bikini sont tournées vers la mer ; on ne voit pas leur visage, juste leur dos, et au milieu d'elles un homme, James Kandee, qui fait face à l'objectif. Un homme petit, délicat.

Je me focalise sur la troisième femme de la rangée. Sur sa tête. C'est *ma* tête. Mes cheveux. Une version bronzée de ma nuque.

Je termine mon infusion.

Tous les lieux, les dates, les noms et les informations pertinentes rejoignent mes notes sur le carnet de la serveuse. Tous. Puis je prends le carnet en photo.

À la huitième page des résultats de recherche, un vieux post paru sur un blog contient une interview de Kandee. Il a été stagiaire dans deux fonds de spéculation, deux organisations à but non lucratif, et un organisme caritatif à Moscou. Il paraît qu'il a étudié un semestre à l'école de cinéma de la New York University mais je n'en trouve pas confirmation. Il occupait une suite au Carlyle alors qu'il était étudiant. La suite de sa famille.

Je recherche des mots précis parmi les courriels secrets de KT : Saint-Kitts, Monaco, Grand Prix, Aspen, Gstaad, Turbach, Carlyle, Malibu.

J'obtiens plusieurs résultats. Tous sans intérêt.

Sauf un.

Ni salutations ni formules de politesse. Le sujet du courriel est *Monaco*. Et le message dit : *Teterb 9am*.

C'est tout.

Mes parents entrent dans le snack et je me dis que maman ressemble maintenant à grand-mère ; elle se recroqueville. Elle vieillit d'un an tous les jours. Papa ressemble encore à papa. On dirait qu'il s'accroche pour elle. Comme s'il n'était pas aussi affecté.

Je me lève pour les embrasser tandis que la serveuse approche. Maman articule *Ça va ?* Je réponds par un hochement de tête.

Ils commandent tous deux du thé et des muffins, puis ils enlèvent leur manteau.

— Nous sommes allés discuter à nouveau avec l'inspecteur Martinez, dit maman. Il nous a demandé de tes nouvelles. Comment tu tenais le coup.

— Je veux simplement qu'ils trouvent qui a fait du mal à KT. Ensuite, je pourrai passer le reste de mon existence à essayer de vivre sans elle. Voilà comment je tiens le coup.

— Nous avons du neuf, Moll.

— Quoi ?

Maman pose sa main sur la table et papa place la sienne par-dessus.

— Premièrement, le médecin légiste nous restitue le corps de Katie demain à 9 heures.

Je souris.

— C'est bien. C'est bien, non ?

— Nous retournerons demain au crématorium. Ils ont l'air prêts à nous ajouter à leur agenda, en urgence. Tu peux venir avec nous si tu veux.

— OK.

Papa serre les paupières.

— Et la police nous a raconté ce qui s'était passé le soir où Katie est morte. Grâce aux renseignements fournis par l'autopsie.

D'un geste, je l'invite à tout me répéter. Il se penche plus près de moi et baisse la voix.

— Ils parlent d'homicide par asphyxie, Molly. Voilà ce qui est arrivé, ils en sont sûrs à présent.

Je porte mes mains à mon cou.

— Oh, non.

Maman me prend la main.

— Elle a été étranglée ?

Maman secoue la tête.

— La police dit que ça a été très rapide, ma chérie. Ils pensent que ça a été fait avec… (Elle tourne les yeux vers papa, puis revient à moi.) Un oreiller.

— Un oreiller ?

— Un oreiller ou un coussin. Ils ont trouvé des fibres, précise papa. Dans une paupière et dans sa bouche.

Je repense au coussin pour bébé que j'ai à Londres. À travers lequel on peut respirer.

Les soupes arrivent et nous interrompons notre conversation.

— Mais comment ? KT était forte. Un oreiller sur son visage ?

— Elle avait des bleus sur les joues mais aussi sur le torse et le haut des bras. On n'a pas vu ces marques. Elle a été plaquée sur le lit, dit papa. (Maman pleure à présent. Il place un bras autour d'elle et la serre.) La police dit que ça n'a dû durer que quelques minutes en tout et pour tout. Ou même moins. Katie a dû perdre connaissance bien avant de mourir.

J'inspire profondément et me concentre sur maman.

— L'analyse a montré qu'elle n'avait rien dans le sang, explique-t-elle. Ni drogue ni poison. Ton père avait raison : elle n'a pas cherché à se faire du mal. C'est au moins une bonne chose de savoir que cela n'a pas duré longtemps.

Je suis écœurée.

— Maintenant, nous savons, reprend papa, manifestement las. C'est le pire qui pouvait arriver, à moi ou à l'un d'entre nous, mais au moins, nous savons.

— Ils ont dit autre chose ?

— Ils ont demandé où nous étions allés faire du shopping, ton père et moi, ce terrible après-midi-là.

— Où étiez-vous ?

— Ta maman était chez Macy's et moi, à l'Apple Store. Juste du lèche-vitrines.

— Ils ont des pistes ?

— Martinez n'a pas pu nous le confirmer, répond papa en picorant son muffin. Il a juste dit qu'ils travaillaient sur l'hypothèse selon laquelle le criminel connaissait Katie. Il n'y avait pas de trace de lutte, et personne n'a entendu de cris. Les portes et les fenêtres étaient bien fermées, il n'y a pas eu effraction. Il semblerait que Katie ait ouvert à l'assassin. Ou bien que l'assassin avait la clé de son appartement.

— Mais pourquoi aurait-elle ouvert à un assassin ? Pourquoi aurait-elle fait ça ?

Maman me regarde.

— Parce qu'elle lui faisait confiance.

- 18 -

Le matin, à l'hôtel, toute notre activité se concentre autour de nos deux chambres et du couloir. Nous surveillons la porte de la salle de bains les uns pour les autres, afin de préserver au moins un semblant de normalité. Cheveux mouillés, minces peignoirs H & M achetés par maman dans la Cinquième Avenue lorsqu'ils se sont aperçus que nous n'aurions pas d'espace de toilette privé, trousse de toilette sous le bras, pantoufles jetables que maman a rapportées de l'hôtel Best Western.

Extérieurement, nous avons l'air d'une famille normale.

Papa et maman doivent choisir une tenue pour KT avant sa crémation demain. Prononcer ces mots dans ma tête est atroce. Lui choisir une tenue ? Comment avons-nous bien pu en arriver là ? Toute sa vie, elle a été près de nous, hors de danger. Puis elle est partie pour New York et le pire est advenu.

J'appelle Violet.

— Salut, Molly. J'allais te téléphoner. Ça va ?

Bruit de circulation en fond sonore.

— On pourrait se voir, s'il te plaît ? Pour un café, en vitesse. Je sais que tu es occupée mais j'ai des questions à te poser au sujet de la bourse de KT. Je dois trouver quelques pièces du puzzle avant de retourner en Angleterre.

— Là, j'ai cours, mais j'aurai fini à 11 heures. Je dois voir Scottie, en fait. Tu veux qu'on se fasse un plan à trois ?

Le terme paraît tout à fait inapproprié, d'autant que Scott couchait avec quelqu'un qui me ressemblait comme deux gouttes d'eau.

— Un café tous les trois ? Bien sûr. Comme ça, je pourrai aussi lui poser quelques questions.

— Ou un hot dog ? Qu'est-ce que tu en dis ? Putain, j'ai une de ces gueules de bois !

Elle éclate de rire, puis ajoute :

— On se retrouve à l'angle de la 72e Rue et de Broadway. À 11 h 15.

— J'y serai.

Près de l'hôtel, la camionnette de Jimmy est ouverte.

— Bonjour.

— Salut, Molly. Smoothie ? Papaye fraîche ?

— Un café, s'il vous plaît.

En réponse à son air interrogateur, je précise :

— Noir, avec un sucre.

— Ça marche.

— Votre pays vous manque, Jimmy ?

Tout en préparant mon café, il me parle par-dessus son épaule.

— Mes cousins me manquent, mes neveux, et mes vieux voisins. La cuisine de mon pays, et la chaleur aussi. Certaines choses me manquent, oui. (Il me tend le café.) Mais ici, c'est mon pays à présent. Je suis new-yorkais. La meilleure ville de la planète.

— Elle me fait peur, cette ville.

— Question de point de vue. Molly, vous allez forcément mourir un jour, alors autant vous détendre et profiter au maximum tant que vous êtes en vie.

— J'aimerais en être capable.

Il se met à redisposer les fruits de son éventaire : goyaves, mangues, oranges et kiwis.

— Vous y arriverez. Le seul moyen de survivre à New York, c'est de laisser courir. Ne pas baisser la tête, surfer sur la vague. Un type de Wall Street m'a dit un jour : « Il faut juste aller bosser tous les jours et bien faire son job. » Aller bosser et faire son job. C'est tout simple. Y a des gens qui réfléchissent trop, mais je pense que les New-Yorkais n'ont pas le temps pour ça.

Je décide d'aller jusqu'à la 72e Rue à pied parce que je commence à trouver mes marques, du moins dans cette petite partie de Manhattan, et que marcher m'aide à réfléchir. Mon endroit préféré à Londres, c'est Hampstead Heath en septembre. Hyde Park est très agréable, mais c'est en plein centre-ville et le sol est trop compact. Au moins, à Hampstead, le sol est resté meuble par endroits. C'est assez grand et sauvage pour me rappeler le village de mon enfance, celui que mes parents devront sûrement quitter l'an prochain, quand la banque saisira leur maison. *Notre* maison. Je croyais que cette idée me perturberait davantage, mais ce n'est rien comparé à ce que nous vivons tous depuis quelques jours.

Les alentours de Columbus Circle sont assez terrifiants : trop de circulation, trop de monde. Je traverse et longe l'angle sud-ouest de Central Park.

Papa et maman m'ont paru plus calmes ce matin. Je pense que c'est parce qu'ils savent enfin comment KT est morte. Nous avons le *comment*, mais toujours pas le *qui* et le *pourquoi*. J'ai donc trente-six heures pour dénicher quelque chose à soumettre à Martinez et à DeLuca.

Je passe devant la YMCA où j'ai rencontré Violet l'autre jour et me dirige vers Broadway.

Les données suggèrent que le criminel connaissait KT. Qu'elle lui faisait confiance. Elles suggèrent que le criminel dispose d'assez de force physique pour la plaquer sur son lit. KT faisait de la natation. Elle avait le torse très musclé.

Je pense à Scott Sbarra, qui a le potentiel nécessaire pour avoir maintenu un oreiller sur le visage de sa fiancée, avant de partir et de faire comme si de rien n'était. Libre de mener sa vie de privilégié, faite de concours d'aviron et de trophées remportés ; il finira dans un cabinet d'avocats du centre-ville, dont il deviendra associé vers la cinquantaine, marié à une femme cadre dans les médias, et ils gagneront tous les deux un million par an grâce à leurs stock-options. Je songe ensuite à Violet, même si je ne vois pas en elle une suspecte très crédible. Elle n'a pas le profil. KT lui faisait confiance, mais pourquoi aurait-elle étouffé sa meilleure amie ? Je passe devant le New York City Ballet. Groot aurait-il pu en vouloir à KT ? Aurait-il pu tuer une jeune femme pour sauver son mariage ? Pour la faire taire ?

Tout ce que je sais, c'est que je ferais un piètre détective. Nul. J'essaye d'imaginer quels risques me guettent en plein cœur de l'Upper West Side. Je passe devant un Apple Store et une épicerie fine, pas de très bonnes cibles pour les terroristes, car ils préfèrent les zones très médiatiques comme Wall Street ou le Rockefeller Center. Mais je repère des hommes qui ont les mains dans les poches, des échafaudages qui pourraient tout à fait s'écrouler sur moi à tout instant. Avant de recevoir l'appel de papa et maman à Londres, je venais de lire l'histoire d'un homme qui se promenait dans une rue de Berlin et qui a marché sur les portes d'une cave, des portes métalliques au même niveau que le trottoir. Elles se sont affaissées sous son poids. Il s'est brisé le cou. Paralysie totale.

69e Rue. Je continue à marcher.

Je conclus un pacte avec moi-même : je vais travailler toute la nuit. Je relirai les courriels, j'analyserai encore une fois les comptes de KT sur les médias sociaux. Je resterai au snack ou dans un café ouvert vingt-quatre heures sur vingt-quatre, je boirai du café fort et je progresserai. Il est grand temps.

J'arrive à l'angle de Broadway et de la 72e Rue.

— Molly ! crie une voix depuis l'autre trottoir. Molly, par ici.

Je traverse pour les rejoindre. Violet Roseberry et Scott Sbarra. La meilleure amie de KT et son fiancé. Le rouge à lèvres de Violet a débordé, Scott est complètement décoiffé. Il me salue d'un signe de tête et Violet me prend dans ses bras.

Le soupçon qu'ils ont couché ensemble m'effleure, mais je le chasse. Pas eux, non. Pas aussi vite après.

— Dogs, dit-elle.

Je fronce les sourcils.

Elle désigne un restaurant.

— Gray's Papaya. Les meilleurs hot dogs de tout Manhattan.

— Je sais pas, dit Scott.

— Ils sont vraiment hyper bons, dit Violet. Y a pas mieux.

Nous entrons et il y a déjà la queue, à 11 h 15. Nous commandons trois hot dogs avec de la choucroute et trois boissons à la papaye que nous emportons.

— On va les manger dans la rue ?

— Juste trois cents mètres plus loin, viens.

Violet nous mène à une aire de jeux, avec des arbres et un terrain de basket, où nous trouvons un muret pour nous asseoir. Un groupe de jeunes adolescents font du skateboard, flirtent et fument des cigarettes. Mon hot dog est probablement le meilleur que j'aie mangé de ma vie.

— C'est délicieux.

— Je te l'avais dit.

Scott a jeté son pain, parce qu'il déclare vouloir rester en cétose, mot que je ne connais pas. Un oiseau décharné le picore. Assis tous les trois côte à côte, nous observons les skateboarders, sous les rayons de soleil qui parviennent à se faufiler entre les immeubles.

— Je pars demain, dis-je.

Ils me regardent tous deux.

— Nous rentrons avec KT.

— Vous allez l'enterrer à Nottingham ?

Je ne veux pas compliquer les choses en leur parlant de la crémation parce que je sais qu'ils voudront venir, alors que papa et maman souhaitent limiter la cérémonie à la famille, rien que nous trois, nous quatre en comptant KT, alors je me contente de hocher la tête.

— Il y aura une messe à Nottingham.

— Je regrette de pas pouvoir y aller, dit Violet. Je regrette de pas pouvoir me payer l'avion, vraiment. Je pourrais écrire une lettre que vous glisserez dans le cercueil ou quelque part ?

— Peut-être.

Scott ne dit rien.

— Ils ont parlé de l'oreiller, aux infos, poursuit Violet. Je suis tellement désolée, Molly. Katie était quelqu'un de formidable.

— Ouais, c'est vrai, ajoute Scott.

— C'est déjà dans les actualités ?

— Depuis hier soir. Je l'ai vu sur NBC.

— La police pense que le criminel était quelqu'un à qui KT faisait confiance. Ils vont probablement devoir vous interroger à nouveau. L'un de vous deux avait-il une clé de l'appartement ?

— J'ai une clé, répond Violet. Elle en a fait fabriquer plusieurs quand elle s'est installée, parce qu'elle perdait tout le temps des trucs, et sa logeuse à Londres lui avait fait payer un fric monstrueux pour changer les serrures, ou bien elle lui a retenu sa caution, une connerie comme ça. Attends. Je l'ai sur moi.

Elle me montre son trousseau.

— Je ne crois pas avoir la clé, dit Scott.

— Tu crois pas ? s'étonne Violet. Mec, tu sais bien si elle t'a donné sa clé, non ? C'est le genre de truc qu'on se rappelle.

— OK, OK, alors je ne l'ai pas. C'est bon. Et le connard qui habite au sous-sol, le dingue qui la suivait partout ? Il doit avoir la clé, lui. Pourquoi les flics ne l'interrogent pas ?

— Je pense qu'ils l'ont fait.

— Si c'est lui le coupable, je le tuerai à mains nues, putain. Je le tuerai...

J'interromps Scott.

— L'un de vous est au courant des voyages de KT ? À Monaco, à Aspen, à Saint-Kitts ?

— C'était par la fac, je crois, dit Violet.

— Non, pas du tout, déclare Scott en aspirant les dernières gouttes de son jus de papaye. On en a parlé quand elle est allée à Aspen. Ça faisait partie de sa bourse. Ils faisaient plusieurs voyages chaque année, elle et les autres étudiants.

— C'est ce jour-là que tu as défoncé son mur à coups de poing, Scott ? demande Violet.

— Je n'ai pas *défoncé* son mur.

— Quoi ?

Il écrase son gobelet en plastique dans sa main et m'explique :

— J'ai cru qu'elle était revenue de Monaco avec un suçon. N'importe qui aurait pété un câble en voyant ça dans le cou de sa copine.

— Sauf que c'était pas un suçon, précise Violet.

— C'était un bleu, une connerie comme ça.

— Et d'où venait ce bleu ?

— Je ne sais pas, me répond Scott. Elle a dit que c'était une irritation. Une éruption cutanée.

— Donc, ce n'était pas vraiment un bleu ?

— Je n'ai pas fait le voyage avec elle, Molly. Je ne sais pas ce qui s'est passé là-bas. Mais je n'aimais pas les gens qui l'accompagnaient.

— Tu en as rencontré ? Les organisateurs ou les étudiants ?

Il secoue la tête.

— Non. Je le sentais très mal, c'est tout. Faire voyager des filles, toujours des filles, en jet privé. Quelle bourse universitaire comprend ce genre de truc ?

— Putain, moi, j'hésiterais pas une seconde, intervient Violet.

— Le nom de James Kandee vous est familier ?

Cela ne dit rien à Scott, mais Violet hésite.

— Katie a peut-être parlé de lui, dit-elle finalement.

— Je pense qu'il est derrière cette bourse. C'est un play-boy international qui se cache derrière une façade de philanthropie et d'initiatives écologiques.

— Un beau salaud, apparemment. Écoutez, c'est l'heure de mon entraînement, je dois y aller, dit Scott en se levant. Molly, je voulais juste te redire que je suis désolé pour Katie. Nous ne sommes sortis ensemble que quelques mois, tu sais, mais elle me plaisait vraiment. Je suis désolé.

Il me serre brièvement dans ses bras. Il a la poitrine et les bras les plus durs que j'aie touchés de ma vie. Je me trouve superficielle de l'avoir remarqué, mais je n'y peux rien. Ses bras m'enveloppent sans effort et il sent le bois de santal.

— Merci. Et merci d'avoir fait découvrir New York à KT. Elle me disait toujours tellement de bien de toi...

Ce n'est pas tout à fait vrai : elle a dit un jour qu'il était mignon mais collant, comme un gros chiot.

Lorsqu'il s'est éloigné, Violet déclare :

— C'est un gars bien.

— Oui, je suppose. Il a vraiment défoncé un mur chez KT ?

Elle hoche la tête.

— Il n'a jamais eu d'ennuis ? Je crois me rappeler que KT m'avait raconté quelque chose à son sujet. À propos de son passé.

Violet regarde autour de nous.

— Quoi ? Tu peux m'en parler. J'étais sa jumelle, pour l'amour de Dieu.

— Il y a eu des accusations quand il était en pensionnat, des conneries qui l'ont suivi jusqu'ici, mais quand on envoie son gamin dans un pensionnat mixte au fond des bois du Connecticut, il faut pas s'étonner, non ?

— Quel genre d'accusations ?

— Elles ont toutes été retirées, Molly.

— Allons, je ne le répéterai à personne.

— J'aurais jamais dû en parler.

— De quoi s'agit-il ?

— Franchement, c'est une fausse piste. Ça remonte à des années.

— KT devait être au courant. Raconte-moi.

— C'est de l'histoire ancienne.

Je dévisage Violet.

Elle soupire et se tapote le front.

— Deux filles de ce pensionnat ont accusé Scott de brutalités. Elles avaient dix-sept ans ; lui, seize. Il t'en parlera si tu l'interroges. La plainte a été retirée.

— Des brutalités ?

— Ils faisaient les cons. Ils jouaient à s'asphyxier, un truc dans ce goût-là, pas du tout mon trip. Une des filles a eu peur, y a eu comme un malentendu, mais ça a été réglé à l'amiable, entre les parents de Scott et leurs parents à elles. Tout ça, c'est du passé.

- 19 -

En repartant à pied vers le sud de Central Park, je tente d'analyser ce que Violet vient de me confier.

Un type maigrelet assis sur un pliant dessine au fusain la caricature de deux jeunes frères. Pas jumeaux, juste deux frères ordinaires. De toute évidence, ils préféreraient s'évader sur les vastes pelouses, aller donner des coups de pied dans les feuilles mortes ou jouer au ballon. Il y a vingt minutes, ils avaient peut-être envie de se faire tirer le portrait, mais, à présent, leurs parents font tout leur possible pour les maintenir assis sur le rocher jusqu'à ce que l'artiste ait terminé son travail.

Maintenant que j'ai vu Violet et Scott ensemble, si l'un des deux me semble avoir un côté obsessionnel, quelque chose de pas très sain, c'est elle plutôt que lui. Il est tellement détendu qu'il paraît n'avoir aucun souci dans la vie.

Je m'assieds sur un banc, vaincue. La crémation de ma sœur aura lieu demain, que la police ait arrêté quelqu'un ou pas. Tous les quatre – trois Raven vivants et une morte –, nous prendrons l'avion pour l'Angleterre demain soir, quoi qu'il advienne. Et, je le crains, dès que nous aurons quitté l'espace aérien des États-Unis, les efforts de la police seront freinés, non par incompétence ou manque de professionnalisme, mais parce que les parents de la victime ne seront plus là pour les aiguillonner. Il y aura d'autres homicides dans cette ville ; les statistiques en dénombrent environ trois cents par an. La plupart des cas susciteront l'intérêt de parents et de communautés présents dans l'État de New York. Ils feront du lobbying, tandis que nous serons silencieux.

Mes parents ont besoin de pouvoir faire leur deuil. Nous en avons tous besoin.

Maman m'envoie un texto pour s'assurer que tout va bien. Je réponds que oui et lui retourne la question. Miracle, elle va vraiment bien. Alors qu'elle pleure sa fille et se sent égarée dans cette métropole étrangère, elle fait ce dont KT avait l'habitude. Jusqu'à cette année, KT et moi nous échangions tous les jours, par SMS, par appel vocal ou en FaceTime. Tout au long de la journée, souvent. Nous partagions des informations stupides. Des photos de robes, de vestes dans des cabines d'essayage. Des photos de coupes de cheveux de stars dans des magazines de mode. Je lui racontais ce que j'avais mangé pour mon dîner et elle en faisait autant. Si une amie lui confiait un secret lors d'un déjeuner, elle m'envoyait un texto depuis les toilettes pour me raconter. Si vous parlez de quelque chose seulement à votre jumelle, cela reste un secret. C'est comme parler à l'autre moitié de vous-même.

De mon banc dans le parc, j'appelle l'inspecteur Martinez, mais je tombe directement sur sa boîte vocale. Je ne laisse pas de message ; je préfère appeler Bogart DeLuca, qui me répond aussitôt.

— Je pensais justement à vous, Molly.

Cette remarque me fait frémir. Comme je n'ajoute rien, il poursuit :

— J'ai trouvé des choses. Est-ce que je peux vous montrer ce que j'ai déniché, pour voir votre réaction ? C'est possible, vous pensez ?

— Je pourrais venir à votre bureau ?

— Vous pourriez, Molly, vous pourriez. Mais c'est à l'autre bout du Lower East Side. Canal Street. Pour le moment, je suis dans Hudson Yards, un quartier très classe, vous connaissez ?

— Non.

— OK, vous êtes où, maintenant ?

— Dans Central Park.

— OK, alors vous descendez la Cinquième Avenue vers le sud. Vous dépassez les boutiques, la bibliothèque, l'Empire State. Avant d'arriver au Flatiron, vous verrez un petit jardin, le Madison Square Park, vers la 26e Rue. Vous me suivez ?

— Madison Square Gardens ?

— Non, surtout pas. Madison Square Park.

— Je trouverai.

Si je n'avais pas mon téléphone, je serais complètement perdue dans cette ville.

— Je vous rejoindrai là-bas et on priera pour qu'il ne tombe pas tout de suite un déluge comme la météo le prévoit. Rendez-vous au parc dans une demi-heure environ. Vous voulez un café ?

— Volontiers.

— Un frappuccino, sirop épicé de citrouille, lait de soja ? Vous préférez quoi, Molly ?

— Noir, avec un sucre.

— Ça roule.

Je me dirige vers l'hôtel Plaza, et je descends la Cinquième Avenue selon les instructions. La bande de ciel visible entre les immeubles paraît de mauvais augure. Bleu marine tirant sur le gris. Quand j'atteins Madison Square Park, le vent se lève mais il ne pleut pas. Je resserre le col de mon manteau et je cherche DeLuca.

— Molly !

Il s'avance vers moi, coiffé d'un bonnet de laine. Il tient deux gobelets en carton, le sien est un minuscule expresso.

— Noir, avec un sucre. Café d'Éthiopie, vous me direz ce que vous en pensez.

J'essaye d'en boire une gorgée, mais il est trop chaud. Alors je mens.

— Délicieux.

Il acquiesce et désigne un banc placé sous les arbres. Des feuilles tombent tout autour de nous. Un écureuil bien nourri bondit de dalle en dalle.

— Savez-vous qui a tué KT ?

Il sirote son expresso et jette alentour des regards de conspirateur.

— J'ai étudié beaucoup de cas dans ma vie, comme flic ou comme détective privé. Je sais quand on approche du but. On est très près, Molly.

— J'ai de nouvelles informations pour vous, lui dis-je.

— Allez-y.

— J'ai appris quelque chose au sujet de Scott Sbarra aujourd'hui. Quelque chose de troublant.

— Quoi ?

— Il a fait l'objet d'une plainte quand il était dans un pensionnat du Connecticut. Une histoire de jeu d'asphyxie érotique avec des filles. Elles se sont plaintes, je ne sais pas si c'était auprès de la police ou de la direction de l'école, puis elles ont retiré leurs accusations. Je vais en parler à Martinez.

— Il le sait déjà.

— Il le sait ?

— Ouais, on est au courant, pour Sbarra. C'est de ça que je voulais vous parler. Le problème, c'est que son ancien colocataire m'a dit... Un de ses colocs, un type vraiment sérieux qui est maintenant au MIT... Il m'a dit que Sbarra était avec une rouquine le soir du meurtre de Katie, mais c'était au moins une heure après que vos parents l'ont découverte. D'après le colocataire, Scott voyait cette fille de temps en temps, une rouquine du Queens ou d'ailleurs, étudiante à Columbia, une copine de Katie. Ça vous évoque un truc ?

— Il était avec Violet ?

— Violet est de Brooklyn mais ouais, ça pourrait coller. Écoutez-moi bien. S'ils sortaient ensemble – c'est un grand « si » –, ils n'auront sûrement pas envie d'en parler, sauf si la police insiste. À mon avis, ils ne doivent pas en être très fiers, surtout maintenant que vos parents et vous êtes là. J'imagine que chacun sert d'alibi à l'autre. On va devoir vérifier si leur version coïncide avec l'heure du décès.

En début de journée, nous avons mangé des hot dogs. J'ai trouvé curieux qu'ils soient ensemble. Le rouge à lèvres de Violet bavait et Scott était tout décoiffé.

— Je ne sais pas. La meilleure amie de KT et son fiancé ?

— C'est juste une théorie, dit DeLuca en vidant son gobelet. C'est comme la méthode scientifique. On émet une hypothèse et puis on la teste à fond.

Je souffle sur mon café et reprends une gorgée.

— J'ai rencontré Groot. Je pense qu'il avait une vraie liaison avec KT, pas simplement des rendez-vous occasionnels.

— Tout à fait, répond DeLuca. J'en ai la certitude.

— La certitude ?

— Disons que, grâce aux ressources dont je dispose en tant que détective privé agréé dans cette ville formidable, je suis devenu le détenteur provisoire de seize sacs d'ordures de la famille Groot.

Je hausse les sourcils.

— Du sale boulot, Molly. Faut bien que quelqu'un se dévoue. À quatre-vingt-quinze pour cent, il n'y avait que des ordures au sens strict. Mais j'ai aussi extrait quelques papiers passés à la broyeuse, des factures et même une photo.

— Une photo passée à la broyeuse ?

— De Groot avec votre sœur. Très innocente en apparence, ils sont habillés, mais il avait un bras autour de son épaule. À la broyeuse, Molly.

— Vous avez recollé les fragments, ou bien... ?

— J'ai chargé mon stagiaire de s'en occuper. Entre nous, il n'est pas bon à grand-chose d'autre.

— Vous pensez que Groot pourrait avoir fait du mal à KT ?

— C'est trop tôt pour l'affirmer, mais disons que je suis en train d'examiner son dossier de très près. Je sens que c'est le genre de mec qui invite ses étudiantes à dîner pour les impressionner. Il couche peut-être avec elles. C'est peut-être une histoire de cul, ou de pouvoir, ou bien il a été privé de sexe quand il était étudiant. Le problème avec Groot, à mon avis, c'est qu'il est lui-même son pire ennemi. Il ne peut pas s'empêcher d'aller trop loin avec les filles, mais en même temps il tient à tout prix à conserver sa belle maison près de Greenwich, ses deux belles bagnoles, le gros salaire de sa femme, leur milieu social, les écoles privées des gamins et tout le toutim.

— Mais pourquoi aurait-il fait du mal à KT ? Il ne m'inspire pas plus que vous, mais je vois mal un gentil universitaire commettre un crime de ce genre.

— Si vous permettez, Molly, je dirais que c'était aussi un gentil crime, si tant est que ça existe. L'oreiller, comme M.O., pardon, comme *modus operandi*, c'est pépère comme façon de tuer. En général, c'est réservé aux gens qui veulent mettre fin aux souffrances de leur tante à l'hospice, par exemple. Ça n'a pas l'air d'un crime passionnel. Plutôt un crime compassionnel, du point de vue du coupable, du moins. C'est comme ça qu'un parent pourrait tuer son enfant.

— Mon Dieu.

— N'importe quel flic vous le dira. Quand j'étais dans la police, je n'ai jamais travaillé sur les homicides, j'étais sur les narcotiques. Mais, si j'ai besoin de l'avis d'un spécialiste, je sais à quelle porte frapper, je peux vous le garantir.

— Bien.

— Groot n'a pas d'alibi pour le soir du meurtre, autant que je sache. Il a broyé cinq factures d'hôtel. Trois viennent du Hilton de Times Square, et deux d'hôtels plus petits, l'Algonquin et l'Iroquois.

— J'ai vu ces deux hôtels.

— De vieux établissements connus. Vous les avez probablement vus dans un film ou dans une pub. Ils ont de belles façades.

Je me tourne vers Midtown. Trois touristes couverts de ponchos en plastique transparent photographient l'Empire State Building.

— Ces hôtels sont tous à proximité du Harvard Club.

— Vous avez compris, Molly. J'imagine qu'il n'aurait pas passé la nuit avec elle au club. Trop risqué.

— OK, mais Shawn Bagby, l'homme qui habite au sous-sol ?

— Ah, c'est vraiment un sale type, celui-là, répond DeLuca.

— Dites-m'en plus.

— Vous savez ce que c'est qu'un incel ?

— Un quoi ?

— Un incel. C'est un genre de mouvement, mon stagiaire m'a expliqué tout ça. Ça signifie *involontairement célibataire.* Un type qui n'arrive pas à baiser, en gros. Évidemment, de mon temps, quand on ne trouvait pas la fille qui correspondait à ses attentes, vous voyez ce que je veux dire, on se contentait de celles qui ont une belle personnalité mais qui louchent, genre. Maintenant, les gamins qui se font envoyer chier par deux ou trois top-modèles créent un forum Internet, ça les rend dingues qu'on les ait jetés, ils inventent toutes sortes de codes et ils s'excitent les uns les autres, voyez.

— Shawn est un incel ?

— Était. Maintenant, c'est un YouTuber parfaitement sain avec plus de cent mille abonnés, bientôt cent cinquante mille. Il parle de jeûne intermittent. De sa métamorphose. Il y a des tas de vidéos sponsorisées où on le voit faire sa gym, se préparer un smoothie avocat-blanc d'œuf ou je ne sais pas trop quelle merde. Mais il y a un an, c'était une autre affaire. C'était un gamin rondouillard avec une peau dégueulasse et des problèmes de comportement. Il détestait vraiment les femmes. Vous savez, un miso...

— Misogyne ?

— Ouais. Il haïssait en particulier les jeunes femmes. Il existe un fil Reddit qui a été supprimé, ça fait un moment, parce que les incels se suicidaient, tuaient des innocentes, mais j'y ai eu accès grâce à mes contacts dans la police. Shawn Bagby était modérateur sur un sous-forum. Il expliquait que les femmes séduisantes jouent un jeu, sont coupables de tout le mal sur terre, responsables du suicide de trois de ses amis, blablabla.

Un petit garçon envoie son ballon rouler vers nous et je shoote dedans pour le lui renvoyer.

— Il était aussi question de votre sœur spécifiquement.

— Quoi ? Qu'est-ce qu'il disait ?

— Il ne mentionne jamais son nom, mais il parle de sa voisine du dessus dont le loyer est payé par une organisation caritative juste parce qu'elle est très belle. Il dit que c'est une Stacy, ce qui signifie, en code incel, une fille qui couche avec tout le monde – ce n'est pas moi qui parle, c'est Bagby. Il se vante de la suivre dans la rue. Et il décrit ce qu'on ressent quand on tue quelqu'un.

Ma mâchoire se décroche.

— Je continue à enquêter, Molly. Je vous communiquerai bientôt les résultats.

J'ai le vertige.

— Il décrivait ce qu'on ressent quand on tue ?

— Jamais sous son vrai nom, attention. Ces types-là croient à leur anonymat. Parce que votre père ou votre curé pourrait être actif sur un de ces forums extrêmes sans que personne le sache, vous voyez.

— Si c'est anonyme, comment savez-vous qu'il s'agit de Bagby ?

— Il existe des méthodes d'identification. Son pseudo contenait trois chiffres, j'ai passé en revue d'autres pseudos sur d'autres forums, en particulier des forums de chat sur les hommes, le jeûne et la santé. J'ai fini par trouver une ancienne chaîne YouTube lancée par Bagby il y a deux ans. Ça s'appelait À la Recherche d'Alpha, et il donnait des conseils aux nullards pour baratiner les filles. Toutes sortes de conneries : les meilleures talonnettes pour paraître plus grand, les exercices pour rendre sa voix plus grave. Bref, l'adresse Gmail de contact pour cette chaîne YouTube contenait les trois mêmes chiffres. Puis j'ai comparé la structure des écrits de Bagby sur Reddit, sur son blog ou dans les descriptions de ses vidéos. Il fait systématiquement une faute, toujours sur le même mot. Y a pas à s'y tromper. Comme un genre de tic. Bagby était un incel toxique, c'est clair.

Pas sûr qu'il le soit toujours, je pense qu'il est passé à autre chose, mais il disait sur Internet que des femmes comme votre sœur ne méritaient pas de vivre.

— A-t-il un alibi pour cet après-midi-là ?

— Pas à ma connaissance.

— Il faudra combien de temps pour que Martinez arrête quelqu'un, d'après vous ?

— Pas longtemps, Molly. Ils vont d'abord accumuler les preuves, essayer d'obtenir des aveux. Un dossier solide pour le procureur. Ça ne devrait pas prendre plus de quelques jours. Personne n'a envie de laisser un salaud en liberté dans New York un jour de plus que nécessaire.

- 20 -

Je retourne à l'hôtel, penchée contre le vent. Devant la bibliothèque publique de New York, où des plaques de cuivre sont fixées aux dalles du sol, un barbu qui traîne un caddie rempli de sacs en plastique crie : « La fin est proche, le ciel va nous tomber sur la tête. »

Des gens sortent des magasins munis de packs de bouteilles d'eau. Pas seulement quelques-uns. Tous les clients.

Au lieu de rentrer tout droit dans ma chambre, je me dirige vers Times Square et découvre des avertissements affichés sur les écrans géants, et les messages qui défilent sur les bâtiments. Des experts analysent l'ouragan Teresa. Le maire de New York s'adresse à un nid de micros, il parle de Long Island et de Staten Island. Il est question de coupures d'électricité dans Manhattan. Le métro risque d'être fermé à partir de demain soir. Avec un peu de chance, j'aurai déjà quitté l'aéroport avec les cendres de KT sur mes genoux. Je ne monterai pas à bord de l'avion si la tempête a déjà frappé le continent, si elle s'intensifie. Je n'affronterai pas ce genre de turbulences ; j'ai un nœud à l'estomac rien que d'y penser.

Lorsque j'arrive à l'hôtel, maman me téléphone et nous discutons de ce que nous allons faire pour notre dernière soirée ici.

— Ton père veut un dîner spécial pour dire au revoir à Katie, dans un de ses restaurants favoris.

— Je ne suis pas sûre que nous en ayons les moyens, maman.

— C'est ce que je lui ai répondu. Ton père estime qu'il faut marquer le coup, vu tout ce qu'il se passera demain.

Elle est incapable de prononcer le mot *crémation*, tout comme elle est incapable de prononcer le mot *faillite*. Maman ne peut pas accepter le fait que KT sera incinérée à Brooklyn au lieu d'être enterrée dans notre village. L'idée est trop violente, trop étrangère pour qu'elle la formule.

— KT adorait les snacks. On pourrait retourner dans celui où nous avons nos habitudes.

— C'est ce que j'ai dit à ton père.

J'entends papa s'approcher et prendre le téléphone.

— Salut, Moll. Ta sœur pensait que notre snack était un piège à touristes standards, je la cite. Si on allait dans Chinatown ?

— D'accord, papa. C'est le genre de chose qui lui aurait plu.

Avant de repartir, je récupère dans ma chambre cinq comprimés purificateurs d'eau. Si l'ouragan devait frapper plus tôt que prévu, la priorité absolue serait l'eau potable. Puis je me dirige vers le snack qui est tout embué. Ma table préférée est déjà occupée, mais je m'installe à la plus proche. J'ai une bonne vue sur la salle. Le serveur qui vient prendre ma commande m'annonce que le restaurant est à court de bagels. Quand je lui demande ce qu'est le soda fontaine indiqué sur le menu, il désigne un distributeur de boissons.

— Je prendrai juste un lait chocolaté, s'il vous plaît.

Plus que vingt-quatre heures avant le vol de nuit qui me ramènera à Londres. Plus que vingt-quatre heures pour fournir du concret à Martinez. Du substantiel. Une piste qu'il pourrait ne pas encore avoir suivie, quelque chose qui permette d'aller plus loin, afin que le dossier ne soit pas oublié dès que j'aurai quitté le sol américain.

Je fais encore quelques recherches sur Shawn Bagby. Sa haine des femmes pourrait être un mobile en soi, non ? À cela s'ajoute le fait qu'il voyait ma sœur tous les jours, et qu'elle avait peut-être repoussé ses avances. Cela pourrait conduire certains hommes à une violence extrême.

Bagby a plus de cent quarante mille abonnés. Ses vidéos sont en général consacrées à la gymnastique et à l'alimentation, mais elles parlent aussi de son état d'esprit, avec des titres comme *Je me suis réveillé à 4 heures du matin pendant 4 semaines et voilà ce qui est arrivé*, *Comment parler lentement pour qu'on vous écoute*, *L'art de tailler votre barbe pour faire ressortir l'alpha qui est en vous* et *Comment transformer un non en oui à tous les coups*.

Les commentaires sont toxiques mais j'ai regardé assez de tutoriels et de vlogs sur YouTube pour savoir que c'est presque toujours le cas. Même les vidéos parfaitement innocentes suscitent des commentaires horribles. Les abonnés de Bagby sont presque exclusivement des jeunes gens en colère, semble-t-il. Quelqu'un le qualifie de « volcel retraité », ce qui signifie, d'après ma recherche, qu'il est volontairement célibataire, à l'inverse de l'incel qui l'est involontairement. Un sous-commentaire conteste cette affirmation, disant que Bagby est bien pire, c'est désormais un fakecel, quelqu'un qui s'est donné tant de mal pour améliorer son apparence, son physique, ses manières, etc., qu'il est devenu un Chad. Je me rappelle le T-shirt qu'il portait le jour où nous avons visité l'appartement de KT. Le slogan *End Chad*, que j'avais trouvé bizarre, car pour moi le mot anglais *Chad* désignait un pays d'Afrique. Renseignements pris, c'est l'équivalent mâle d'une Stacy, une femme séduisante. Apparemment, un Chad est un homme doté – injustement, aux yeux des incels – de tous les attributs classiques de la virilité conquérante : mâchoire carrée, assurance, vigueur, haute taille, chevelure épaisse, épaules larges.

L'explication la plus simple serait-elle la plus plausible ? Shawn avait une clé, ou du moins accès à une clé. Il pouvait surveiller les allées et venues de KT. Il pouvait s'introduire chez elle. Bagby connaît la configuration de l'immeuble, et les heures d'absence de l'unique autre habitant, sa mère.

Je relis les courriels sur le compte FortressMail de KT. S'ils ne contiennent aucun nom, il est évident à en juger d'après la façon dont les messages sont rédigés, et d'après le fait que plus de la moitié provient de deux correspondants, qu'elle se servait de ce compte avant tout pour communiquer avec ces deux personnes. KT leur avait donné son adresse sécurisée. Je n'arrive pas à déterminer si ces deux individus se connaissaient, ou étaient au courant de l'existence l'un de l'autre. OPO64@fortressmail.tv écrit des messages très brefs et flirte parfois ouvertement. Il demande comment elle va. Comment elle allait la veille au soir. Réclame des photos. De *faire* des choses. Celui-là, c'est Groot. Les courriels de l'autre compte sont encore plus succincts. Des chiffres, des carrefours. Des données. Des numéros de téléphone et des codes postaux. Des heures et des dates. Des coordonnées bancaires. D'autres codes numériques.

Le correspondant qui flirte avec elle, Groot, a envoyé ce message il y a dix jours : *Impossible. Raison familiale. Attendons après Thanksgiving.*

Papa et maman apparaissent à la fenêtre et ils ont l'air moins effondrés que ces derniers temps. Maman a encore le regard accablé, mais sa bouche sourit. Papa porte sa capuche serrée autour de son visage. Ils me font signe de sortir, puis le serveur les prie d'entrer pour ne pas rester sous la pluie. Ils ont l'air de s'excuser et maman tapote sa montre.

Le vent s'est intensifié. Un exemplaire du *New York Post* voltige dans le caniveau avant de se plaquer contre une boîte aux lettres.

— Chinatown, c'est par là, dit papa.

Je le sais. J'ai étudié le plan de Manhattan, du moins entre Central Park et Wall Street. Nous passons devant le Harvard Club et son portier qui m'ignore, s'il m'a reconnue, puis nous descendons la Cinquième Avenue.

— Une tempête se prépare, déclare maman.

— Notre avion aura décollé avant que New York soit atteint, répond papa. D'après la BBC.

Nous hélons un taxi pour faire le reste du trajet jusqu'à Chinatown. Nous arrivons quand même trempés et glacés. Papa trouve un bar à nouilles avec en vitrine un panneau indiquant qu'il a été mentionné ou présenté dans *Time Out*.

— Katie aurait adoré cet endroit, estime maman, en un effort héroïque pour être positive.

— C'était une aventurière, confirme papa.

Ils commandent des bières et moi, de l'eau. Le repas est incroyable. Herbes fraîches. Bouillon épais et riche. Nouilles veloutées.

— Ça ira, demain, pour la cérémonie ? me demande maman. Ce n'est pas vraiment ce que nous voulions, mais nous repartirons tous ensemble et c'est le principal.

— Katie aimait beaucoup ce pays. Je ne crois pas que ça l'aurait dérangée. Bizarrement, je pense même qu'elle aurait approuvé. (Papa sourit, puis rit.) Elle aurait jugé trop ennuyeux pour elle un enterrement dans notre petit village endormi.

— Pas faux. C'est plus KT comme ça.

— Elle nous parlait toujours de toi. Même quand vous ne communiquiez plus autant, depuis quelques mois, elle nous demandait de tes nouvelles tous les jours. Comment ça se passait pour toi au travail, et à Londres.

— Je sais, maman.

— Jusqu'à vos quatre ans, je n'ai pas pu vous distinguer l'une de l'autre, dit papa. La plupart du temps, je vous appelais un peu au hasard.

Nous sourions tous et papa sirote sa bière pour dissimuler l'émotion visible sur son visage. C'est l'une des choses qu'il raconte toujours, une de ses anecdotes.

— Tu te souviens, juste après la mort de ta grand-mère, quand grand-père vous a acheté des patins à glace pour aller à la patinoire de Nottingham, une seule paire pour vous deux ? Tu te souviens, Moll ?

Je hoche la tête en souriant.

— Je me souviens, papa. J'avais sept ans.

— Vous étiez furieuses. C'est la première fois que vous vous êtes rendu compte qu'être jumelles n'avait pas que des avantages.

— Il n'a plus jamais répété cette erreur, glisse maman.

Nous terminons nos nouilles. La soupe épicée me picote le bout de la langue mais c'est une sensation agréable.

— Tu as fait tes bagages, ma chérie ? Il me reste de la place, si tu veux mettre des choses dans ma valise. Si tu as besoin de peser la tienne, tu peux emprunter la balance de papa.

— Je m'en occuperai tout à l'heure. J'ai des recherches à faire d'abord.

— Tu devrais te reposer aussi, Moll. Demain est un grand jour. Je pense que nous aurons besoin de toutes nos forces. Il faut être à la chapelle à 14 h 30 pile. Et notre avion décolle peu après 21 heures.

— Je sais.

— Ta mère pense qu'on devrait aller au crématorium en taxi, avec nos bagages. Ils pourraient nous les garder, puis nous irions directement à l'aéroport.

— Ce serait plus logique, explique maman. Nous serons déjà à mi-chemin.

— Moi, je dis qu'on doit laisser nos affaires à l'hôtel. Nous retournerons les prendre ensuite. Les taxis jaunes ne coûtent pas cher et il y a un tarif fixe pour JFK. Je ne voudrais pas arriver à la... Enfin, je ne voudrais pas arriver là-bas avec tous nos bagages. Ce ne serait pas très correct.

— Mais ce serait plus économique. Je ne vois pas comment on peut se permettre...

— On peut se le payer, tranche sévèrement papa. Pour l'amour du ciel, je cumulerai trois petits boulots si nécessaire. Demain, tout doit être fait correctement.

— Et l'ouragan ne va pas déranger tout ça ?

— Non. Tu devrais voir le crématorium, Moll. C'est beau comme une cathédrale, solide comme un roc. Il y a une chapelle et tout.

— C'est un endroit très digne, ajoute maman.

— Tu prévois donc de nouvelles recherches ce soir ? Sur l'ouragan ? Sur notre itinéraire de vol ? Sur quoi ?

— Sur le dossier. Les suspects.

Papa fronce les sourcils.

— Laisse ça à la police, Moll. Ils savent ce qu'ils font.

— Personne ne connaissait KT comme moi. J'ai une valeur ajoutée.

Maman pose sa main sur la mienne.

— Ton père pense que tu devrais t'accorder une pause. Ne reste pas éveillée trop tard, d'accord ?

Au retour, nous luttons de nouveau contre l'orage, les essuie-glaces du taxi balaient le pare-brise à toute vitesse. Papa et maman retournent dans leur chambre pour finir leurs bagages tandis que je repars vers le snack. Il est ouvert vingt-quatre heures sur vingt-quatre, c'est écrit sur la vitrine, et c'est l'endroit que je préfère dans cette ville intimidante. C'est un lieu chaleureux, qui ne change pas, et où je parviens à me sentir en sécurité. Comme si le personnel comprenait certaines de mes craintes et angoisses, et se comportait en conséquence.

Je suis à la moitié de mon premier café, en train d'étudier le pensionnat du Connecticut où Scott Sbarra était scolarisé, de chercher parmi ses amis Facebook des gens que je pourrais contacter, lorsque mon téléphone sonne.

— Bonsoir, Molly, c'est l'inspecteur Martinez. Je ne vous dérange pas ?

— Pas du tout, réponds-je en posant ma tasse. Merci de me rappeler.

— Désolé d'avoir autant tardé. Que puis-je pour vous ?

— J'ai discuté avec Bogart DeLuca, le détective embauché par Columbia. Nous avons fait la liste des quatre personnes les plus proches de KT à New York, pour déterminer qui avait quel mobile. Les alibis, les occasions, ce genre de chose. Je ne suis pas sûre qu'il vous ait tenu informé. Nous voulions que vous enquêtiez sur le professeur Eugene Groot. Il semble avoir eu une liaison amoureuse avec ma sœur. Scott Sbarra, lui, a fait l'objet d'allégations d'asphyxie érotique quand il était lycéen. Il y a une chance pour qu'il ait une sorte de liaison avec Violet Roseberry. Je ne sais pas si c'est vraisemblable, mais il se pourrait qu'ils aient fait le coup ensemble, ou bien qu'elle le couvre. Je ne sais pas, je suis désolée, je réfléchis tout haut. Il y a aussi le voisin du dessous, l'incel, Shawn Bagby. Il ne m'inspire pas confiance.

— Sur ce point, je suis d'accord avec vous, Molly. Nous avons enquêté sur le passé de Bagby et trouvé de nombreuses plaintes émanant de femmes de votre âge. Aucune inculpation à ce jour.

— DeLuca est venu vous voir ?

— C'est bien ce qui m'inquiète, Molly. Je n'ai jamais entendu parler de Bogart DeLuca, et un nom pareil ça ne s'oublie pas facilement. J'imagine qu'il est détective privé, c'est ça ?

— Oui. Agréé. (Je commence à sentir mon cœur accélérer.) Je pensais que vous le connaissiez. Il a travaillé dans la police, à une époque.

— La police de New York ? Il ne nous a pas contactés, Molly. Vous auriez ses coordonnées ?

Je tire de ma poche la carte professionnelle de DeLuca et transmets les détails à Martinez.

— OK, je viens de lancer une recherche sur tous les détectives privés agréés dans l'État de New York, et mon ordinateur ne trouve aucun DeLuca. Soit il vient de plus loin, soit il n'est pas déclaré. Attendez.

Ma peau se glace.

DeLuca m'a menti effrontément. Que veut-il, s'il n'est pas détective ?

— OK, il n'y a personne de ce nom répertorié aux États-Unis. Molly, écoutez-moi, ne parlez plus à ce type, vous comprenez ? Il pourrait être dangereux. Il pourrait même être l'assassin de votre sœur.

- 21 -

Je fixe la carte de Bogart DeLuca jusqu'à ce que ma vision se brouille un peu. Mon premier instinct est de ne pas tenir compte de la mise en garde de Martinez et d'appeler directement DeLuca pour lui demander ce que cela signifie. Qui est-il ?

Je tape son nom sur Google.

Aucun résultat.

Aucun.

J'essuie la sueur sur ma lèvre supérieure. Qui est cet homme ? Veut-il réellement m'aider ? Il est peut-être canadien, ou suisse, et c'est pour cela que Martinez n'a pas pu l'identifier. Ce n'est pas parce qu'il a un accent de Brooklyn très prononcé qu'il y a vécu. Ou bien ce pourrait être un détective privé, ou un free-lance, qui travaille sous pseudonyme pour la fondation de Kandee ?

Minuit vient de sonner et le snack commence à se vider. Les gens qui sortaient des théâtres ont terminé leur repas post-Broadway et regagnent leur chambre d'hôtel. Deux serveuses sont collées à un poste de télévision et un client leur demande de monter le son pour suivre le reportage sur la tempête qui approche et qui a déjà causé des ravages le long de la côte de Caroline du Nord. La serveuse en chef refuse. Le volume du téléviseur n'augmente pas.

Je commande un autre café en surveillant le reste de la clientèle, hyper vigilante.

Il me reste moins de vingt-quatre heures à passer à New York. Je dois survivre à un ouragan, ainsi qu'à la crémation de ma jumelle bien-aimée. Je dois survivre à tout cela tout en veillant sur mes parents, puis nous devrons nous en retourner sains et saufs dans notre pays et à nos habitudes.

À 2 heures du matin, je suis plongée dans James Kandee et ses liaisons amoureuses. Ces recherches poussées ont quelque chose d'apaisant. C'est toujours comme ça. La serveuse m'a donné deux Bic et un nouveau carnet de commandes. Ma table de quatre disparaît sous les feuilles de papier. Des listes de sociétés dont James Kandee et ses fondations sont propriétaires ou actionnaires majoritaires. Son réseau va de la Suisse aux îles Caïmans, du Liechtenstein à Singapour, du Delaware à Jersey en passant par le Panama.

La serveuse vient remplir ma tasse.

— Tout va bien, ma belle ?

J'acquiesce avec un sourire.

— Je peux m'asseoir une minute à côté de vous ?

— Bien sûr.

Elle s'assied et je vois le soulagement sur son visage, le soulagement de ne plus être sur ses jambes pendant quelques secondes.

— Cette tempête, quelle histoire !

— Vous pensez que ça va faire beaucoup de dégâts ?

D'un grand geste, elle écarte cette idée.

— Non. On a eu Sandy en 2012 ; celui-ci, c'est rien comparé à Sandy. Le cuisinier pense que ce sera juste un petit vent, et puis dans Manhattan on a rien à craindre. C'est pour les gens de Staten Island qu'il y a du souci à se faire. Pardon, mais on a remarqué ça, les filles et moi : vous êtes la jumelle de Katie Raven, pas vrai ?

Je hoche la tête.

— On est vraiment désolées. Sérieusement, on se disait que c'est tragique, tout ça. Le genre de truc qui arrivait quand j'étais gamine. Je viens du Queens, d'un coin pas facile. Les meurtres en pleine rue et tout... Times Square a bien changé, croyez-moi, avec les grands magasins et les bars à yaourt glacé... Enfin, je voulais juste vous dire qu'on est toutes désolées.

Je regarde autour de nous, il ne reste que deux clients en plus de moi. Un homme qui mange une omelette, et une femme qui lit le journal à côté d'une assiette de bacon et d'œufs brouillés.

— Merci.

— Et aussi, mais vous avez le droit de refuser si ça vous met mal à l'aise, on voulait vous offrir vos cafés de ce soir. Janet vous a entendus, vos parents et vous, dire que vous repartez demain pour l'Angleterre. Donc, ma belle, c'est la maison qui régale.

Je me redresse. Cet ange porte un badge indiquant qu'elle se prénomme Susan. Elle est fatiguée, elle est ici depuis aussi longtemps que moi, cinq heures ou davantage, et elle prend quand même le temps de se montrer gentille.

— Merci. Avant de venir ici, j'avais toujours imaginé New York comme une ville immense, effrayante, pleine de dingues. Mais ce n'est pas comme ça, en réalité. Ça m'a étonnée.

— Oh, y a plein de dingues, c'est sûr. Je pourrais vous en raconter de belles rien que sur des types croisés dans le métro. Mais ouais, c'est la meilleure ville du monde, et à la fois un fameux merdier – je vous demande pardon. Même avec la tempête, les inondations et les coupures de courant qui vont peut-être avoir lieu, on sera encore là la semaine prochaine. Rien pourra nous en empêcher. Rien.

— J'avais besoin d'entendre dire ça ce soir. Ça me fait plaisir.

— Vous voulez que je file, que je vous laisse écrire votre roman ou je ne sais quoi ?

— Non, tout va bien. Susan...

— Oui ?

— Vous êtes déjà allée à une crémation ?

Son visage s'affaisse.

— Ouais, bien sûr. Trop souvent. Vous allez à... Je veux dire, c'est pour...

— KT sera incinérée demain près de Bushwick. Je n'ai encore jamais assisté à une crémation. Ça me fait assez peur, pour être honnête.

Susan a un sourire plein de compassion.

— Ce sera beau, vous verrez. Votre sœur sera dans un endroit meilleur. (Elle désigne le plafond et se signe.) Je n'ai pas toujours eu la foi, mais maintenant je crois à quelque chose de plus grand, vous savez. Elle sera dans un endroit meilleur.

— Était-ce... (Je m'interromps.) Voit-on le feu, au crématorium ?

— Oh, ne vous tracassez pas. C'est une belle cérémonie, vraiment. On est né poussière et on redevient poussière, comme c'est écrit dans la Bible. Tout ira bien, ma belle. Restez avec votre papa et votre maman et ça ira, j'en suis certaine. Dites au revoir à votre sœur, et dites-lui que vous la reverrez un jour.

La femme qui mange des œufs brouillés tousse et lève la main. Susan doit se relever.

— Excusez-moi.

Je ne peux pas imaginer le corps de ma sœur englouti par les flammes. J'ai lu sur Internet que la chaleur du four crématoire peut atteindre jusqu'à neuf cent quatre-vingts degrés Celsius. Elle et moi, nous partagions un ovule. La plupart des gens viennent seuls au monde et le quittent seuls, mais ce n'est pas vrai pour les jumeaux. On fait son entrée avec son jumeau. Puis on part seul. La différence est d'autant plus traumatisante.

Susan remplit à nouveau ma tasse, puis monte le volume du téléviseur. La tempête se rapproche et le maire de New York hésite à fermer les autoroutes et la Bourse. On parle beaucoup de pompiers supplémentaires et d'un recours à la National Guard. L'Agence fédérale de gestion des urgences est prête. Des organismes indépendants ont été contactés pour réparer les infrastructures, au cas où. Par la vitre, je ne vois personne. La rue est déserte.

À 3 heures du matin, la caféine me donne des palpitations, mais j'arrive au cœur des opérations familiales de James Kandee. Des sociétés en commandite établies aux Caraïbes possèdent des sociétés implantées à Genève qui financent des organisations caritatives domiciliées dans les îles Anglo-Normandes. Un réseau de firmes et de cabinets de juristes, de paradis fiscaux et sociétés-écrans. James s'est infiltré partout. Projets de désalinisation en Afrique, joint-ventures avec des raffineries de pétrole. Par son fil Instagram, j'ai découvert quels hôtels il fréquente : le Dorchester à Londres, le George V à Paris, le Four Seasons et le Carlyle à New York, le Mandarin Oriental à Sydney. Je repère trois femmes avec lesquelles il a été photographié à plusieurs reprises au cours des trois dernières années. Elles ne sont jamais identifiées sur les photos. En général, leur visage est en partie masqué. Elles ressemblent toutes beaucoup à KT. Beaucoup à moi. Un observateur négligent pourrait croire qu'il s'agit d'une seule et même personne, mais moi, j'ai agrandi les photos et examiné l'implantation de leurs cheveux et leurs grains de beauté. James Kandee a des petites amies, ou des ex-petites amies, dans de nombreuses villes. Grâce à elles, il présente bien sur les médias sociaux. Il a l'air populaire.

Je me concentre sur Twitter, Facebook et Instagram, dans les jours qui ont précédé et suivi le meurtre de KT. Kandee n'a rien posté depuis New York le jour du crime. La veille, il était à Londres. Deux jours après, il a été photographié à Dubaï. Il montre beaucoup les moyens de transport qu'il utilise. Voitures, motos, hélicoptères. Mais surtout son avion. Un Gulfstream G650, numéro d'empennage JK9022P. On le voit aussi poser avec ses deux grands chiens et leurs caisses de transport habillées de cuir, conçues par un designer. L'avion est blanc. Rien de particulier vu de l'extérieur. Sur Facebook, je trouve quelques vues de la cabine. Il y a une petite cuisine, une pièce principale et une chambre. Le sol est moquetté, les parois semblent tapissées de cuir couleur crème. Il a recours à un aéroport privé au sud de Londres, appelé Biggin Hill, et pour New York il se sert de celui de Teterboro, à une vingtaine de kilomètres à l'ouest d'ici. Je trouve sur Internet une communauté de spotters d'avions et fais une recherche à partir du numéro d'empennage de son jet. Les blogs de spotters sont pleins de photos prises à Teterboro, de décollages et d'atterrissages. Un tas de célébrités utilisent cet aéroport, elles occupent la majorité des posts. Ce que je veux savoir, c'est si Bogart DeLuca était à New York le jour de la mort de KT. Si c'est un assassin et non un détective privé. Ou peut-être le responsable de la sécurité de Kandee, un homme ayant des compétences spécialisées, qui élimine pour lui tous les problèmes embarrassants.

Susan revient remplir ma tasse et m'avertit :

— Je termine mon service dans quarante-cinq minutes, à 5 heures.

Je consulte ma montre et j'inspire profondément. Il me faut une ou deux heures de sommeil avant la crémation. Si je ne dors pas du tout, je risque de m'écrouler.

— Je pourrais avoir des toasts, s'il vous plaît ?

— Pain français, cannelle et raisins secs ?

— Du pain ordinaire.

— Pas de souci.

En comparant les blogs de spotters avec un site qui archive des plans de vol de jets privés, je retrouve les trajets de celui de James Kandee en octobre.

Son jet était en vol le jour où ma sœur a été tuée.

Je vois flou, je suis si fatiguée… Si énervée…

Il est parti de Biggin Hill à 8 h 50, a atterri à Teterboro à 11 h 35, puis a redécollé à 18 h 10 et s'est posé à Londres à 5 h 50 le lendemain matin.

Il y avait deux pilotes à bord.

Pas d'hôtesse.

Un seul passager pour New York le jour où ma sœur a été tuée.

James Kandee lui-même.

- 22 -

Je n'ai pas fermé l'œil une minute.

Quand je suis repartie vers l'hôtel, les premiers banlieusards descendaient la Sixième Avenue au pas de course, le sac à dos bien serré, le téléphone à la main. Le soleil n'était pas levé mais la ville était réveillée.

Je me suis couchée à 5 h 15 et je suis restée étendue à côté de ma batte de base-ball jusqu'à 9 heures. Jusqu'à ce que j'entende papa et maman parler tout bas dans la chambre voisine. Je ne distinguais rien de précis ; je pense qu'ils chuchotaient pour ne pas me déranger.

La fenêtre de ma chambre cliquette dans son chambranle. La tempête devrait atteindre son point culminant en fin de soirée, à peu près quand notre avion quittera JFK. Si le décollage semble dangereux, j'insisterai pour différer notre voyage. Je l'exigerai même.

J'enfile mon peignoir et mes pantoufles et je vais au bout du couloir pour téléphoner à Martinez.

— Inspecteur, c'est Molly Raven.

— Bonjour, Molly, je peux vous aider ?

Je reste muette. Tout le monde autour peut entendre ma voix ; tous les inconnus dans leurs lits, derrière ces cloisons minces. Mais mieux vaut être entendue par eux que par papa et maman. Il me faut les préserver tant que la crémation n'a pas eu lieu. Maman surtout.

— Je dois vous parler de ce que j'ai trouvé.

— Vous avez eu des ennuis avec le faux détective ?

— Non.

— Tant mieux. Qu'avez-vous trouvé ?

— C'est à propos de James Kandee, héritier et chef d'entreprise britannique. Je suis à peu près certaine que sa fondation a financé la bourse de KT à Columbia.

— OK.

— Son avion privé s'est posé à Teterboro le matin de la mort de KT. Il est reparti le même jour, quelques heures après qu'elle a été tuée.

— Continuez.

— Je pense que ça mérite une enquête, inspecteur. Sur son compte Instagram, j'ai vu qu'il emmène des jeunes femmes, toutes d'environ mon âge, l'âge de KT, à travers le monde pour les exhiber devant ses riches amis. Je pense qu'il entretient une sorte de harem.

— Un harem ?

— Je ne sais pas... (Je me frotte les yeux. Cela me semblait être une preuve évidente à 4 h 30 du matin, mais maintenant cela paraît bien peu de chose.) Il faut interroger James Kandee.

— Il est aux États-Unis ? À New York ?

— Je l'ignore. Attendez... (Je vérifie sur mon appli Instagram.) Il est au Kenya en ce moment.

— Au Kenya ?

— Il n'arrête pas de voyager. Il vit dans des hôtels, comme il le raconte dans un tas d'interviews.

— OK, Molly. Bien. Nous allons regarder ça de plus près. Autre chose ?

— Non. Il faut simplement que vous parliez à Kandee, inspecteur. J'en suis sûre.

Il soupire et je l'entends boire son premier café de la journée.

— Vous ne pouvez pas venir au commissariat ce matin, Molly ? J'ai appris que vous repartez ce soir pour Londres avec vos parents. On pourrait discuter de Kandee.

— Je regrette. C'est la crémation de KT aujourd'hui. À Brooklyn.

— Ah, je suis désolé, Molly. Je suis vraiment désolé.

— Il se pourrait que j'aie le temps entre la crémation et le départ pour l'aéroport. Je pourrais venir à ce moment-là.

— Non, ne vous en faites pas. J'ai votre numéro à Londres. Je resterai en contact avec vous, si vous êtes d'accord.

— Bien sûr.

— Prenez soin de vous.

Je trouve maman occupée à repasser sa robe noire sur le coin de son matelas, avec un fer de voyage et une serviette humide. Je laisse la porte ouverte pour que l'air circule.

— Tu as dormi, ma chérie ? demande-t-elle à travers un nuage de vapeur.

— Un peu. Et toi ?

— Un peu aussi. Ton père est sorti nous acheter un petit déjeuner. Tu veux que je te repasse quelque chose ?

— Non, merci, maman.

Derrière elle, une rangée de cintres métalliques, avec la chemise blanche de papa, son costume noir et une cravate noire.

— Il a ciré ses chaussures, dit-elle avec un sourire vacillant.

— Je vais tâcher d'être à la hauteur.

— Je te fais confiance.

Nous mangeons des croissants et buvons des *latte* à emporter, papa et maman sur leur lit, moi dans le couloir, en peignoir. Une femme demande à maman si elle peut lui emprunter son fer, et elle éclate de rire quand ma mère lui propose de se charger de son repassage.

Ce n'est pas facile de se préparer à dire au revoir à la personne la plus proche de vous au monde. On s'imagine toujours que les jours importants – les entretiens, les mariages, les enterrements – sont des événements solennels qui se déroulent au rythme que l'on a choisi et comme on l'a décidé. Mais seul l'argent permet d'obtenir cette facilité. Il garantit des possibilités, du temps et de l'espace. Il amortit les chocs et vous offre la liberté de faire des choix. Papa, maman et moi avons dû nous préparer à la crémation de KT dans la salle de bains commune au bout du couloir. Nous devons faire nos bagages et nous habiller en même temps. Nous devons nous consoler les uns les autres au milieu des valises, des documents de vol, et d'étudiants en pleine année sabbatique.

Dehors, la tempête souffle par rafales mais tous ceux auxquels nous parlons, et tous ceux qui publient à ce sujet sur Twitter, affirment que « ce n'est pas Sandy ». Il fait noir. On croirait la fin du monde.

Papa et maman reprennent leur dispute : faut-il aller directement du crématorium à l'aéroport ou revenir ici prendre nos bagages ? Papa gagne une fois encore. Nous reviendrons chercher nos affaires.

Maman s'est fait un chignon qu'elle a entouré d'une résille. Elle porte des perles en plastique de chez H & M et tient un sac à main que nous avons acheté ensemble sur le marché de Camden lorsqu'ils sont venus me voir pour la première fois dans mon nouvel appartement. Elle paraît plus petite que d'habitude.

Un texto m'arrive, de Bogart DeLuca. *Vous saviez que votre sœur avait une assurance vie ?*

Oui, je le savais. Comment dois-je réagir ? Je le démasque et lui demande qui il est ? Non, pas maintenant. Je réponds donc : *Avez-vous transmis l'info à Martinez ?*

Nous confions nos bagages au personnel de l'hôtel qui ne nous remet pas de ticket numéroté ou quelque chose de ce genre, juste un Post-it où « 3, Raven » est écrit au feutre.

Trois.

Raven.

Voilà ce que nous sommes maintenant. Papa sort héler un taxi tandis que nous attendons au sec. Maman tente de se montrer forte.

— C'est pour toi que c'est le plus dur, je crois, dit-elle en écarquillant les yeux pour éviter que des larmes se forment. Normalement, ce sont les parents qui se retrouvent plongés dans un cauchemar quand ils perdent un enfant, mais je crois que c'est probablement pire pour toi, ma chérie. Vous deux... (Elle s'évente les yeux avec ses deux mains.) Dans mon ventre, vous étiez enlacées, je te l'ai déjà raconté ? On vous voyait vous câliner sur l'échographie, collées l'une à l'autre.

— Je sais, maman.

Le vent propulse une femme à l'autre bout de la rue, son parapluie retourné.

Papa rentre en courant, les cheveux plaqués sur le visage.

— C'est bon, on en a un.

Dans la rue, il tient le parapluie de maman pour l'abriter mais l'objet se casse comme un cure-dents. Nous courons jusqu'au taxi et nous jetons dedans.

— Vous allez où ?

— Au crématorium de Fresh Pond.

— C'est où ?

— Dans Brooklyn.

Le chauffeur démarre.

— Où, dans Brooklyn ?

Papa examine le plan, puis maman répond :

— Mount Olivet Crescent.

— C'est dans Queens, rétorque le chauffeur. Pas Brooklyn.

Nous nous taisons.

Trois Anglais mouillés à l'arrière d'un taxi.

Les rues sont presque aussi peuplées que d'ordinaire, mais les gens marchent près des bâtiments pour être à couvert, les réverbères et les phares saignent dans le paysage humide, c'est comme un montage dans un beau film de science-fiction.

— Les fleurs seront là quand nous arriverons, dit maman.

— Des lys et des roses.

Maman secoue la tête et me prend la main.

— Ça n'a pas l'air réel. Comme si elle allait m'appeler d'un instant à l'autre.

Nous ne pipons pas mot, papa et moi. Quand nous franchissons le pont de Queensboro, l'East River semble sur le point de sortir de son lit.

— C'est la crue, dit le chauffeur. Vous en faites pas, c'est une Irene, pas un Sandy.

Nous continuons à traverser d'anciennes zones industrielles, puis des rues tranquilles. Nous ne nous parlons pas. Ils ont besoin de silence et moi aussi. Nous devons nous endurcir. Nous blinder en vue de ce qui va suivre.

Nouveau texto de DeLuca. *Les bénéficiaires de l'assurance vie sont Paul et Elizabeth Raven. 125 000 dollars.*

Je ne réponds pas. Je jette juste un coup d'œil vers papa.

Devant nous, une bourrasque fait voler un carton et une voiture de police nous double, gyrophare allumé, sirène hurlante.

Nous atteignons le crématorium.

— On y est, annonce le chauffeur. Cinquante et un dollars.

Maman règle la course, nous sortons tous du taxi et nous courons vers l'entrée du crématorium. On dirait le croisement d'une chapelle et d'un bâtiment administratif.

Le directeur nous fait entrer.

Le sol est en pierre, le silence règne à l'intérieur et l'air est glacé.

Il y a de petites alcôves et des niches dans les murs, pour les urnes. J'entends de la musique venant d'une autre pièce.

DeLuca écrit de nouveau. *La police d'assurance a été souscrite la semaine dernière.*

Je coupe mon téléphone. Ma sœur mérite toute mon attention.

— Une cérémonie se termine, explique le directeur, un homme aux cheveux gris clairsemés. Vous pourrez vous installer dans une dizaine de minutes.

Papa danse d'un pied sur l'autre.

Maman serre ma main dans la sienne.

Rien ne semble se dérouler comme il le faudrait.

Nous avançons. Une longue caisse en carton repose sur une plateforme à roulettes. Par-dessus la boîte, deux fleurs. Une rose rouge et un lys blanc.

Maman ravale délicatement un sanglot.

Nous nous approchons de la caisse.

On ne voit pas KT, mais nous savons qu'elle est là. En paix.

Derrière, une porte en cuivre. Papa et maman ont choisi d'assister au moment où la caisse entrera dans le four. Pour lui faire leurs derniers adieux.

— Vous pouvez lui dire au revoir maintenant, conseille le directeur.

Maman s'approche, puis s'effondre à terre, la main posée à plat sur le carton. Ses pleurs sont silencieux mais je vois à son dos qu'elle sanglote.

Les derniers mots d'une mère à son enfant.

Papa s'agenouille à côté d'elle, baisse la tête et dit à ma sœur quelque chose que je n'entends pas. Maman pose la tête sur son épaule.

Un frisson parcourt ma nuque.

Ils se retournent, les yeux mouillés, et me font signe de m'avancer.

Une flamme danse à l'arrière-plan, au-delà des portes, une sorte de lumière pilote.

Une rose et un lys. Je place ma paume sur le dessus. Je chuchote :

— Une moitié de moi-même. Une moitié. Je ne serai plus jamais la même sans toi. Je t'aime.

Le directeur tousse, et je recule vers papa et maman. Nous nous tenons les mains. Celle de papa est froide et molle ; celle de maman, chaude et ferme. Son alliance appuie sur mon articulation. Les portes s'ouvrent et la caisse se déplace. Il y a un fond musical que je n'avais pas encore remarqué. La caisse est poussée vers l'intérieur et les portes se referment.

Puis le feu.

Maman gémit.

Je me sens si désespérément désolée pour elle... Désolée pour ma sœur jumelle, qui a voulu vivre ici, qui a pris cette décision tragique d'emménager à New York. Et je suis désolée d'avoir tenu l'oreiller sur son visage jusqu'à ce qu'elle cesse de se débattre.

- 23 -

Il faut une heure et dix minutes pour que la crémation soit complète et que les cendres refroidissent.

Le vent souffle sous la porte, créant un étrange hurlement à l'intérieur du crématorium. Papa et maman ne pleurent plus.

Un homme s'avance, portant une boîte en plastique surmontée d'une rose et d'un lys. Il la remet à mes parents, puis s'en va.

Je pose la main sur cette boîte.

Elle n'est pas chaude.

Lorsque nous sortons, le taxi nous attend déjà. Il y a une publicité pour *The Late Show* sur son toit. Papa protège la boîte des rafales tandis que maman et moi ouvrons la portière. Le chauffeur ne nous aide pas. Nous montons et partons.

Une équipe de quatre hommes condamne les fenêtres d'un bâtiment industriel, fixant des morceaux de balsa sur les huisseries. Plus loin, près de l'East River, une femme en poncho jaune est assise derrière un stand où elle vend des sacs de sable, vingt pour cent dollars. Un écriteau indique un rabais pour les grosses commandes. Il précise que ces sacs sont de qualité militaire.

Nous gardons le silence pendant le trajet retour vers l'hôtel.

Papa pense sans doute à KT, mais aussi à la logistique du vol, au temps qu'il nous faudra pour l'enregistrement et les contrôles de sécurité, si le fait de transporter une boîte de restes humains risque d'enrayer le processus bien que l'on nous ait assuré du contraire, si la tempête va retarder le vol et comment nous irons de Heathrow à Nottingham. Maman pense sans doute à KT. Qui a profité pleinement de la vie. Tous deux semblent calmes. On dit que la famille d'un défunt a besoin de faire son deuil et c'est vrai.

J'ai fait mon deuil il y a près d'une semaine.

Quelque chose a changé quand le corps de KT est retombé, quand elle a cessé de lutter. Depuis, je suis calme, mais par certains côtés la crémation a eu sur moi un effet cathartique. J'ai alors pu commencer à accepter le reste de ma vie en tant que jumelle solitaire.

Les statistiques montrent que les jumeaux identiques ont tendance à mourir moins de deux ans l'un après l'autre. Cela me laisse moins de vingt-quatre mois.

Imaginez une copie parfaite de vous-même, qui se conduit dans le monde de façon totalement différente, qui en fait l'expérience de façon différente. Il existe une pathologie attestée qu'on nomme syndrome transfuseur-transfusé, quand le sang de la mère passe à travers l'un des jumeaux pour atteindre l'autre. Le jumeau donneur reçoit brièvement le bon sang avant de le transmettre à l'autre, qui profite alors de tous les nutriments. C'est ce qui a dû se produire pour KT et moi, mais sur le plan de l'esprit. À quatre ans, j'ai compris qu'elle était spéciale et que j'étais l'option de secours. Même taille, même forme, mais plate. Creuse. Mes défauts m'étaient constamment rappelés. L'image en miroir était toujours plus importante, et le fait de la voir, d'être avec elle, me déprimait.

Jusqu'à aujourd'hui.

Nous nous garons devant l'hôtel dans Manhattan, les rues sont presque vides. Je tiens la porte pour papa qui porte soigneusement la boîte de cendres et, arrivé dans leur chambre, la dépose délicatement sur le lit. Il ressort pour que nous puissions nous étreindre tous les trois, puis lui et maman vont finir de rassembler leurs bagages.

— Où sont tes affaires, Molly ? Je vais les descendre, propose papa.

Je m'assure que maman nous entend avant de répondre :

— Je suis désolée. J'ai quelque chose à vous dire.

Maman fronce les sourcils et papa se frotte le front.

— Qu'y a-t-il, ma chérie ?

— Vous allez être en colère.

— Bien sûr que non, dit papa. Mais fais vite, Moll. Le taxi attend dehors.

— Je ne sais pas par où...

Il consulte sa montre.

— Paul, arrête de stresser. Écoute Molly.

Je déglutis.

— Je ne vous accompagne pas.

— Je le savais ! s'écrie maman. Paul, je t'avais prévenu qu'elle ne voudrait pas prendre l'avion pendant la tempête. Ma chérie, je comprends, vraiment.

— S'il y a un risque au décollage, ils ne nous laisseront pas embarquer, dit papa. Ce sont eux, les spécialistes. On en reparlera à l'aéroport, d'accord ? Ou bien dans le taxi, sur le trajet ; il faut vraiment qu'on parte. Nous ne pouvons pas nous permettre de racheter des billets ; ce n'est pas un jeu.

— Allez-y, je rentrerai dans quelques jours, peut-être une semaine.

— Nous restons avec toi, déclare maman.

Papa la regarde.

— Vous êtes folles, toutes les deux ? Ces billets nous ont coûté près de mille cinq cents livres, et à crédit. Prenez vos sacs.

— Vu la manière dont ils présentent l'événement, explique maman, on croirait la fin du monde, comme s'il allait y avoir un raz-de-marée ou quelque chose du même genre.

Le visage de papa devient écarlate.

— Molly, Liz, s'il vous plaît ! On parlera de tout ça dans le taxi. Ce n'est pas le moment de plaisanter.

— Je vais sortir en même temps que vous.

J'aide ma mère à porter leurs bagages. Papa tient la boîte.

À l'extérieur, le taxi attend.

— On pourra s'informer sur les turbulences quand on sera à JFK, Molly. Tranquillise-toi. Viens avec nous, c'est la façon la plus sûre de voyager, ton père a vérifié.

— Ce n'est pas seulement à cause de la tempête. Je veux rester pour KT. Aider la police encore un peu. Je pense que, si je pars ce soir, ils accorderont la priorité à un autre cas, une disparition ou un nouvel homicide. Il me faut juste une semaine de plus pour avoir les idées claires et aider Martinez.

Maman croise mon regard et se rend compte que je ne changerai pas d'avis. Elle voit que discuter ne servirait à rien.

— Molly, ce n'est pas…

— Elle a vingt-deux ans, Paul, l'interrompt-elle. Je préférerais qu'elle nous accompagne, mais on ne peut pas l'obliger. (Elle pose ses paumes sur mes joues, me fait lever le visage.) Je t'aime, Molly Raven.

— Moi aussi, je t'aime, maman.

Je la regarde monter dans le taxi, papa pose la boîte à côté d'elle, puis aide le chauffeur à ranger les bagages dans le coffre.

Il paraît perplexe, mais il ne discute plus.

— Je ne peux pas te forcer à venir. Mais je t'en prie, reste à l'hôtel jusqu'à la fin de la tempête, ne va pas te promener ce soir.

— Promis.

— Nous t'aimons, ta mère et moi. (Sa voix se fissure.) Tu es tout ce qu'il nous reste, Moll.

— Je sais.

Il m'embrasse.

— Appelle-nous si tu as besoin de quoi que ce soit.

Tandis qu'il monte dans le taxi, maman baisse sa vitre et me lance :

— Tu as de quoi payer l'hôtel pour une semaine entière ?

Je réponds par un mensonge :

— Violet Roseberry m'a proposé de dormir sur son canapé.

— C'est une brave fille, Violet.

— Bon vol.

Maman m'envoie un baiser, papa remonte la vitre et leur taxi disparaît dans les rues humides et brillantes du centre de Manhattan.

- 24 -

Je dors seize heures d'affilée.

Quand je me réveille, la tempête est finie ; elle est passée juste au-dessus de moi et s'est épuisée.

Je m'étire, avec la sensation d'être une personne toute neuve. Mes yeux voient clair, je respire lentement. J'éprouve ce calme jusque dans la moelle de mes os. Régénérée.

En premier lieu, je vérifie les notifications sur mon téléphone, puis l'appli BBC News, puis Twitter, pour voir s'il est question d'un avion qui se serait perdu ou écrasé. Dieu merci, il n'y a rien. Puis je reçois un texto de maman. *Bien atterri. Rentrés à la maison. Papa t'embrasse.*

Je suis seule à New York, et cela me paraît vraiment merveilleux.

Après une douche chaude, je sors. L'air est immobile. Pas de vent du tout. Je marche jusqu'à la camionnette de Jimmy.

— Salut, ça faisait longtemps !

— Bonjour, Jimmy. Vous n'avez pas été emporté par la tempête ?

Il secoue la tête et sourit.

— Je vous ai dit que c'était pas grand-chose, pas comme Sandy. Un pet dans un gobelet en carton.

— J'ai besoin d'un conseil.

— Et c'est à moi que vous le demandez ?

— Vous retournez parfois en Afghanistan ?

— Je croyais que vous vouliez un conseil.

— Ça vous arrive d'y retourner, Jimmy ?

— Jamais, dit-il tout en préparant un smoothie aux fruits des Tropiques. Ça n'est pas pareil pour moi que pour vous. Si je prends l'avion pour aller passer un mois chez mes cousins, bavarder avec mon vieux voisin qui était mon meilleur ami, qui sait si on me laissera repasser la douane à Newark ? Je suis un citoyen américain, maintenant, mais qui peut vraiment être sûr ? Alors je reste ici, je travaille et je vis ma vie. J'ai des clients réguliers. Une femme qui m'aime et trois bons garçons. J'ai de la chance d'être en vie, Molly.

Il me tend le smoothie et je lui donne un billet de dix dollars.

— Vous l'avez pas commandé, c'est moi qui vous l'offre.

— J'ai envie de payer.

Il secoue la tête.

— Bon, le conseil, je vous le ferai peut-être payer. Qu'est-ce que vous voulez savoir, Molly ?

Je regarde le smoothie. Je n'ai pas vu quels fruits il a mélangés, mais je devrais peut-être en boire une gorgée quand même. Prendre ce risque. Vivre dangereusement.

Je sirote la boisson, qui est sublime. Je lève le gobelet d'un air interrogateur.

— Goyave, noix de coco, ananas et une pincée de gingembre.

— C'est délicieux.

— Évidemment, c'est moi qui l'ai fait. Bon, vous voulez un conseil ou non ?

— Le meilleur endroit dans Manhattan où déjeuner pour moins de dix dollars. Je n'ai plus un sou.

— Comme tout le monde.

— Alors ?

Il sourit, aspire l'air à travers ses dents et regarde au loin.

— Dix dollars, pas plus ?

Il renifle.

— Partez vers la 37e Rue, puis vers la Troisième Avenue, à l'est. Sarge's Deli. De l'extérieur, ça paye pas de mine, mais c'est l'idée, non ? Vous pourrez avoir du pastrami chaud sur pain de seigle, avec des cornichons. Je sais plus si ça fait exactement dix dollars, mais ce sera pas beaucoup plus. Vous me remercierez après.

— Promis.

Et je m'en vais avec mon smoothie gratuit.

Les rues sont encore humides mais le soleil brille. Je coupe par Bryant Park où des dizaines d'ouvriers s'activent sur un chantier, une sorte de construction temporaire. Peut-être pour Halloween ?

Je me sens bien. Le linceul noir a disparu.

Mon cœur bat très vite. J'adopte le rythme new-yorkais, je marche avec un but, au trot. Au carrefour, je n'attends pas que le feu passe au vert ; j'avance en même temps que les gens d'ici.

Je passe devant la bibliothèque publique de New York et continue mon chemin.

Il a fallu beaucoup de discipline et une minutieuse planification, de type militaire, pour faire ce que j'ai fait. Mais j'ai réussi. Personne dans mon entourage ne peut prendre la mesure de mes actes. Certains sont du genre à s'ennuyer au bout d'une heure de recherches sur un sujet. Ils auraient échoué. D'autres sont capables de mener une recherche pendant douze heures de suite. Ceux-là sont sûrs de réussir, mais ils peuvent toujours négliger un détail essentiel. Il n'existe qu'une poignée de gens comme moi dans le monde entier. Une centaine, au maximum. Des gens qui cherchent inlassablement, qui approfondissent toujours plus une question complexe et qui, au moment où ils pensent maîtriser leur sujet, se préparent un litre de café fort et enfilent une couche-culotte pour adulte, absorption maximum, afin de consacrer encore quinze heures à leurs recherches.

Et il n'y a pas que ça. Si vous devez jouer un rôle, comme je viens de le faire pendant quelques jours, il faut habiter votre personnage, adopter entièrement son état d'esprit. Croire totalement à votre mission. Non seulement parler et agir autrement, mais essayer de penser autrement. Vivre le rôle de l'intérieur, même quand vous êtes seul. C'est ce degré-là de concentration qui est nécessaire. Un engagement, un dévouement sans faille. Et voilà pourquoi je peux me promener dans la Cinquième Avenue au lendemain d'une tempête sans avoir besoin de regarder par-dessus mon épaule. C'est à ma persévérance que je dois cette liberté. Je l'ai gagnée.

Maman m'envoie un SMS avec une photo de leur chien, que je n'ai jamais aimé. Je réponds par un cœur. En temps ordinaire, elle ne m'écrit pas aussi souvent, je suppose qu'elle éprouve le besoin de se substituer à KT, en un sens. Elle a bon cœur.

Je marche jusqu'à la Troisième Avenue, repère le Sarge's Deli et entre. Je ne cherche pas le rapport des services d'hygiène new-yorkais, je ne consulte pas l'appli Yelp, je n'ouvre pas TripAdvisor pour examiner de mauvaises photos de sandwichs prises par les consommateurs et je n'étudie pas le menu sur mon téléphone. J'entre simplement, comme quelqu'un de normal.

Je me sens un peu coupable d'avoir fait porter le chapeau à papa. Enfin, je ne l'ai pas vraiment accusé, mais je n'ai pas non plus pris sa défense. Je savais qu'il ne lui arriverait rien. Il est innocent et j'étais sûre que tout se passerait bien. Un escroc en retraite, après son incarcération, a déclaré dans un podcast très écouté qu'il regrettait de ne pas avoir davantage détourné les soupçons sur son entourage. Les écrans de fumée. Les fausses pistes, les épaisseurs successives de fausses données.

Je suis assise, et en théorie je devrais commander un sandwich tout simple, mais je demande au serveur ce qu'il choisirait, lui. Il me parle de la soupe aux boulettes de matzo. J'en commande une, l'enthousiasme battant dans mes tempes. Parce que je vis l'instant présent.

La soupe est scandaleusement bonne. Voilà ce que c'est que vivre sa vie. Se laisser porter par le flux, aller où le vent vous pousse, voir ce que la journée peut vous offrir.

Celle-ci me portera vers un logement moins cher. Je suis peut-être libérée de mon ancienne existence, naviguant en solo pour la toute première fois, mais je suis aussi sur la paille. Il me faut trouver quelque chose qui coûte moins de soixante-dix dollars la nuit, même si la pensée de découvrir une nouvelle zone, un quartier délabré du Bronx ou de Harlem, m'épouvante.

Tout a commencé il y a quatorze mois.

En un sens, cela a vraiment commencé il y a vingt-deux ans, quand KT a reçu toute l'assurance et toute la joie destinées à nous deux, et moi rien. Dans la matrice, nous étions semblables, personne ne connaissait nos différences, personne ne nous jugeait. J'aime à penser qu'en regardant les échographies, on voyait deux égales. Mais, d'aussi loin que je puisse me souvenir, le déséquilibre s'est accru entre nous, et après des années et des années pendant lesquelles j'ai été dédaignée, négligée, ni invitée ni bienvenue, les effets se sont amplifiés. KT était celle dont tout le monde voulait être l'ami. Bien sûr, j'ai bénéficié de cette *renommée de jumelle.* À l'école primaire, nous étions populaires. La caractéristique de KT consistait à sourire, rire et vous tapoter le bras, alors que la mienne était de paraître indifférente et de rester sur ma réserve. En soi, ce n'est pas grand-chose ; il y a des tas d'enfants comme moi. Mais ils n'ont pas leur double dans la même pièce tout le temps. À chaque seconde de notre vie, nous avons été comparées, par notre famille, par nos professeurs et par des inconnus. Scrutées, évaluées, analysées. Il y a quatorze mois, tout est parti en vrille. Tout s'est écroulé.

Je termine ma soupe et je commande le pastrami recommandé par Jimmy, une petite portion, ce qui fait beaucoup rire le serveur.

Nous étions unies par une sorte de pacte. Non pas un pacte officiel, verbalisé, plutôt une entente tacite. KT vivrait sa vie amusante et, en échange, je comptais sur une loyauté totale et inébranlable. En cas de problème, je comptais sur elle pour me soutenir. Un appui inconditionnel. Je dois dire pour sa défense que KT m'a toujours apporté ce soutien. Nous formions une équipe, jusqu'à il y a quatorze mois. Une équipe formidable.

Le sandwich arrive, la quantité de pastrami empilée entre les morceaux de pain est stupéfiante. Dès la première bouchée, le sel de la viande me fait saliver presque avant d'avoir atteint ma langue.

KT et moi avons toujours vécu dans le même quartier de la même ville. Pas toujours dans le même bâtiment : je n'ai jamais rêvé d'un tel degré de connexion. J'ai toujours su qu'elle se marierait et aurait deux enfants insouciants, mais au moins elle serait à proximité, à deux stations de métro au maximum. Je le lui avais dit. Pendant que j'étais assistante administrative à Londres, elle étudiait à King's College et tout allait bien. Je savais qu'elle était là. Si j'avais besoin d'elle, ou si je devais me faire greffer un rein après un horrible accident de la circulation, je pouvais compter sur elle, tout comme elle pouvait compter sur moi. Puis, il y a quatorze mois, sans me prévenir, elle a accepté une place à Columbia au lieu de l'University College de Londres. Elle avait déposé sa candidature en secret. Elle avait accepté la proposition en secret. Elle avait trouvé une bourse en secret. Et c'est seulement après qu'elle m'en a parlé.

J'ai exigé qu'elle y renonce. J'ai continué à l'exiger pendant des mois, alors que ses cours avaient démarré. Elle ne voulait pas. Elle a pris ses distances.

Je reçois un autre texto de maman. C'est une photo du lit de KT dans la chambre de notre enfance, son côté de la pièce couvert de posters du boys band One Direction et de photos de ses amis, le mien rempli par les encyclopédies. Elle s'assure que je vais bien, comme elle l'a toujours fait. Elle s'assure que je tiens le coup. Elle m'a avoué un jour qu'elle s'inquiétait davantage pour moi que pour papa et KT combinés. Dix fois plus. Je réponds par une autre émoticône cœur.

Quand KT a avoué qu'elle me quittait, j'ai été incapable d'articuler un mot pendant une minute entière. Le pire de mes cauchemars se réalisait. Si elle avait choisi d'étudier à Édimbourg, j'aurais pu trouver un emploi là-bas, ou aller la voir en train tous les week-ends. Même si elle s'était inscrite à la Sorbonne, j'aurais pu réussir à prendre le ferry – jamais l'Eurostar, mais le ferry, ça aurait pu marcher. Je lui ai dit tout cela. Mais New York ? Je l'ai raisonnée, suppliée. Et comme je n'obtenais rien, j'ai déclaré fermement que j'allais me tuer.

En un sens, je l'ai fait.

Le sandwich est incroyable, mais beaucoup trop gros. Le serveur me propose aimablement un doggy bag. Je pourrai manger le reste au dîner, dans ma chambre.

Elle est partie la semaine suivante, début septembre de l'an dernier, pour ses deux années de master. Ce jour-là, une partie de moi est morte, s'est flétrie. Et, dès l'après-midi qui a suivi, j'ai commencé à chercher comment je pourrais résoudre le problème, remédier efficacement à tous les torts.

C'est alors que je me suis mise au travail.

- 25 -

Se loger à New York n'est pas facile. Ce n'est pas facile à Londres non plus, mais ici, ça confine au casse-tête. Si vous êtes née charmante comme KT, vous pouvez obtenir un bel appartement, entièrement financé, à la limite de l'Upper West Side et de Morninside Heights. C'est faisable. Mais tous les autres doivent se battre pour payer leur loyer ou vivre dans un dortoir surpeuplé. Jusqu'ici, je dormais dans un hôtel à soixante-dix dollars la nuit, et maintenant je dois diviser cette dépense par deux. C'est possible pour celui ou celle qui est prêt à dormir dans un hangar transformé en Airbnb dans Staten Island, mais je ne suis pas ce genre d'individu.

Après des recherches exhaustives, je découvre mon nouveau chez-moi : la YMCA voisine de Central Park, dans l'Upper West Side. Je peux y aller à pied en un quart d'heure. J'ai retrouvé Violet devant le bâtiment donc je connais un peu le quartier, et je peux m'installer dans une chambre à quatre, ce qui n'est certes pas l'idéal, pour trente-cinq dollars par nuit. J'ai déjà fait la réservation.

Je quitte l'hôtel avec mes bagages. J'ai réussi à consommer toute l'eau en bouteille et les provisions que j'avais stockées sous mon lit. Le seul objet qui m'encombre encore est ma batte de base-ball. Je la fourre dans mon sac à dos et j'ai l'impression d'avoir une épée de samouraï derrière la tête. Je passe devant la camionnette de Jimmy et je remonte la Huitième Avenue vers le Museum of Arts and Design.

Mes pensées sont claires et positives. Une nouvelle vie pendant au moins une semaine. Une vie où je vais connaître l'expérience des dortoirs, dont j'ai été privée. Quatre jeunes femmes dans une chambre. Comme une meute. Je suis un peu nerveuse à la perspective du manque d'espace personnel mais à ce prix-là il faut consentir quelques sacrifices. Ainsi, nous aurons la protection du nombre, mes nouvelles camarades de chambrée et moi. Et aucun risque que j'assomme par erreur une innocente femme de ménage alors qu'elle tente d'ouvrir la porte. Ce genre d'incident causerait un esclandre et contrarierait mes projets. À quatre dans une chambre, nous pouvons veiller les unes sur les autres. Nous pouvons nous défendre les unes les autres.

Je me demande sur qui je vais tomber. Peut-être des filles originaires de l'Arizona ou d'Afrique du Sud. Peut-être des étudiantes en médecine venues de France pour Halloween. Ou trois sœurs de l'Ontario qui écumeront les musées le jour et les boîtes la nuit.

Je m'approche de l'imposant bâtiment. Il paraît que les gens d'ici l'appellent la Y. C'est un immeuble de quatorze étages donnant sur le parc, en face du terrain de jeux où j'ai parlé avec Violet. Apparemment, il y a une piscine, un centre de fitness et un salon avec une fausse cheminée. L'endroit semble parfait.

— Tu joues au foot ? me demande le type chargé de l'accueil.

— Parfois.

— Cool.

Il m'apprend que je logerai au huitième étage. Chambre 812.

J'arrive devant la porte, pleine d'excitation. C'est donc ainsi que des pom-pom girls américaines vivraient dans une université du Midwest.

Je tourne la clé dans la serrure.

Personne.

La pièce est vide. Deux paires de lits superposés : trois en désordre et un bien fait, le mien.

Des valises près de la fenêtre, des serviettes humides suspendues à des patères, une vague odeur de laque pour les cheveux et de parfum bon marché.

Je déballe une partie de mes affaires, laissant mon matériel d'autodéfense dans mon sac ou dans mes poches. Je vérifie que mes objets de valeur sont bien sur moi. Tant que je n'aurai pas rencontré mes camarades de chambrée, je dois rester extrêmement prudente. Je n'ai pas droit à l'erreur.

J'ai vue sur un mur de brique. Mais c'est tout de même parfait. Mon fantasme se réalise. Je m'étends sur le lit. Elles m'ont laissé celui du haut, ce que j'apprécie, cela montre que ce sont des filles bien, pleines d'empathie. Il y a une grille d'aération près du plafond. Légionellose. Il y a un radiateur. Intoxication au monoxyde de carbone. La fenêtre n'a pas l'air solide. Personne ne pourrait s'y introduire, à une hauteur pareille, mais l'une d'entre nous pourrait tomber si les montants lâchaient. Huit étages, c'est la mort assurée, statistiquement parlant. Sur le mur, un clou auquel un tableau était accroché. Tétanos. Blessures possibles à la tête. Un fil électrique entouré d'adhésif. Électrocution. Même sans toucher directement le fil : pour cela, il suffit de toucher la personne qui touche le fil.

Mais je suis là. Dans un endroit que j'ai choisi moi-même, que je paierai moi-même. Sans que personne sache que je suis là. Personne.

Mon sang circule dans mon système vasculaire comme mû par un surcroît d'énergie, de vitalité, des globules rouges tout neufs, du plasma plus abondant que jamais, des plaquettes plus vigoureuses. J'ai envie de fréquenter les amis de KT. J'ai aussi envie de suivre l'entraînement d'aviron de Scott Sbarra, et pas seulement de le voir sortir du local de son équipe ; j'ai l'intention de l'observer en plein effort. Plus tard, il se pourrait que je repasse devant l'immeuble de KT, dans Morningside Heights. Je suis presque dans le même quartier de Manhattan, désormais. Presque la même vie.

Un bruit retentit dans une chambre voisine. Je me redresse sur mon lit, prends mon téléphone et examine mes contacts. Il n'y en a pas beaucoup.

Je suis si détendue que je m'endors presque. Je n'ai pas vraiment sommeil, mais j'ai le sentiment profond d'être en paix avec le monde. À travers ma conscience dérivent des images de Scott. Ses épaules. Sa fossette au menton et celles de ses deux joues, triangle parfait encadrant ses lèvres pleines. Je m'imagine caresser sa lèvre supérieure du bout du doigt, m'attardant jusqu'à ce que ma peau entre en contact avec la partie humide. Je m'imagine plaçant une perle sur chaque fossette, trois perles qui restent en place jusqu'à ce qu'il se rapproche de moi, pose sa main derrière ma tête, dirige ma bouche vers la sienne et...

La porte s'ouvre.

Trois filles asiatiques entrent, tenant chacune plusieurs sacs. Gap, H & M, Macy's, Zara.

Elles me regardent.

— Bonjour, je suis Molly Raven.

- 26 -

Hélas, mon expérience de la vie de dortoir sera limitée, car aucune de mes camarades de chambrée ne maîtrise vraiment l'anglais. Elles viennent toutes les trois de Shanghai, de la même école, et si elles parlent davantage ma langue que moi la leur – elles sont plus cosmopolites que moi –, elles ne semblent pas très intéressées par ma compagnie. C'est gentil à elles de m'accepter dans leur chambre, néanmoins.

Le problème, quand on n'a pas de vol retour prévu, c'est qu'il est dix fois plus difficile de calculer son budget. J'ai besoin d'argent pour vivre, mais aussi pour quelques achats qui serviront à réparer certains torts. Rétablir l'équilibre. C'est peut-être un besoin lié à la gémellité. Je dois remettre le monde d'aplomb avant de quitter cette ville. Quelques personnes ont fait beaucoup de mal à KT, et je vais remédier à ces injustices avant de repartir pour l'Angleterre.

Je sors sous le chaud soleil d'octobre et me coiffe de la casquette Yankees que j'ai achetée la semaine dernière dans une boutique de souvenirs sur la Cinquième Avenue. Je marche cent mètres vers Broadway et trouve un magasin Best Buy où j'achète un appareil photo Polaroid et plusieurs pellicules supplémentaires, ainsi qu'un téléphone mobile prépayé. Je paie en liquide.

Tous les emballages sont déposés dans trois poubelles distinctes.

J'entre dans Central Park et me dirige vers le zoo.

Je m'installe sur une vaste pelouse déserte.

Le plus urgent d'abord : j'envoie un SMS à Martinez depuis mon téléphone normal. Il a accès aux fichiers de l'immigration, et si quelqu'un m'identifie en ville, il se demandera pourquoi je ne l'ai pas averti que je restais à New York. Je l'informe donc et précise que j'avais encore besoin d'une semaine environ pour aider à découvrir ce qui est arrivé à KT. Il ne répond pas.

Toujours depuis mon téléphone habituel, j'envoie un texto à Scott Sbarra pour lui demander si nous pouvons nous voir une dernière fois avant mon départ, retardé d'une semaine. Pour parler de KT et se dire au revoir. Il répond immédiatement : *Bien sûr.*

Je m'oblige à attendre quelques heures avant de lui écrire de nouveau.

Toujours par SMS, j'explique aussi à Violet Roseberry que je suis encore là pour une semaine et que j'aimerais la voir. On pourrait aller au cinéma, faire quelque chose ensemble. Elle ne répond pas.

J'ouvre YouTube mais simplement pour voir qui a publié du contenu.

Sur la chaîne de Shawn Bagby, il y a une nouvelle vidéo consacrée au jeûne intermittent, et une autre sur le col de chemise qui vous rend le plus *alpha* et donc le plus séduisant pour les femmes. Où va-t-il chercher toutes ces âneries ?

Je consulte les notes que j'ai prises après mes recherches. Les points importants sont codés, dans une version modifiée du langage secret que nous avions inventé quand nous étions petites, KT et moi. Il y a aussi des dates clés et des suites de lettres. Je retrouve ce que je voulais. L'adresse personnelle du professeur Eugene Groot.

En contemplant les toits autour de Central Park, je remarque à nouveau les réservoirs d'eau. Ils présentent plus de risques que ne le soupçonnent la plupart des gens. Premièrement, par leur nombre : on estime qu'il y en a jusqu'à vingt mille dans New York. Ensuite, leur poids. Un mètre cube d'eau pèse une tonne. Certains, de forme conique et montés sur des poutrelles d'acier, doivent atteindre cinquante tonnes. En hauteur. Prêts à se renverser. Il suffirait d'un morceau de métal qui se tord parce qu'il n'a pas été forgé correctement, ou d'une rafale durant une grosse tempête. Mais les vrais risques sont à l'intérieur. Voyez-vous, le réseau de New York fonctionne grâce à la gravité. L'eau arrive par des rivières et des aqueducs et, en l'absence de pompe, elle ne peut monter que six étages environ. D'où les réservoirs. Mais pomper de l'eau jusque dans ces réservoirs pour la laisser stagner sur les toits, c'est la recette de la catastrophe. Le bois pourrit. Le métal rouille. Les pigeons s'introduisent partout. Les souris prolifèrent. Les rats y font leur nid, et même des SDF s'y abritent parfois. Chaque réservoir est un bouillon de culture. Des sédiments se déposent au fond. Le nettoyage et la désinfection dépendent de chaque bâtiment et certains s'en acquittent mieux que d'autres. Les bactéries E. coli prospèrent dans la plupart des réservoirs new-yorkais. Voilà pourquoi je ne bois que de l'eau en bouteille.

Violet annonce qu'on peut se voir demain soir.

Je me retiens toujours de répondre à Scott, même si rien ne me fait plus envie.

Puis je me mets à utiliser mon téléphone prépayé.

Je compose le numéro de mémoire.

Quatre sonneries.

— Allô ?

— C'est moi.

— Et alors ?

— Il faut qu'on se rencontre.

— Et donc ?

— Vous serez ici quand ? La prochaine fois ?

— Maintenant.

— Vous êtes ici maintenant ?

— Et ?

— Il faut qu'on se parle. Une dernière fois.

— Air, répond-il.

Il veut parler de la mer. Le code des jumelles. Les contraires. Par mer, il désigne le ferry vers Staten Island. C'est l'un des lieux où nous avons prévu de nous rencontrer. Pont supérieur, troisième rangée pour lui, quatrième rangée pour moi.

— Pas après cette tempête. Je ne peux pas.

— Viande, dit-il.

Cela signifie « fruits ». Il s'agit de la fontaine de Cherry Hill, la colline des Cerisiers, à un kilomètre de là où je me trouve.

— Oui.

— Douze.

Cela signifie six. À l'opposé sur le cadran d'une horloge.

— OK.

Il raccroche.

- 27 -

J'ai été chassée de ma chambre. Exclue. Jetée dehors. Expulsée.

La YMCA a traité l'affaire de façon très raisonnable. Ils n'ont pas appelé la police, Dieu merci. Lorsque mes trois camarades de dortoir ont découvert ma batte de base-ball et mon spray anti-frelons, elles ont demandé à l'accueil si elles pouvaient payer un supplément afin de n'être que trois dans la chambre. Pour éviter tout scandale, on m'a attribué une chambre individuelle pour le même prix. Je peux la garder jusqu'à ce que je trouve un autre logement abordable.

KT n'aurait pas eu de problèmes. Les Chinoises et elle seraient devenues les meilleures amies du monde.

Mais cela me vaut un avantage. Pas de salle de bains privative, rien d'aussi luxueux, mais maintenant j'ai une vue. Fini le mur de briques. J'aperçois Central Park par ma fenêtre. Pas grand-chose, la fenêtre est trop étroite, mais je vois les couleurs. La possibilité de voir la nature depuis ma chambre change la donne. Je me sens détendue quand je contemple les arbres roux.

Et maintenant j'ai un endroit pour mener mes recherches, ce dont j'avais grand besoin.

Je vais au Best Buy, un autre magasin de la même chaîne, dans Midtown, et j'y achète une assez jolie tablette Android. Puis j'entre dans une boutique du Garment District et j'achète pour cent quatre-vingts dollars de cartes-cadeaux Google Play. Oui, je commence à manquer de liquide, mais je ne vois aucune autre option. Et puis je sais comment y remédier.

Jimmy va bien. Je lui achète un smoothie et une bouteille d'eau.

— Vous logez où, Molly ? Dans un endroit sûr, hein ?

Je mens :

— Dans l'Upper East Side.

Il émet un sifflement.

— Alors maintenant, madame fait partie du un pour cent. Madame est chez les milliardaires.

Et il siffle à nouveau.

— Pas vraiment. Je dors sur un canapé chez une amie, c'est tout.

— Vous voyez le Turc, là-bas, avec ses mitaines ?

Il désigne la camionnette sur le trottoir d'en face.

— Eh bien ?

— Ça fait six jours qu'il nettoie son gril avec le même chiffon sale. J'ai compté. Une fois, je l'ai vu laisser tomber un bretzel, regarder autour de lui, l'essuyer sur le chiffon et le remettre sur l'étalage. Il est cradingue, ce mec, faut rien lui acheter à manger, Molly.

— OK, merci.

Comme un autre client s'approche, je m'éloigne vers le parc.

Mon téléphone sonne.

— Allô.

— C'est Scott.

Il y a beaucoup de circulation, une voiture est en panne devant le Radio City Music Hall et tout le monde klaxonne.

— Ça va ?
— Bien. Je suis à l'entraînement.
— D'aviron ?
— On a une compétition la semaine prochaine à Princeton. Ils sont forts.
— Je quitte bientôt New York, Scott.
— Je croyais que tu étais déjà partie. Vi était toute triste.
Vi ? Je déteste la façon dont il abrège son prénom.
— Je reste encore quelques jours. J'espère que ça ne te paraît pas bizarre mais il y a peu de gens avec qui je peux parler de KT. Les souvenirs, tu sais. Ma psy dit que c'est une partie importante du processus de deuil. (Je n'ai pas de psy. Je n'en ai jamais eu.) De maintenir son âme en vie. Je me demandais si on pourrait aller dans une pizzeria ensemble un de ces jours. Ou un snack, peu importe. C'est moi qui invite.
— Tu aimes la cuisine vietnamienne ? demande-t-il avec désinvolture.
Un silence.
— Je n'en ai jamais goûté, mais je suis sûre que j'adorerai.
— Soupe aux nouilles de riz ?
— OK.
— Ce soir à 20 heures ? Tu sais où se trouve Chelsea Market ?
— Tout à fait.
Les mensonges s'enchaînent.
— Je t'attendrai devant à 20 heures, alors. Ça me fera plaisir de parler encore un peu de Katie. Elle me manque.
— À ce soir.
Je termine la conversation et mon estomac fait des sauts périlleux. Pas parce que je suis attirée par Scott, même si c'est le cas. Parce que l'histoire se répète

presque. *Presque.* Un peu de la joie et de l'enthousiasme que KT doit avoir ressentis avant ses premiers rendez-vous avec Scott Sbarra. Un peu les mêmes regards et sans doute un peu les mêmes plaisanteries. Bon, ce n'est pas exactement une sortie entre amoureux, mais pas loin, vous voyez ?

Je trouve un café pas cher et j'écoute quelques BO de films avec les écouteurs de mon téléphone : *Fargo*, *Rose bonbon* et *Gladiator*. La tablette est facile à utiliser ; elle est identique à celles que j'ai achetées à Londres au cours de l'année écoulée. Grâce aux cartes-cadeaux Google Play et avec un compte Gmail tout neuf ouvert sous un faux nom, je réussis à me procurer un logiciel de montage vidéo et une appli qui, d'une voix informatisée, prononce tout ce que je tape. Je me crée aussi un nouveau compte YouTube, cherche de vieux posts de Shawn Bagby sur Reddit et fais une capture d'écran. Je m'informe sur les métadonnées, les algorithmes et les stratégies des YouTubers. Sur le dark web, je fais une capture d'écran de posts qu'il a publiés sous pseudo, puis des preuves qu'il a utilisé ce pseudo. La façon dont il écrit ses phrases, des cadences récurrentes. Un mot sur lequel il fait toujours la même faute d'orthographe. Sa façon de décrire un bal comme une *fête des losers* et les femmes comme des *féminoïdes jetables.* Puis je procède au montage, je coupe et colle. Certaines preuves sont réelles, d'autres sont fabriquées, d'autres encore sont exagérées. Les mensonges sont bien cachés parmi les vérités. Il faut plus de vérités que de mensonges, cependant, c'est essentiel. On fabrique une série, un motif, un mythe. J'ai maintenant assez de matière première. Ce qui signifie que je n'ai plus besoin d'être en ligne, plus besoin de wifi, je suis indétectable, dans le confort de ma chambre avec vue à la YMCA, pour moi toute seule, moyennant trente-cinq dollars la nuit.

Plusieurs personnes tournent autour de la fontaine de Cherry Hill quand j'arrive. Des joggers s'étirent et des promeneurs de chien tirent sur la laisse de leurs bêtes.

Mais *lui*, je ne le vois nulle part.

Je m'approche de la fontaine, je scrute les alentours, ma vision coupée en deux par la visière de ma casquette de base-ball.

Je m'assieds sur un muret, la main sur ma batte.

Une minute plus tard, je sens que quelqu'un est assis en face de moi. Surgi de nulle part. Je l'aperçois du coin de l'œil.

— Continuez à regarder ailleurs, dit-il. Prenez votre téléphone et commencez à parler.

J'envisage de m'enfuir.

Parce que ce n'est pas *lui*.

Mais je sors mon portable. Il y a davantage de gens autour de nous, et c'est une bonne chose. Si je hurle, il perdra le contrôle de la situation : c'est moi qu'ils secourront, pas lui.

— Qu'est-ce que ça signifie ? dis-je dans mon téléphone.

Il attrape son propre portable et fait semblant de répondre d'un air jovial.

— Je m'appelle Peter.

— Ce n'est pas votre nom.

— Peter Hill.

— Non. Vous vous appelez Bogart DeLuca.

- 28 -

— Comment avez-vous su que je serais ici ?
— Quelle importance, Molly ?
— C'est lui qui vous envoie ? Que voulez-vous ?
— Continuez à parler dans votre téléphone
— Je parle dans mon téléphone, merde !
— Si vous haussez encore la voix, je m'en vais.
Je ne dis rien.
— Mon nom est Peter Hill.
— Comme vous voudrez.
Il n'a plus le même accent qu'avant.
— Je travaille avec l'Homme. Je travaille pour lui.
Il n'a plus l'accent de Brooklyn, mais de Los Angeles.
— OK.
— Il n'a pas pu venir en personne, il vous présente ses excuses.
Ou plutôt, il n'avait aucune intention de venir en personne. Il a envoyé son acolyte.
— OK.
— Que pouvons-nous faire pour vous, Molly ?
Je prends ma respiration.
— J'ai besoin d'une autre faveur.

— Nous nous étions mis d'accord, dit Bogart DeLuca, ou Peter Hill, peu importe. Une seule faveur. Une seule faveur *de grande ampleur.*

J'inspire à nouveau. Un adolescent passe en roller.

— Alors concluons un nouvel accord.

Je ne peux pas voir son sourire parce que je lui tourne le dos, je regarde le lac, mais je le devine.

— Allez-y.

— Je suis ici pour une semaine de plus mais je n'ai pas d'argent. Il me faut dix mille dollars en liquide - trois fois rien pour votre patron - et un lieu sûr, un lieu où vous me garantissez que je serai en sécurité.

— OK, Molly.

— Compris ?

— Cinq sur cinq.

Pendant un moment, nous n'ajoutons rien ni l'un ni l'autre. Je tiens mon téléphone plus près de ma bouche et je commence à parler, mais l'appareil sonne, me faisant sursauter.

— Vous allez répondre à cet appel ?

Je mets mon portable en silencieux et je regarde l'écran. C'est maman. Je laisse la boîte vocale prendre le relais.

— Parfait, approuve-t-il. Je vais vous expliquer ce que nous allons faire. Vous obtiendrez, pour règlement total et définitif de notre accord, cinquante mille dollars en petites coupures usagées, et une chambre d'hôtel dont je garantis la sécurité. Je la choisirai personnellement et je la passerai au peigne fin pour détecter les éventuels micros et caméras. Cela vous paraît-il acceptable ?

— Oui.

— Total et définitif, Molly. Vous comprenez ce que cela signifie ?

— Absolument.

— C'est dans votre intérêt. Parce que si cela s'ébruite, ou si des détails du projet sont un jour dévoilés, ce ne sera pas à moi que vous aurez affaire, d'accord ?

— Bien sûr.

— Ça ne dépendra plus de moi, Molly. On fera appel à quelqu'un qui a été spécialement formé pour éliminer les problèmes, compris ?

— Oui.

— On se retrouve demain matin à 11 heures devant l'hôtel Pierre. Venez seule et assurez-vous de ne pas être suivie. Maintenant, je vais me lever et marcher. Dans cinq minutes au moins, vous partirez dans la direction opposée. On est bien d'accord ?

— Oui.

— À demain.

Il s'éloigne et je l'observe. Pas de moustache. La démarche est différente, les vêtements sont d'un style différent, mais c'est lui. Bogart ou Peter, c'est lui.

Le marché est correct, tout bien réfléchi. Je reste assise sur le banc pendant huit bonnes minutes, à essayer de tout prévoir dans ma tête, tous les facteurs de risque. Je n'ai pas mis ces détails noir sur blanc, je ne les ai jamais écrits dans un courriel, ni enregistrés dans une appli prétendument impossible à pirater. Ils sont dans ma tête. Je peux y accéder chaque fois que j'en ai envie et je sais que c'est une cachette sûre à cent pour cent.

James Kandee n'était rien pour moi.

Et tout à coup, il est devenu tout.

Quand KT a obtenu son parrainage, qu'elle appelait *sa bourse* parce que cela sonne beaucoup plus méritant, plus universitaire et plus honnête, il m'a fallu un bon moment pour deviner qui était derrière. Six semaines, en fait. Elle ne voulait pas me l'avouer. Elle ne voulait même pas faire allusion à son identité. Elle disait que tout était passé par un tiers, la proposition comme les formalités. Mais à force de croiser des publications sur Instagram avec des posts Snapchat, que je prenais soin de photographier avant qu'ils s'effacent automatiquement, et en me renseignant sur l'agenda de ce monsieur, ses réunions avec des ONG et des ambassadeurs de l'ONU, des vidéos de lui enchérissant lors de ventes Patek Philippe à Genève et Hong Kong, et grâce aux détails glanés sur les médias sociaux de KT et dans nos conversations, j'ai pu déterminer qu'elle et lui étaient de temps à autre au même endroit. À la fin de l'année dernière, j'ai calculé qu'il y avait approximativement quatre-vingts pour cent de chances que James Kandee et sa fondation financent bel et bien la luxueuse vie étudiante que KT menait à New York. Ce n'est pas mon genre de prendre les gens de front, donc j'ai dû vérifier les faits. C'est seulement quand j'ai atteint une probabilité de quatre-vingt-quinze pour cent que j'ai tendu une embuscade à James Kandee, de manière douce, subtile et professionnelle, devant sa maison londonienne d'Onslow Gardens, dans le quartier de South Kensington. J'ai endossé exactement la même tenue que KT portait un mois auparavant, avec lui, à Aspen. J'ai travaillé mon maquillage pour lui ressembler davantage, je me suis même arraché des poils des sourcils à la pince à épiler pour imiter sa cicatrice. Et ça a marché. Il m'a prise pour KT. Il m'a ouvert sa porte, et quand il a compris que je n'étais pas vraiment KT il était trop tard. J'avais accès à lui. Il m'écoutait. Je lui ai dit tout ce que j'avais deviné et que j'allais communiquer les preuves au *Guardian*, au *New York Times* et au *South China Morning Post*. Des détails sur toutes les jeunes femmes qu'il avait « parrainées » au fil des années, et sur les voyages pour lesquels il comptait sur leur compagnie. Il a plaidé l'innocence, soutenant que lesdits voyages étaient optionnels, et qu'il n'avait jamais rien fait de mal, jamais couché avec aucune des étudiantes. Il s'est montré très sincère concernant cette organisation. Il a aussi prétendu être asexuel. Vierge par choix. S'il emmenait de belles jeunes femmes, c'était uniquement pour soigner son image publique. Pour son profil Instagram, et pour être sûr de ne jamais devoir dîner seul à l'Hôtel du Cap-Eden-Roc à Antibes ou au French Laundry près de Napa. Il voulait avoir leur visage près du sien et il voulait leur conversation. Au début, je n'en ai pas cru un mot, mais par la suite, après avoir identifié certains de ses camarades de pensionnat à Rolle, en Suisse, et m'être entretenue avec eux par le biais d'un intermédiaire, j'ai établi qu'il disait vraisemblablement la vérité. Ou une partie de la vérité. Je soupçonnais encore que des forces obscures étaient en jeu, mais je n'ai pu découvrir lesquelles malgré toutes mes recherches. Il m'a demandé quel serait le prix de mon silence. Il savait que le public ne croirait jamais que ces accords de parrainage puissent être à cent pour cent platoniques. Il sentait bien que toutes les apparences étaient contre lui. Il m'a demandé ce que je voulais.

Alors je lui ai répondu.

Il y a du monde à la YMCA quand j'y reviens, des étudiants étrangers tentent de communiquer avec le réceptionniste grâce à une application de traduction.

Je prends mes plus beaux habits, un haut H & M et un jean qui me moule les hanches. Je nettoie mes ballerines avec des lingettes. Puis je file sous la douche.

À cet étage, je ne suis pas condamnée à un espace commun où trois cabines de douche sont protégées par un rideau qui vous colle au corps. J'ai droit à une salle de bains individuelle au bout du couloir. En découvrant le carrelage propre, les toilettes, le lavabo, la douche, la porte munie d'un verrou, je suis envahie par le soulagement. *Un verrou.* Je prends mon temps sous le jet d'eau, et mon esprit vagabonde. Scott en tenue d'entraînement. Ses bras et ses épaules qui soulèvent la rame. Quand nous nous promènerons dans Chelsea ce soir, lui et moi, nous ressemblerons exactement à KT et lui il y a un mois. À part papa et maman, personne sur terre ne remarquerait la différence.

Je laisse mes cheveux onduler, comme ceux de KT, puis je les sèche et je me maquille. Je vaporise du parfum au creux de mes poignets, je les frotte l'un contre l'autre puis les appuie derrière mes oreilles, comme elle avait l'habitude de le faire. Normalement, je ne mets jamais de parfum. Cela m'irrite les yeux.

Je descends la Neuvième Avenue comme dans un rêve. Je comprends maintenant cette ville. Le bruit, la façon dont les rayons du soleil percent entre les grands immeubles. Les camions de pompiers et la fumée qui monte des aérations au milieu des carrefours. Les gens qui se bousculent, qui s'embrassent. Je commence à me faire à la métropole.

Des citrouilles devant les magasins : grandes, moyennes ou petites. Je suppose qu'Halloween est très fêté ici.

Les effluves de mon parfum rendent mon pas élastique. Me donnent une dose d'assurance supplémentaire. Armani Mania. Celui que portait KT. Je me redresse et me mets à sourire. D'ordinaire, je ne souris jamais quand je me balade comme ça, jamais.

Scott m'attendra devant Chelsea Market. Il m'aura peut-être acheté un cadeau d'adieu. Peut-être un livre ou une babiole, un truc qu'il me croira capable de rapporter en Angleterre.

L'avenue est plus longue que je ne pensais et mes ballerines se salissent inéluctablement. Mais j'arrive à temps. Vingt heures.

Il n'y a personne.

Pas de Scott.

J'attends, je fais le tour du pâté de maisons au cas où il y aurait une autre entrée. Quatre bus scolaires jaunes sont garés à la queue leu leu sous un escalier de secours.

L'attente alimente mon inquiétude mais elle m'excite également. Que croit-il qu'il va se passer, lui ? Un bol de nouilles, et moins d'une heure après il s'en ira boire des verres de tequila avec ses amis rameurs ? Ou bien m'a-t-il réservé quelques heures ?

C'est alors que je l'aperçois.

Il s'avance vers moi depuis l'East Side, depuis la Huitième Avenue.

Il est éclairé à contre-jour par les phares, et sa silhouette est parfaite. La largeur de ses épaules et de sa poitrine. L'insouciance avec laquelle il marche. L'éclat de ses cheveux, la longueur de ses jambes. Soudain, je me sens embarrassée, timide, je souris comme une idiote. Il traverse la rue et je n'ose pas le regarder dans les yeux. Il s'approche, je lève la tête et il sourit.

— On y va ?

- 29 -

On dirait un rendez-vous amoureux.

Scott paraît détendu. Il me raconte qu'il s'est entraîné pendant deux heures aujourd'hui. Nous marchons côte à côte. Comme un couple normal.

Il me tient la porte ouverte. Le restaurant s'appelle Co Ba. Cuisine vietnamienne.

On nous conduit vers notre table et les gens nous dévisagent. Le grand athlète sculptural et sa copine. Nous allons bien ensemble. Je souris et m'assieds. Nous ne sommes pas à un bon emplacement, pas dans le coin, pas au fond de la salle, sans bonne visibilité, et vous savez quoi ? Ça m'est égal. Qui pourrait me faire du mal quand Scott Sbarra est là ? Personne, voilà.

Il commande une bière sans gluten, et moi de l'eau.

— Tu ne bois pas ?

— Un verre de vin de temps à autre.

— Tu es très différente de Katie, non ?

— Pareille et différente à la fois. Elle était la plus téméraire.

— On a fait une collecte à la fac. On ne sait pas encore trop ce qu'on en fera. Peut-être une plaque commémorative, où un fonds d'aide pour les étudiants internationaux. On a déjà dépassé les quatorze mille dollars.

— C'est génial. C'est toi qui t'en es chargé ?

— Avec quelques autres, oui. Je n'étais pas tout seul.

Je devrais commander du riz blanc. Je devrais demander une cuiller. Je devrais vérifier l'état des toilettes avant de toucher à mon assiette, comme dans tous les restaurants où je vais pour la première fois. Mais non. Il y a ce que je devrais faire, et il y a mon libre arbitre. La tension est là. Ce soir, avec Scott, je choisis d'être désinvolte, relativement.

— Une soupe *pho* bien épicée, Katie ? (Il ouvre de grands yeux.) Oh merde, oh non ! Je suis désolé, Molly, merde, je suis vraiment désolé.

— Ne t'en fais pas.

Il secoue la tête et je crois qu'il rougit.

— Je suis nul.

— Ça m'arrive tout le temps. Je t'assure. Ne t'inquiète pas pour ça.

Il baisse les yeux sur le sol.

— C'est vraiment bizarre, à la fac, qu'elle ne soit plus là. Parce que je la croisais tout le temps, quand elle travaillait à la bibliothèque Butler, à la cantine, à la piscine. Elle était tellement visible, tellement partout… Et maintenant il y a un vide.

— C'est exactement ce que je ressens. Un vide.

Il acquiesce. Je poursuis :

— Pire qu'un vide. Elle était un prolongement de moi-même, si je puis dire. Elle n'était pas comme une sœur, et elle ne faisait pas non plus partie de moi – plutôt comme un prolongement. Depuis le jour de notre naissance. Et maintenant, j'ai l'impression d'avoir perdu mon ombre.

— C'est pour toi que ça doit être le plus dur.

— Je ne sais pas.

— Je suis vraiment désolé.

— C'est difficile à expliquer. Elle était toujours là quand je voulais envoyer un texto, partager une information, même de toutes petites choses. Elle était comme ma conscience.

Le serveur arrive avec notre *pho*. Des bols remplis d'un bouillon fumant, où flottent des nouilles plates, des épices et des poignées d'herbes fraîches, le tout surmonté de minces tranches de poitrine de bœuf. Scott demande s'il peut avoir plus de viande.

— J'ai besoin de protéines... L'entraînement.

Je plonge ma cuiller dans ma soupe et j'en prends une gorgée, m'attendant à être brûlée par les épices. Mais c'est bien moins piquant que je le prévoyais. C'est délicieux. Ça me réchauffe. J'avale des nouilles en faisant un bruit abominable.

Scott sourit.

— Ma mère mange comme ça.

— Ta mère ?

— Elle adore la soupe.

On nous apporte aussi des rouleaux de printemps frits et craquants qui, selon le menu, contiennent des crevettes tigrées et du porc grillé à la sauce aux prunes, ainsi que des vermicelles, de la salade, des herbes et une vinaigrette piment-citron vert.

— Tu as des frères et sœurs ?

— Deux frères, répond Scott.

— Plus âgés ou plus jeunes ?

— Un de chaque.

— Vous vous entendez bien ?

— Ça dépend des jours. Beaucoup mieux à présent qu'il y a quelques années. Katie les a rencontrés tous les deux. Elle leur avait beaucoup plu. Et à mes parents aussi.

— KT plaisait à tout le monde.

Il enlève son pull à col en V et il n'a plus que son T-shirt blanc. Je commence à avoir chaud. Les femmes des autres tables le lorgnent. Celles du fond de la salle contemplent son dos, et son torse modelé. À ma gauche et à ma droite, elles admirent sa poitrine à travers le coton blanc, son profil. Les hommes regardent aussi. Ils regardent leurs épouses et fiancées, puis ils regardent Scott Sbarra.

Scott essuie la sueur sur son front.

— Le piment, hein ?

— J'aime ça.

— Combien de temps vas-tu rester à New York, Molly ?

— Une semaine environ. Je veux encore aider la police avant de regagner Londres.

Je dois réparer les torts.

Restaurer l'équilibre.

— J'irai peut-être à Londres l'année prochaine. Il y a une course de bateaux sur la Tamise pour laquelle mon équipe pourrait se qualifier.

— *La* course de bateaux ?

— Dans une ville qui s'appelle Henley-on-Thames. Tu connais ?

— Pas vraiment. J'en ai entendu parler. Pas sûre que ce soit une ville.

— Les gens portent des chapeaux et des vestes à rayures, c'est une régate à l'ancienne, un vieux truc du XIXe siècle. Mais le voyage est entièrement financé si on est qualifiés, alors ce serait plutôt sympa.

— On pourrait se voir à Londres. Juste pour prendre un café.

— Ça pourrait être cool. Excuse-moi.

Il se lève et part vers les toilettes. Sa façon de marcher, son pas, sa posture, le mouvement du coton blanc sur ses épaules, tout cela me donne envie de le suivre. La salle le regarde marcher et il ne se rend compte de rien. Au moins la moitié de la salle. Les trois quarts.

Mais tout est faux, absolument tout. Qui est le pire, de nous deux ? Moi parce que je suis là avec le fiancé de KT, ou lui parce qu'il est ici avec la sœur jumelle de sa fiancée morte ? C'est épouvantable, quel que soit l'angle sous lequel on envisage la situation. Diabolique, même. Tordu. Il devrait être bien plus chagriné. KT valait bien plus de souffrance que je n'en vois sur son visage. Mais c'est moi qui vais dire stop. C'est moi qui vais faire ce qu'il faut.

Il revient et termine son *pho*.

— Tu n'es probablement pas d'humeur, dit-il, mais c'est Halloween dans quelques jours. Tu sais à quoi ressemble une vraie fête d'Halloween en Amérique, Molly ?

— Pas vraiment mon truc.

— Vi est comme toi. Elle a horreur de ça.

Encore Vi.

— Pourquoi ?

Je termine un rouleau de printemps.

— Elle déteste tout le côté commercial. Tout ce qui est emballé dans le matérialisme, la consommation et les déchets en plastique. Vi est pratiquement communiste. Elle ne sort jamais le 31 octobre.

— J'en ferai sans doute autant, pour être franche. Je resterai à l'hôtel et je travaillerai sur le dossier de KT.

— La police a des pistes ?

— Quelques-unes. Rien de concret. Rien qui justifierait une arrestation.

— J'aimerais bien qu'on m'enferme dans la cellule avec le salaud qui l'a tuée. Juste cinq minutes.

— On ne sait jamais, tu en auras peut-être l'occasion.

Il grince des dents.

— Les flics ont interrogé son voisin, tu penses ? Le jeune qui habite au sous-sol ?

— Je ne sais pas.

— Ils devraient.

Je ne réponds rien.

— Je ne le sens pas, ce type. Comme s'il avait un côté obscur.

— Je me renseigne sur son compte.

— Sois prudente, Molly. Si tu veux l'interroger, préviens-moi et je t'accompagnerai. On pourra lui parler ensemble.

Je lui souris et il rougit à nouveau. Un mètre quatre-vingt-treize, la mâchoire carrée, et pourtant il rougit. Autour de chaque fossette.

Il commande une autre bière tandis que les lumières du restaurant deviennent moins vives.

— D'après Katie, vous étiez inséparables quand vous étiez petites. Elle m'a dit que vous aviez un langage secret, et que pendant quelques années vous parliez à peine à vos parents, seulement entre vous.

— On a toujours été assez différentes. Pareilles, mais différentes.

— Je l'aimais beaucoup. C'était une personne à part.

— Elle t'aimait aussi, Scott.

Il ne pose pas sa main sur la mienne, mais il la rapproche. Sur la table, au vu et au su de tout le monde, son petit doigt touche presque le mien. Je le sens. La chaleur et l'énergie. Je sens son potentiel à travers mon corps. Comme si j'étais somnolente après un bain chaud, comme si tous mes muscles se détendaient. J'ai envie d'avancer ma main pour que nos doigts se rencontrent. Je veux sentir sa peau contre la mienne. Mais je recule.

— L'addition, demande-t-il.

On nous l'apporte et nous la divisons en parts égales.

— Je repars pour la fac. Tu es toujours dans Midtown ?

Je hoche la tête.

— Je te raccompagne ?

La soirée est chaude pour une fin octobre, et l'air immobile. Des couples se promènent, enlacés. La femme qui marche devant nous a la main dans la poche arrière de son amoureux, et il lui passe un bras autour de la taille. Je me mets à penser à ce que je ressentirais si j'avais la main dans la poche de Scott. En toute désinvolture. Les mouvements que ferait son corps en marchant.

— Je disais : tu penses revenir un jour à New York ?

— Désolée, j'avais la tête ailleurs. Je ne sais pas. Peut-être. Probablement pas. Je ne pourrai probablement pas.

Nous traversons la rue, vers le nord.

— La vie est chère ici, mais tâche de profiter pleinement. Pardon, on croirait un message à la con comme sur les cartes de vœux. Enfin, c'est ce que Katie aurait souhaité, non ?

— Tu crois ?

— Eh bien, elle ne m'a jamais parlé de la mort ou de ces choses-là. Mais je me souviens qu'un jour, devant je ne sais plus quel film, elle avait dit que, quand deux personnes s'aiment, si l'une des deux meurt, l'autre doit passer à autre chose, se remarier. Que la vie est faite pour être vécue, on n'a pas de deuxième chance.

— C'est bien du KT.

Nos bras se touchent. Pas beaucoup, ils se frôlent simplement. Je me rapproche de Scott et il ne s'écarte pas.

Je remarque le parfum de son après-rasage, j'ai envie de l'arrêter pour le renifler, le humer, ouvrir mes narines et l'inhaler.

— Hé, Stevie ! crie-t-il soudain avant de se mettre à courir.

Qui peut bien être Stevie ?

Ils se donnent l'accolade, avec des tapes dans le dos : je me rends compte à quel point Scott est tactile, et je sens que je n'ai pas été proche de lui ce soir, pas vraiment.

Il revient vers moi.

— Mes potes vont jouer au billard et boire des bières. Je les rejoins. Tu veux que j'arrête un taxi pour toi ?

— Non. (Ma voix se dérobe, et je couine presque.) Ça ira.

Il m'abandonne dans la 34e Rue pour rejoindre ses amis ? Il me laisse ici toute seule ?

— Ça m'a fait plaisir de te voir, Molly, dit-il en se penchant pour m'embrasser.

Sa joue lisse et dure se pose contre la mienne. Je l'enlace et nous restons l'un contre l'autre pendant peut-être une demi-seconde. L'odeur de ses cheveux. Sa poitrine collée à la mienne.

— Moi aussi, ça m'a fait plaisir, je réponds, la bouche près de son oreille.

Il baisse les yeux sur moi, il rougit à nouveau, se dégage et court vers ses amis.

Je me dirige vers la Neuvième Avenue. Après le choc initial de son départ, je me rassure, certaine que je pourrai le revoir si je le décide. Je pourrai à nouveau avoir un moment d'intimité avec lui.

Je ne marche pas, je vole. En lévitation juste au-dessus du trottoir. Ma peau paraît plus douce que jamais et je suis indifférente à tous les réservoirs, à toutes les grues et à tous les échafaudages qui m'entourent. Je rêve pendant un kilomètre. Je rêve à mes paumes appuyées contre sa poitrine. À ses doigts s'enfonçant dans mes cheveux.

Puis j'aperçois quelqu'un.
Dans une vitrine.
Il me dévisage.
Soudain, j'ai froid.
Il est encore là, dans un rétroviseur.
Je prends une rue latérale et j'entre dans un Starbucks.
Il a disparu.
Je sors.
Personne en vue.
Je marche jusqu'au coin de la rue et je hèle un taxi.
Il sort d'une épicerie et s'avance droit vers moi.

- 30 -

Je presse le pas pour marcher avec un groupe de trois couples d'âge moyen, tous en jeans et baskets blanches. Nous arrivons au terminal de bus de Port Authority et franchissons le seuil.

Il n'est nulle part.

Je laisse le groupe récupérer ses billets, je pénètre plus avant et j'achète un bonnet vert dans un magasin.

Il n'est pas là.

Je transpire.

Les gens traînent leurs sacs, cherchent des bus ; je regarde à droite et à gauche, mon pouls bat à toute allure dans mes tempes. Alors c'est ça ? C'est le moment où Bogart DeLuca m'emmène, me réduit au silence et neutralise un problème pour le compte de son boss ? Il m'élimine d'un coup de couteau dans le cœur ou d'une balle de 9 millimètres dans la nuque ? Le rendez-vous à l'hôtel Pierre demain n'était peut-être qu'une ruse. Le généreux paiement, un mensonge. Une fausse piste. Depuis le début, le vrai projet est peut-être de me faire taire.

Je me mets à couvert derrière un ascenseur.

Je ne le vois pas.

J'aperçois des gens qui ont les cheveux mouillés. Quelqu'un secoue un parapluie. J'achète un poncho jetable en plastique et je l'enfile avant de repartir vers la Septième Avenue.

Vers Times Square.

Tout le monde me dit que c'était jadis une zone dangereuse de Manhattan, pleine de proxénètes et de dealers. Mais c'était autrefois. Aujourd'hui, il n'y a plus que des magasins Gap et Disney. Avec mon poncho, je me fonds dans la masse. Je suis comme tout le monde.

Je traverse en direction de la Sixième Avenue et je le vois, sur le trottoir d'en face.

Casquette des Mets rabattue sur les yeux, costume informe, chaussures noires.

Ou alors, c'est maintenant que Martinez et une équipe de collègues en civil font irruption et m'arrêtent parce que mes recherches n'ont pas été assez approfondies et que j'ai oublié un détail essentiel, fibre ou empreinte.

Non.

Dans l'appartement, j'ai été vigilante jusqu'à l'obsession. Scrupuleuse à l'extrême. Il n'y avait pas d'empreintes.

Ai-je manqué quelque chose, néanmoins ? Non. Je n'ai rien manqué. Impossible.

Il est toujours là. Je le vois dans le reflet de la vitre d'un camion.

Ou bien c'est un autre inspecteur. Envoyé par Martinez. Un collègue de la brigade des homicides. Du FBI, même. Ils sont remontés jusqu'à moi. Ils ont tout compris, grâce à leurs nouvelles technologies dont nous ignorons encore tout. Je vais être arrêtée, c'est bien ça ?

Je me rue dans une boutique AT & T, je sors par une autre porte, puis je pique un sprint jusqu'à la camionnette de Jimmy.

— On me suit ! dis-je, essoufflée.

— Entrez, répond-il en faisant cliqueter un bouton pour débloquer la porte. Baissez-vous, ne parlez pas.

L'intérieur est d'une propreté immaculée. Ni pelure de fruit ni vieilles serviettes en papier. Rien que le sol en acier inoxydable, les Crocs de Jimmy et les chaussettes blanches de Jimmy.

À la hauteur de sa hanche, je distingue une petite photographie de sa famille dans les années 1980 ou 1990. Un groupe de quatre ou cinq enfants, tous souriants, et une femme d'environ trente ans. Sur une étagère, sous la caisse, une batte de base-ball. Et le sac prêt-à-emporter de survie que je lui ai demandé de garder.

Je reste accroupie pendant vingt minutes, le temps que Jimmy serve sept clients. Puis il me dit, sans me regarder ni faire de geste dans ma direction :

— Je crois qu'on vous suit plus, Molly. Je vois personne.

— Vous êtes sûr ?

— Oui. Vous pouvez appeler un Uber pour rentrer chez vous ?

— Je ne sais pas comment appeler un Uber.

— Alors vous voulez un taxi ?

— Oui, s'il vous plaît.

— Une seconde.

Il descend dans la rue et hèle un taxi.

Je saute sur la banquette arrière et je remercie Jimmy. Il me fait signe que ce n'est rien.

Nous démarrons.

— Vous allez où ? demande le chauffeur.

— À la YMCA de Central Park, 63e Rue ouest.

Le chauffeur coupe le moteur :

— Ah non, sûrement pas. Mince, c'est à cinq minutes grand maximum, vous pouvez y aller à pied.

— J'ai mal à la jambe. Je suis blessée.

— Vous ne saignez pas dans ma voiture, j'espère ? Je ne veux pas de sang sur mes sièges. Vous voulez aller à l'hôpital ?

— Non. Emmenez-moi simplement à la YMCA.

Une fois dans ma chambre, je vérifie mon arsenal. Je cours aux toilettes, reviens aussi vite et me sers de ma ceinture pour bloquer le mécanisme de fermeture automatique reliant ma porte au mur. Encore un truc que j'ai appris d'un ancien Béret vert sur YouTube, juste avant de partir pour New York.

Maintenant, j'y suis.

Mon dernier soir ici.

Je m'endors en pensant à Scott. Je le désire de plus en plus.

Le lendemain matin, je me réveille tôt pour préparer mes bagages. Je travaille sur ma vidéo de Shawn Bagby dans deux cafés différents, en me servant de ma tablette. Puis je récupère mes sacs et gagne Central Park. Je marche entre le lac et le zoo, jusqu'à l'hôtel Pierre, pour arriver devant le portail décoré à 11 heures moins deux minutes.

Ma nouvelle base.

Il vient m'accueillir, un attaché-case zippé sous le bras.

— Bonjour, me salue-t-il avec son accent de Los Angeles.

— Bonjour, Bogart.

— Je m'appelle Peter, dit-il en me faisant signe de le suivre un peu plus loin, dans le parc.

— Une minute, dis-je en lançant un regard vers le portier de l'hôtel. La chambre. Vous avez dit...

— C'est vous qui l'avez dit, murmure-t-il sévèrement. Un endroit sûr. Vous venez ou non ?

Je traverse la Cinquième Avenue avec lui.

— Où allons-nous ?

— Donnez-moi vos téléphones.

— Quoi ?

— Vos téléphones.

Je secoue la tête.

— OK, alors je m'en vais.

Je lui remets le portable prépayé.

— Les deux.

Je lui tends mon iPhone et il le range avec l'autre téléphone dans une boîte noire.

— Qu'est-ce que c'est ?

— Une cage de Faraday. Maintenant nous pouvons discuter.

Je sais ce qu'est une cage de Faraday : un contenant tapissé de métal qui empêche qu'un appareil soit piraté, détecté, localisé ou abîmé en cas d'éruption solaire.

— Où allons-nous ? Je veux savoir.

— Là-bas.

Il pointe le doigt de l'autre côté de Central Park.

— Où ?

— Au Ritz-Carlton. Votre nouvelle adresse pour les dix prochains jours, maximum. Une suite au onzième étage. L'endroit le plus sûr qu'on puisse trouver. Réservée au nom de quelqu'un qui n'est plus en vie, payée en liquide. Vous pourrez commander tout le room service que vous voudrez, tout sera pris en charge.

— Vraiment ?

Nous croisons des carrioles à chevaux et nous traversons la chaussée. Je n'arrive pas à l'appeler Peter Hill. Le nom DeLuca reste coincé dans ma tête. Pour moi, il est Bogart DeLuca.

Les portes du Ritz-Carlton s'ouvrent et le portier m'accueille :

— Ravi de vous revoir, madame.

Devant l'ascenseur, DeLuca me confie deux cartes magnétiques.

— Je n'ai pas de double. La direction de l'hôtel a un passe-partout, mais je n'ai pas de double. Laissez votre verrou poussé, avec la chaîne attachée, et suspendez toujours l'écriteau *Ne pas déranger*.

Je me sers de la carte pour ouvrir ma chambre.

Elle est plus grande que mon appartement à Londres. J'ai une vue sur Central Park et un télescope est installé près de la fenêtre.

DeLuca pose l'attaché-case au bout du lit king-size.

— Cinquante, comme convenu.

J'ouvre la mallette, garnie de liasses de billets.

— Et maintenant ?

— C'est fini. Tout est fini. C'est clair ?

J'acquiesce.

Puis il s'en va.

Je pousse le verrou, j'attache la chaîne, je colle un chewing-gum au judas, et je noue ma ceinture autour du levier de la porte comme à la bonne vieille YMCA. Je prends mon temps pour déballer mes affaires, je sirote un jus d'orange glacé sorti du minibar et j'écoute Sinatra grâce à la sono. Je n'ai encore jamais mis les pieds dans une chambre aussi luxueuse. Je suspends chacun de mes chemisiers, m'offre une douche dans l'incroyable salle de bains tapissée de marbre, puis je m'enduis de lotions et de crèmes hors de prix. Je me détends sur le lit, en peignoir duveteux et chaussons blancs offerts par l'hôtel.

J'allume la télé.

Le message d'accueil dit : *Bienvenue au Ritz-Carlton, Violet Roseberry.*

- 31 -

Mon dîner d'hier soir m'a été livré par le room service. Un chariot manœuvré par un jeune homme très poli. Il a dressé la table et dévoilé un demi-poulet rôti sauce béarnaise, avec des lamelles de courgettes croquantes. La vue était parfaite, comme on peut l'imaginer. L'obscurité de Central Park déployée devant moi, non pas un fragment aperçu de biais comme à la YMCA, ou une affiche à la réception du Bedfordshire Midtown, mais une large vue panoramique privée, à travers une vitre impeccablement propre.

Sous cet angle, la ville est d'une beauté inouïe. La ligne d'horizon, le rouge et l'orangé des arbres, les chevaux qui surgissent de la 59e Rue ouest. Et, de cette hauteur, même la circulation dans Manhattan est fascinante. Les lumières et les couleurs tournent autour du parc et me divertissent.

Le fait d'être inscrite sous le nom de Violet me déconcerte un peu. Même la papeterie sur le bureau est personnalisée à son nom. Je pense que ce doit être une sorte de plaisanterie de mauvais goût.

J'ai dormi comme une souche après le dîner, puis j'ai commandé un petit déjeuner que j'ai pris au lit, adossée à une pile d'oreillers divins. Des pancakes avec du sirop d'érable et des myrtilles, du café noir et du jus d'orange avec des glaçons. En temps normal, je ne commande jamais de glaçons. Je n'en consomme que si je les ai faits moi-même, surtout ici, avec tous ces réservoirs sur les toits, mais la femme au téléphone m'a assuré qu'ils fabriquaient les leurs à l'eau d'Évian.

Quel luxe, cet endroit ! Pourtant, parce qu'il est associé à Kandee, je le trouve quand même sale. Dans ses courriels envoyés en mai, KT s'inquiétait pour la livraison d'une sorte de paquet, qui faisait partie du « Projet H », quoi que cela ait pu signifier. Et, peu après, quelqu'un dont l'adresse électronique était uniquement composée de chiffres et de consonnes lui a conseillé de souscrire une assurance vie. Quelles que soient les activités de James Kandee et de sa fondation, elles ne sont pas seulement philanthropiques. Des forces sinistres sont en jeu.

Je prends un bain en milieu de matinée et je choisis ma tenue invisible pour la journée. « Invisible » à Manhattan ne ressemble pas à « invisible » là où je vais, et je me suis adaptée en conséquence.

Les téléphones restent dans leur cage de Faraday. À Londres, je n'avais pas de boîte isolante parce que je voulais que mon téléphone soit toujours localisable, au cas où on analyserait un jour mon historique. Il ne fallait pas que le signal s'arrête tout à coup.

Je marche jusqu'à la Cinquième Avenue, puis Madison Avenue, jusqu'à Central Park, et enfin vers Grand Central Station. Sa pierre couleur crème chauffe sous le soleil de l'automne. Je commande un café à emporter chez Starbucks et m'achète un billet standard pour Stamford, Connecticut. Je ne vais pas à Stamford, je ne vais même pas jusqu'à Rye, mais c'est précisément l'intérêt. En train, on peut descendre avant sa destination ; en avion ou en bateau, on ne peut pas. Le train respecte notre vie privée.

Je repère le bon train et je choisis une voiture relativement vide. Le trajet prendra environ trois quarts d'heure. Quand j'aurai trouvé où il habite, observé le quartier et fait tous mes préparatifs, la marge de manœuvre restante sera suffisante.

Le train traverse Harlem et continue vers le nord.

Le paysage change : après les immeubles en brique, des bâtiments industriels délabrés, puis des terrains vagues, des arbres et de grandes artères.

J'aime le mouvement des trains. J'aime leur bruit, leur rythme. Selon moi, le voyage aérien est contre-nature, perturbant et inconfortable, même à bord d'un jet privé Gulfstream G650.

La vue défile derrière la vitre et mon esprit s'égare.

La femme qui a précédé DeLuca était venue me chercher avec son 4×4 Volvo dans une tranquille station-service du nord de Londres. Elle s'est garée, a fait le plein. Je suis sortie de la boutique et me suis assise sur sa banquette arrière, comme prévu. Personne n'a rien remarqué d'anormal. Pourquoi nous aurait-on repérées ?

Voyager en avion privé, si on reste dans son espace aérien national, c'est une partie de plaisir. Ce n'est pas beaucoup plus compliqué que de rouler en voiture ou de prendre un bus. Vous allez jusqu'à la piste, vous chargez vos bagages et vous vous envolez. Les pilotes doivent faire leur travail et avoir des communications professionnelles avec les contrôleurs aériens, bien sûr, mais il n'y a ni sécurité ni contrôle douanier.

Les vols internationaux, c'est une autre histoire. Même les célébrités et les milliardaires sont fouillés lorsqu'ils franchissent une frontière. Mais il y a les règles et il y a la réalité.

Depuis des années, James Kandee survolait le monde à bord de son Gulfstream customisé. Il partait de Biggin Hill, où se situe son hangar privé, pour se rendre à New York, à peu près toutes les deux ou trois semaines. Teterboro était son point d'entrée en Amérique du Nord, même si sa destination finale était Los Angeles ou Austin. Et c'est en partie parce que c'est commode, à proximité de l'appartement qu'il se fait construire au soixantième étage d'une nouvelle tour très étroite dans la 57e Rue ouest ou, comme l'appelle Violet, l'avenue des Milliardaires. Parfois, il poursuivait vers les Caraïbes ou allait passer le week-end à Buenos Aires. Il emmenait une fille de Harvard, une fille de Rutgers, ou KT. Et, comme la plupart des gens de son espèce, James Kandee apprécie la commodité et la vitesse. Il ne veut pas avoir à répondre aux questions d'un douanier, et il ne veut certainement pas que l'on ouvre ses bagages. Ce un pour cent du un pour cent exige un voyage sans encombre, autant que possible. Parfois, lorsqu'il va directement de Londres à Las Vegas ou Chicago, des aéroports qui lui sont familiers, il se heurte à davantage d'obstacles. Pas à Teterboro.

Nous traversons de petites villes aux gares paisibles, on se croirait plus à Nottingham qu'à New York.

Ce soir-là, dans le 4×4, en route vers Biggin Hill, je suis restée cachée sous une couverture. À l'aérodrome, nous avons roulé jusqu'au hangar. Les portes étaient fermées. On m'a fait sortir du véhicule et soigneusement installée dans une grande valise à roulettes renforcée. J'ai ensuite été chargée à bord du Gulfstream avec d'autres bagages comparables. Le douanier londonien, qui est désormais presque un ami pour Kandee, a vérifié son passeport et celui des deux pilotes, puis leur a souhaité bon vol.

Il faisait sombre dans la valise, la sensation était étrange mais pas désagréable. J'ai rarement connu une telle montée d'adrénaline, ni avant ni après. Le sentiment d'agir en toute impunité. Un vol gratuit pour les États-Unis. En toute indépendance.

Encore deux arrêts avant que je sorte du train.

Nous sommes près de l'océan. Des mouettes volent contre le vent.

Une fois dans les airs, James a ouvert la valise et m'a laissée m'étirer. Il n'autorise jamais les pilotes à quitter le cockpit, à ouvrir la porte donnant sur la cabine, sans doute parce qu'il veut leur faire croire qu'il fait l'amour avec les jolies filles qu'il parraine, et non qu'il reste sur son siège avec son téléphone tandis qu'elles regardent par le hublot. Au moment d'atterrir, il m'a enfermée à nouveau dans la valise qu'il a rangée dans la chambre arrière avec ses autres bagages.

Plus qu'un arrêt. Mon billet est contrôlé.

Quand l'avion s'est arrêté à Teterboro, j'ai entendu les pilotes parler à James. Je les ai entendus descendre les marches, et j'ai entendu un douanier monter à bord pour une inspection de cinq secondes. Les passeports ont été vérifiés. Les bagages, dont celui dans lequel j'étais, ont été déchargés dans un SUV. Puis nous avons pris directement la Route 17 pour quitter l'aéroport.

C'est le moment où je sors du train.

Deux arrêts avant Stamford.

Un arrêt avant Rye.

Je me rends à Greenhaven. Une banlieue située au nord de New York, parmi les plus coûteuses et les plus prestigieuses. Connue pour ses propriétés de bord de mer et la beauté de son littoral. Une zone où il y a d'excellentes écoles. C'est ici que résident les grands banquiers et industriels, les propriétaires de galeries d'art et les mécènes.

C'est ici aussi que vit le professeur Eugene Groot, avec sa famille.

- 32 -

Il me faut quarante minutes pour marcher de la gare de Harrison jusque chez Groot, dans Greenhaven. Les maisons sont de plus en plus vastes et majestueuses, le niveau d'entretien toujours plus élevé, les pelouses plus vertes et les voitures plus discrètes. Ici, pas de Ferrari ni de Lamborghini, aucune que je puisse voir, en tout cas. Mais il y a des SUV Audi et des Jaguar toutes neuves. Un homme – je ne sais pas trop si c'est un propriétaire ou un membre du personnel – frotte et cire une vieille Porsche avec toute l'application qu'on pourrait attendre d'un spécialiste d'art ancien restaurant une peinture à l'huile dans un musée.

Je ne vais pas jusqu'au domicile des Groot, mais je réussis à me placer à une rue de distance. J'ai presque trois minutes de retard par rapport à mon programme. Je n'ai pas de téléphone, pas de notes. Tous les faits sont gravés dans mon hippocampe, mon néocortex et mon cortex préfrontal. L'emplacement du banc idéal, identifié grâce au mode photo satellite de Google Maps. La maison et le jardin, là encore repérés en ligne, cette fois en mode 3D. Je sais où sont les arbres, où Groot gare sa voiture, où sa femme gare la sienne, où est la porte d'entrée, où est la porte arrière. Ils ont acheté la maison il y a deux ans et elle ne figure plus dans les archives de Sotheby's Immobilier. Elle est également absente de trois sites qui compilent les dossiers des agences. Mais j'ai fini par les dénicher grâce à un blog implanté dans le New Jersey. Un blog concernant les maisons intéressantes ou luxueuses. Il y avait un lien, mais aussi des captures d'écran, des photos et des informations supplémentaires sur le quartier. À présent, je connais leur domicile comme ma poche.

Je fais le tour du pâté de maisons pour découvrir où les Groot et leurs voisins ont fixé leurs caméras de surveillance. Je veux aussi voir qui est là aujourd'hui.

Les maisons sont irréprochables. Les souffleuses de feuilles ont bien travaillé et la peinture est sans défaut. Imaginez la maison de *Maman, j'ai raté l'avion*, mais en plus ancienne. Chacune est bâtie sur un vaste terrain. Arbres séculaires et jardins paysagers.

Quand je vois cette vie, ce style de vie, je comprends tout. Ce matin, avant de me réprimander, de me faire des reproches, j'avais en tête de trouver un chauffeur pour m'emmener à Greenhaven. Après tout, il me reste presque la totalité de mes cinquante mille dollars. J'en ai quarante mille cachés dans quatre endroits distincts de ma chambre, mille comme attrape-nigauds dans le coffre, et huit mille sept cents sur moi. Chaussure gauche, chaussure droite, soutien-gorge, poche intérieure de mon manteau, portefeuille pour les agresseurs. L'argent qui risque le plus est dans le coffre. On s'imagine que les coffres des grands hôtels sont sûrs. Eh bien, laissez-moi vous dire que ce n'est pas le cas.

J'ai brièvement caressé l'idée de voyager en première classe pour le vol retour vers Londres. Dans la zone où l'on vous sert des repas chauds dans des assiettes en porcelaine. Verres en cristal. Intimité et espace personnel. J'ai vu à quoi ressemblaient les conditions en allant m'asseoir à ma place en classe économique, il y a quelques jours. Mais un billet en première serait absurde. La classe affaires tout autant. Si quelqu'un devait étudier mes finances et mes déplacements, mieux vaut m'en tenir à la classe éco. La femme invisible de Camden.

En revenant sur mes pas, je vérifie à nouveau l'orientation des caméras et des systèmes de sécurité infrarouges dans les jardins. Ce serait plus difficile de nuit. On pourrait croire que ce serait plus malin, mais non seulement cela ne coïnciderait pas avec mon étroite marge de manœuvre, calculée selon les horaires de cours d'Eugene Groot et l'habitude qu'a Jane Groot de télétravailler le vendredi après-midi, mais cela ne marcherait pas non plus à cause des véhicules de surveillance ou des éclairages de sécurité.

Je m'installe sur le banc public adjacent à la propriété : mon poste d'observation. Je porte une perruque grise achetée dix dollars dans le Garment District. J'ai pris soin d'ajouter quelques autres emplettes pour que la caissière ne remarque rien. La perruque seule ne suffirait pas, mais, sous mon béret, elle est très bien. J'ai l'air d'une septuagénaire. Octogénaire, même. Le déguisement est plus efficace si on multiplie les épaisseurs, ainsi que les meilleurs cerveaux de la CIA m'ont appris dans plusieurs vidéos sur YouTube. Quant à ma posture, je marche plus lentement, plus voûtée que d'ordinaire. Je porte une robe démodée qui m'arrive juste en dessous du genou, grâce à quelques modifications hâtives opérées ce matin avec le kit de couture offert par le Ritz-Carlton. Chaussettes et baskets noires toutes simples. Un sac à main à quinze dollars que j'ai payé en liquide à un vendeur à la sauvette. Un magazine gratuit que j'ai pris à l'hôtel.

On dirait que je lis le magazine, mais en réalité j'observe la maison de Groot.

S'il y a bien une chose que je sais, c'est que le châtiment est essentiel pour avancer dans la vie. Le besoin de faire place nette est crucial. Chacun est responsable de sa propre survie et de son propre bonheur. On ne peut se fier à personne d'autre, à aucun organisme gouvernemental, à aucun membre de sa famille. À chacun de prendre ses responsabilités. Penser ne suffit pas, il faut agir. Concevoir un plan et l'exécuter à la perfection.

Groot s'en va au volant de sa Mercedes vert foncé et je reste assise. J'ai entre dix-neuf et vingt-cinq minutes.

Au bout de cinq minutes, après avoir vérifié qu'il n'y a pas de voisins en vue, je passe devant sa maison. Ce qu'il y a de bien, dans les quartiers riches comme celui-ci, avec bâtiments historiques classés et un code très strict en matière d'aménagement urbain, c'est qu'il n'y a pas de murs neufs, pas de grillages. Les habitants *veulent* que l'on voie leurs beaux parterres de rosiers et leurs buis bien taillés.

Je foule l'herbe à un endroit qui échappe aux faisceaux des caméras de surveillance. Je contourne une zone de compost, vers une petite pelouse entourée d'une épaisse haie de troènes. Le compte à rebours est enclenché. J'enlève ma perruque et me recoiffe, puis je sors mon Polaroid et je m'assure que la façade de la maison sera bien dans le cadre de mon selfie. Je tiens l'appareil à bout de bras et je prends la photo. Elle sort. Je la pose à terre et j'en prends une autre, cette fois en baissant mon soutien-gorge, farci de billets de cinquante dollars. Je retire l'argent et expose un de mes tétons. La photo sort. L'auvent au-dessus de la porte de Groot et mon sein réunis. J'en prends d'autres, avec la moitié de mon sourire et le toit de la maison, ou bien où je tire la langue. Une photo avec une main sur ma poitrine : à l'arrière-plan, une belle fenêtre du XVIIIe siècle avec verre ancien. J'utilise le stylo offert par le Ritz-Carlton pour dessiner un cœur au dos de la photo, avec une date : 19 septembre. Puis une dernière. J'ai beau porter une robe de vieille dame qui tombe jusqu'aux mollets, je n'ai pas de sous-vêtements. Je relève ma jupe pour la photo, mais je n'arrive pas à regarder le résultat. Je ramasse des brindilles humides dans la zone de compost, je sors de mon sac un flacon d'essence à briquet, puis j'empile les bouts de bois et les photos pour former une pyramide à laquelle je mets le feu. L'image où l'on voit mon visage et la vieille fenêtre reste de côté. Quand les autres sont en partie calcinées, j'éteins le feu et j'abandonne quelques vestiges.

Puis je remets ma perruque et je m'éloigne.

Retour au banc du côté de la plage, le pas lent et raide, avec l'air marin qui souffle sur mes cuisses à travers le tissu de la robe.

Je m'assieds et je regarde Mme Groot rentrer chez elle, pile à l'heure prévue. Une femme noire superbement vêtue d'un long manteau en cachemire. Elle remarque les braises fumantes et traverse le jardin en courant. C'est le signal du départ. Une partie de moi voudrait rester pour voir sa réaction, mais c'est la partie indisciplinée, celle qui m'attirerait des ennuis. Je n'ai aucun désir d'avoir des ennuis. Et puis je n'ai rien à reprocher à Jane Groot, avocate au barreau. Absolument rien. C'est son ordure de mari qui a séduit ma sœur jumelle puis l'a abandonnée, en prétendant qu'il ne voulait pas faire de mal à sa propre famille ; c'est après lui que j'en ai. Sans doute n'aurait-il pas les moyens de s'offrir un tel mode de vie sans le salaire de son épouse ou l'approbation de leurs relations. Si je n'étais pas passée à l'acte aujourd'hui, elle aurait continué à souffrir. Je répare un tort. Ce porc s'introduisait dans le lit de ses étudiantes, impressionnées par sa carte de membre du Harvard Club. Que Jane Groot se libère de ce pervers. Mieux encore, qu'elle aille porter le Polaroid à la police. Une photo a plus d'impact qu'un courriel ou un témoignage. Qu'ils formulent leurs propres conclusions sur le respectable professeur Groot et sa liaison illicite avec une étudiante décédée.

- 33 -

Je regagne la gare de Harrison par un trajet différent, conservant ma posture et mon apparence de vieille dame. Mais j'ai du mal à contenir ma joie. Revanche, châtiment, réparation, karma, appelez ça comme vous voudrez : compenser un acte nuisible provoque une sensation puissante. Groot a nui à KT. Et maintenant il en est puni. Œil pour œil.

Le train arrivera dans un quart d'heure. Je passe ce temps dans les toilettes des femmes. Loin des caméras de sécurité. Je dois être totalement invisible. KT marchait toujours la tête haute, elle regardait les gens dans les yeux et souriait. On la remarquait. Je ne souris pas, j'évite le regard des autres. Je ne veux pas être remarquée.

Le train arrive.

Mon billet est composté.

Une femme est assise en face de moi, elle doit avoir la trentaine. Elle n'arrête pas de me dévisager. Elle essaye d'être discrète, m'observant du coin de l'œil, tournée vers la fenêtre, mais elle est focalisée sur mon apparence. C'est peut-être la perruque qui donne à l'implantation des cheveux un aspect peu naturel.

Ou bien la jeunesse de ma peau qui détonne avec ma jupe longue ou mon type de chaussures. Cette femme tente de deviner qui je suis vraiment. Mais elle n'y parviendra jamais.

Ce jour-là, le SUV m'avait déposée à Manhattan, à trois cents mètres de l'appartement de KT, dans la partie la plus septentrionale de l'Upper West Side. C'était ma première visite à New York. Mon premier séjour hors du Royaume-Uni.

Une famille monte dans le wagon, l'aînée des enfants tente en vain de maîtriser son yoyo.

KT habitait un immeuble en grès brun, aux marches lourdes et sculptées. Trois arbustes poussaient sous ses fenêtres, et ses stores étaient ourlés de petites sphères en tissu pendues au bout d'un fil, comme une rangée de balles de ping-pong.

J'ai vérifié que personne ne me voyait. Puis je l'ai appelée par l'interphone.

Un message fait sonner le portable de la femme assise face à moi et elle cesse de me dévisager. Elle n'est pas flic, impossible, je suis trop prudente. Elle est simplement curieuse. Certaines personnes sont incapables de masquer leur curiosité, voilà tout. Tout va bien se passer. Je crois de tout mon cœur en ce rôle, en ce déguisement, et elle y croira aussi. Il est peut-être bizarre de nos jours de voir quelqu'un sans un smartphone entre les mains. C'est peut-être pour ça qu'elle ouvre de grands yeux.

KT a ouvert sa porte. Je m'attendais à ce qu'elle ait l'air horrifiée, une expression de terreur mortelle, mais elle a éclaté en sanglots, a souri et m'a fait entrer.

— Putain, Moll, qu'est-ce que tu fous là ? Oh, mon Dieu, c'est incroyable ! Papa et maman ont tout organisé ? (Elle a regardé derrière moi.) Ils sont là ? Tu es venue en paquebot ? Quelle surprise !

— Ils ne savent pas que je suis ici. C'est une surprise. J'ai mis de l'argent de côté.

Nous ne nous sommes pas embrassées. Nous ne nous touchions jamais vraiment. Pas de tapes affectueuses sur l'épaule, pas de caresses sur les cheveux. Rien de tout cela. Jamais. Nous sommes trop semblables. Ça aurait paru bizarre.

— Je ne peux pas le croire ! Tu aurais pu me prévenir, merde, j'aurais rangé un peu. Putain. Tu vas loger chez moi, hein ? Tu restes combien de temps ? Oh, mon Dieu, tu es vraiment là, Molly !

Puis nous avons préparé du thé, et nous avons causé. Ni téléphone ni distraction d'aucune sorte. Elle a parlé de sa vie à New York, son nouveau fiancé, la liaison difficile avec son professeur, à laquelle il avait mis fin après lui avoir juré qu'il l'aimait, qu'il allait quitter sa femme et acheter son propre duplex près de Morningside Park. Je lui ai parlé de mon emploi, de mon évaluation du milieu de l'année, des films que j'avais vus sur Netflix, du nouveau coffre ignifugé dans lequel j'avais investi. Elle m'a parlé de Violet Roseberry. Elles s'étaient un peu perdues de vue depuis que Violet avait adopté un comportement étrange, mais elles se retrouvaient encore après les cours ou à la bibliothèque. Je lui ai demandé ce que papa et maman pensaient de New York. Papa adorait et maman s'inquiétait pour l'entreprise familiale, qui allait probablement faire faillite ; ce voyage était la dernière grande dépense de papa, une parmi d'autres. Elle ne savait pas comment ils pourraient se débrouiller après le passage devant les tribunaux.

Le train ralentit à l'approche d'une gare, la fillette fait des progrès avec son yoyo et sa mère la prend dans ses bras pour la féliciter.

KT s'est mise à parler du dîner que nous allions partager avec papa et maman ce soir-là, dans son restaurant italien préféré, à proximité de l'appartement, et c'est alors que je lui ai expliqué exactement comment j'étais venue, comment j'avais découvert la fondation qui la parrainait, comment j'avais rencontré James Kandee et l'avait persuadé de m'amener ici clandestinement à bord de son Gulfstream. Je lui ai dit que je repartais dans quelques heures. Je n'avais même pas de passeport, donc je ne pouvais pas être officiellement en Amérique, mais j'avais tellement envie de la voir, de me réconcilier avec elle... Là, nous nous sommes confié nos sentiments. Enfin. Ce que nous éprouvions *vraiment*. Nous avons bu deux pleines théières et mangé un paquet de biscuits. J'ai tenté de lui faire comprendre que je m'étais sentie trahie lorsqu'elle m'avait laissée seule à Londres. Elle a avoué qu'elle étouffait, qu'elle avait seulement besoin de deux années pour être elle-même. Papa et maman étaient si focalisés sur moi qu'ils l'ignoraient pratiquement. Nous n'avons pas pleuré, mais nous avons parlé, beaucoup. Nous étions épuisées. J'ai suggéré de faire comme quand nous étions enfants, adolescentes même. Une bonne sieste avant le dîner avec nos parents.

La femme assise en face descend à Harlem, 125e Rue, et le train repart vers Grand Central.

Enfants, nous dormions chacune dans un lit une place, dans la même chambre. Mais, à cinq ou six ans, nous avons commencé à faire des siestes en même temps. Elles ne duraient souvent que vingt minutes, pas plus. Comme nous nous fatiguions au même moment de la journée, ces siestes synchronisées fonctionnaient très bien. Quand nous étions dans la même pièce, nous nous endormions vite, et nous nous réveillions ensemble. À vingt-deux ans, nous avons recommencé. Cette conversation, cette franchise nous avaient fatiguées. KT m'a proposé de prendre le lit tandis qu'elle s'allongerait sur le canapé. J'ai insisté pour qu'on fasse l'inverse. Elle a disposé sur le divan une couverture à carreaux et un oreiller. Elle a fermé les volets de sa chambre et s'est couchée dans le lit. Nous nous sommes endormies en quelques minutes.

Sauf que je ne me suis pas endormie.

Parce que dormir ne faisait pas partie de mon plan.

J'ai attendu dix minutes de plus pour qu'elle soit plongée dans un sommeil profond. Je connais son rythme de sommeil par cœur, car c'est mon propre rythme. Sa respiration ralentit comme la mienne. Elle dort sur le dos, comme moi. Elle commence le visage tourné vers la gauche, exactement comme moi. Elle garde les bras le long du corps, comme moi. Alors, quand je me suis glissée vers le lit et que je me suis accroupie sur elle, tenant l'oreiller qu'elle m'avait prêté, elle s'est retrouvée coincée sous le drap. Mon poids pesait sur ses bras. Elle s'est réveillée et a essayé de remuer, mais mes genoux s'enfonçaient dans ses aisselles, exactement comme Martinez l'a décrit. Elle s'est débattue et ce n'est pas ce que je voulais, je voulais qu'elle dorme paisiblement. Elle a rassemblé ses forces pour me repousser mais, au bout d'une minute avec l'oreiller plaqué sur sa bouche et son nez, elle a cessé de lutter, exactement comme je l'avais appris grâce à mes recherches. C'est alors qu'a commencé l'intoxication au dioxyde de carbone. La conscience faiblit. Son corps est devenu mou. Elle s'est rebellée une dernière fois, agitant les pieds et les mains, mais elle ne pouvait pas bouger plus. Nous avons le même poids et presque la même force, j'étais assise sur elle et elle était sous le drap. Affaiblie. Je n'entendais pas ce qu'elle disait à travers l'oreiller, rien qu'un cri lointain, estompé. Puis elle s'est tue.

Je descends du train à Grand Central et je pars vers l'ouest, vers mon hôtel.

Cet après-midi-là, j'ai poussé un soupir de soulagement, l'oreiller couvrant encore son visage, moi debout à un mètre d'elle, digérant tout cela. Je me suis ressaisie, puis j'ai ôté l'oreiller. Il arrive que, entre jumeaux, on ressente parfois un choc en voyant son frère ou sa sœur. La plupart du temps, ce n'est pas le cas, mais, environ une fois par an, on éprouve quelque chose d'inexplicablement perturbant dans le fait de se voir hors de son propre corps. Un jour, j'ai vu ma jumelle porter une robe que j'avais également achetée à son insu. Découvrir à quoi cette robe ressemblerait *réellement* sur moi a provoqué un choc terrible. Quand on se regarde dans le miroir d'une cabine d'essayage, on ne se voit jamais à 360°, on ne voit pas comment la robe tombe sur les hanches, comment les jambes sont vraiment. Ce soir-là, j'ai vu le visage de KT. J'ai fermé ses paupières de mes doigts gantés – car, même si notre ADN est pratiquement identique, nos empreintes ne le sont pas. J'ai arrangé les draps, remis la couverture sur son lit et posé l'oreiller à côté des siens. La pièce était silencieuse et obscure, sa joue était éclairée par les rais de lumière de la rue filtrant entre les fentes des persiennes. Je me suis agenouillée à son chevet et je lui ai dit que je l'aimais.

- 34 -

Je marche de Grand Central jusqu'au parc et m'installe dans un coin tranquille, loin des endroits touristiques – le lac, la fontaine, le zoo, la patinoire. Utilisant mon sac comme bouclier, j'enlève ma perruque et mon bonnet. Puis je découds le bas de ma jupe et la laisse retomber sur mes chevilles.

Personne ne vous annonce jamais à quelle vitesse on s'habitue au luxe.

J'entre dans le Ritz-Carlton.

Le vrai luxe, je veux dire. J'aurais été en extase si on m'avait offert une chambre à lit double dans un hôtel quatre étoiles pour hommes d'affaires. Mais ça ! Cet incroyable panorama sur Central Park à travers les baies vitrées, ma salle de bains aussi vaste qu'un salon, avec une baignoire qui se remplit en une minute et une douche qui me donne envie d'y rester toute la journée... J'ouvre la porte et entre dans la cabine. Tous les produits de toilette sont offerts par Asprey, marque dont je n'ai jamais entendu parler et dont je ne suis pas sûre de pouvoir me passer à l'avenir. Avec près de cinquante mille dollars en liquide, j'aurai peut-être les moyens de m'en offrir.

Je laisse l'eau me réchauffer la nuque. Mon esprit vagabonde. Je pense à Scott Sbarra. À ce qu'il est en train de faire. Avec qui il est. Je me demande quelle est son odeur et s'il a des remords à propos de notre « rendez-vous en amoureux ».

Au bout d'une heure, je sors de l'hôtel et je descends la Sixième Avenue, serrant à deux mains la cage de Faraday qui contient mes deux téléphones. Par chance, ma chambre au Bedfordshire Midtown Hostel est encore disponible. Je paie six nuits d'avance, en liquide, puis je m'éloigne et je sors les deux portables. Désormais, je suis repérée par les antennes relais, traçable. J'ai un dossier.

Deux messages de maman arrivent. Une photo d'elle assise par terre dans notre salon, près de Nottingham, entourée d'albums photos. Elle a les yeux rouges et humides mais elle sourit. Dans sa main, un cliché pris à l'école la semaine de nos six ans. Tenues identiques, nattes identiques, poses identiques. L'autre message me demande si tout va bien et si je me nourris correctement. Si j'ai assez de vêtements chauds.

Une fois dans la 46e Rue, je parcours deux cents mètres vers l'ouest.

J'ai trois appels en absence, dont un de Martinez que je rappelle.

Il décroche à la deuxième sonnerie.

— Vous allez bien, Molly ?

— Ça va, merci.

— Parfait. Écoutez, nous tenons peut-être une piste sérieuse. Un témoin s'est présenté, un témoin fiable, apparemment.

Je m'arrête subitement et deux personnes se cognent à moi. L'une d'elles me lance :

— Pourriez faire attention !

Mes tempes palpitent.

— Quelle est cette piste ?

Ne dis pas que c'est moi. Ne dis pas que je dois aller au commissariat.

— Je ne peux pas encore en parler, mais j'essaye de négocier un passage dans l'émission *Crimestoppers* ce soir, sur le câble. Pour promettre une forte récompense à quiconque aurait des informations, la totale. Je voulais vous assurer que nous travaillons jour et nuit sur cette affaire, Molly. Vous avez ma parole.

— Merci.

— Vos parents vont bien ?

— Oui, ils sont rentrés chez eux.

— Quand repartez-vous pour l'Angleterre ? Bientôt ?

— La semaine prochaine.

— Bien. Je vais vous envoyer un SMS avec tous les détails concernant *Crimestoppers* si ça marche. Je ne vous promets rien, mais j'ai des relations, j'ai demandé un renvoi d'ascenseur, vous voyez.

— Je regarderai l'émission dans ma chambre.

— Vous êtes toujours au Bedfordshire Midtown ?

— Oui.

— Prenez soin de vous, Molly. Si vous avez une question, une inquiétude, vous m'appelez, OK ?

Je trouve un Starbucks mais je choisis de continuer mon chemin. Un peu plus loin, il y a un Dunkin' Donuts. J'y entre.

Deux heures plus tard, j'ai bu trois tasses de café et un verre d'eau minérale en bouteille, et j'ai mangé deux donuts. J'ai pu rayer quatre des cinq choses à faire sur ma liste mentale. J'ai assemblé et monté toutes les images, les captures d'écran, les posts sur Reddit et les photos que j'avais réunies concernant le passé d'incel de Shawn Bagby. Ce n'est pas la misogynie violente qui détruira sa réputation. Ce ne sont même pas les menaces directes contre des femmes ou les menaces de mort adressées aux Chads, mais les commentaires déplaisants sur ses propres followers. Un abonné loyal pardonne beaucoup de choses : le manque de publications, la mauvaise qualité du son, les erreurs de jugement, les fautes morales, la cruauté avérée. Mais si vous ridiculisez vos propres abonnés, les gens qui regardent vos vlogs tous les jours, qui voient les publicités enchâssées qui polluent chaque vidéo, qui vous nourrissent grâce aux recettes publicitaires, vous êtes fini.

Un homme entre dans le Dunkin' Donuts. Il paraît plus californien que new-yorkais. Casquette de base-ball, short large, bottines de chantier, T-shirt gris clair à col en V. Je l'entends commander. Il est australien, pas américain. Il a la nuque bronzée et les cheveux emmêlés, comme s'il arrivait de la plage. Lorsqu'il s'étire, j'aperçois les muscles de son abdomen et je suis fascinée. Ces lignes. Elles me rappellent Scott. L'endroit où sa hanche rencontre son torse. Le creux.

J'attrape mon téléphone.

— Scott, c'est moi, Molly.

Il parle, mais je comprends à peine car il est en train de mâcher quelque chose. Il me demande pardon d'avoir la bouche pleine.

— Je veux te revoir avant de quitter New York.

— Super idée.

Ma respiration s'accélère.

— Je crois que je ne reviendrai jamais, alors je veux te dire adieu. Passer une soirée mémorable. Tu serais partant ?

— Je suis étudiant à New York. Je suis partant pour tout.

— Ce soir ?

Je m'en veux de le désirer à ce point.

— Non, désolé. J'ai un truc avec mon groupe de travail.

— Demain soir, alors ?

— Demain soir, c'est Halloween, Molly.

— Je veux te faire mes adieux correctement. Pleinement.

Silence à l'autre bout du fil.

— Oh, je ne sais pas... Avec ta sœur, tout ça... Katie. Je veux dire...

— C'est à cause d'elle que je veux te voir, Scott.

— Ah ? Je ne comprends pas.

— Tu souffres, je le sais. Moi aussi, je souffre. Ensemble... (Je baisse la voix et me détourne car un ado écoute manifestement notre conversation.) Nous devrions être ensemble. Une dernière fois avant mon départ. Je veux être avec toi.

Nouveau silence.

— Alors demain soir, dit-il. Je vais à une fête au campus à partir de minuit, mais on pourrait dîner avant.

Je baisse encore plus la voix.

— J'ai une chambre d'hôtel.

Il ne répond rien.

— Cela nous fera du bien à tous les deux. Nous pourrons faire notre deuil.

— Tu es encore au Bedfordshire ?

— Non. (Je réfléchis très vite, je repense au Harvard Club, à ce quartier. Je ne peux pas emmener Scott au Ritz-Carlton, il se poserait trop de questions sur cette suite.) Au Sofitel de la 44e Rue.

Encore un silence.

— Quelle heure ?

— Vingt heures trente précises. Mais écoute-moi...

— J'écoute.

— Tu ne dois en parler à personne, pas même à ton meilleur ami ou à tes copains rameurs. C'est strictement entre nous. Rien qu'une soirée, en privé. Si j'apprends par Violet ou par quiconque du cercle de KT que tu en as parlé, je ne viendrai pas. OK ?

— Oui, bien sûr.

— OK. Prends une clé à la réception et profite de la chambre. Tu peux arriver n'importe quand à partir de 15 heures. J'y serai à 20 heures précises. Viens avec...

— Qui ?

— Non. Viens avec, tu sais...

— Quoi ?

— Des protect...

— Oh ! OK. Bien sûr, oui. Molly ?

— Oui.

— Tu es vraiment sûre de toi ? Je veux dire, tu me plais beaucoup, mais...

— C'est pour faire notre deuil. C'est toujours une bonne chose, de pouvoir faire son deuil.

- 35 -

Demain, Scott.

Mais aujourd'hui, Violet.

J'ai besoin de vivre une véritable soirée dans cette ville en tant que jumelle solitaire. Si je veux pleinement vivre ma vie au cours des vingt-quatre prochains mois, je dois sortir de ma zone de confort. Je ne suis pas sûre que ma sœur m'ait rendue anxieuse, mais elle y a clairement contribué. Même quand nous étions enfants, elle pratiquait parfois la manipulation mentale. C'était un jeu, presque un sport, pour elle.

Pour ça, j'ai besoin de Violet. Nous avons besoin l'une de l'autre.

Il me faut de nouveaux vêtements. Rien d'excessivement coûteux ou d'extravagant, mais des classiques dans le style de KT. Quelque chose à la coupe audacieuse. Un haut qui dévoile davantage mon dos que je n'en montre d'habitude. Chez Bloomingdale's, je dépense quatre cents dollars en liquide. L'argent de James Kandee. C'est agréable.

Violet attend devant l'Ethel Barrymore Theatre. Elle porte une robe rouge qui lui arrive au-dessus du genou. Elle est superbe.

— Tu sais qu'on va croiser toutes sortes de connards déguisés en squelette, en citrouille ou en fantôme, hein ? C'est le soir où tous les débiles sont de sortie.

— Ça m'est égal. Je veux simplement me lâcher dans New York pendant une soirée, avec une vraie New-Yorkaise. Parler encore de KT, me souvenir d'elle comme elle le voudrait. La fêter avant de retrouver ma vieille vie ennuyeuse à Londres.

Nous commençons à nous promener.

— Elle aurait adoré ta tenue, dit Violet.

— Oh, je sais. Habillée comme ça, je me sens plus elle que moi.

— Ça te va bien. New York déteint sur toi, Molly Raven. Métro ?

Elle va trop loin.

— Je ne suis pas encore prête. Désolée. Un taxi ?

— Uber.

En temps normal, je n'ai pas recours aux chauffeurs Uber parce que je les soupçonne de ne pas être aussi surveillés que les taxis jaunes traditionnels, mais j'accepte ce compromis. Une minute plus tard, une Toyota Prius se gare devant nous et nous y montons. Le chauffeur pourrait être n'importe qui. Je vérifie ma ceinture quatre fois.

— Un bar sur le toit d'un immeuble, ça te va ?

— Euh... OK.

La voiture s'arrête et nous prenons un ascenseur jusqu'au quarantième étage. En cas d'incendie, ce genre de bâtiment s'en sortirait plutôt mal. Il est trop ancien pour disposer d'un système d'aspersion sophistiqué et, quarante étages, c'est beaucoup pour qu'un pompier en tenue portant des bouteilles d'oxygène vienne nous secourir. S'il y avait le feu, je pense que les gens sauteraient par les fenêtres.

— Tu bois quoi ? demande Violet.

De l'eau.

Du Coca.

Ou bien je me risque ?

— Qu'est-ce que tu prends, toi ?

— Un Espresso Martini. J'ai besoin de caféine.

— Alors deux.

— Génial !

Elle commande les boissons, et le barman se met à secouer et à mixer avec zèle. On se croirait au cinéma. Comme dans le film *Cocktail*, en fait. Tom Cruise et Bryan Brown. Notre barman n'est pas Tom Cruise, mais je ne peux pas nier que cet endroit me donne des frissons. Le vent frais. Les basses de la sono. L'alcool fort que je m'apprête à boire. Hier, j'ai avalé mon rince-bouche par inadvertance. J'ai bu un peu de gel anti-bactérien. Mais, cette fois, c'est pour de bon.

— À Katie, dit Violet en levant son verre triangulaire.

— À KT.

Je bois une première gorgée et je grimace.

— Les gens boivent ça de leur plein gré ?

Violet éclate de rire et m'emmène vers un canapé en rotin, près du mur délimitant le bar. Les enceintes diffusent du RnB brésilien. Les gens rient, flirtent tout autour de nous.

— Il faut boire lentement. On n'est pas pressées.

Deux types s'approchent de nous et Violet secoue la tête. Ils s'en vont.

— Ça ne me dérange pas, dis-je. C'est ma première fois dans un bar sur un toit-terrasse. Mon premier Martini. Ce soir, c'est ma dernière grande soirée avant de redevenir Molly Raven de Camden Town, toute normale et tranquille. Laisse venir les garçons.

— T'as pas vu ce pantalon trop court ? Quand les *vrais hommes* arriveront, je les laisserai venir, mais ces deux-là ? Non, Molly, pas question.

Elle termine son verre en une demi-heure. Il me faut quarante-cinq minutes.

— Boîte ou bar ? demande-t-elle en se levant.

— Je préfère une boîte haut de gamme. Comme celles qu'on voit dans les clips vidéo, avec service à table.

— C'est très au-dessus de notre budget, j'en ai peur. Il ne me reste que cinquante dollars, Molly.

— C'est moi qui paie.

Elle fronce les sourcils.

— J'ai reçu un prêt de ma banque à Londres. Ce soir, on peut se permettre tout ce qu'on veut.

— Ça, c'est ce que tu crois. On est à New York.

— Je tiens à la boîte haut de gamme, dis-je fermement. Je te laisse choisir.

Un Uber nous conduit au Black Flamingo, dans Williamsburg, et elle me parle du traitement qu'elle a reçu dans les Catskills. Elle réapprend à faire confiance aux gens. Puis nous faisons un tour au Blond, au GoldBar et au Marquee. J'essaye de boire beaucoup d'eau pour rester lucide. À 2 heures du matin, nous entrons au Flying Hippo et c'est la dernière chose que je me rappelle.

Je me réveille dans ma chambre d'hôtel.

Je me sens horriblement mal. Je tends la main pour attraper un verre d'eau et je me rends compte que Violet est dans mon lit. Nous portons toujours nos vêtements. Elle se réveille, nous nous regardons un moment, puis elle rit.

— Quelle nuit ! Ces trois gars, putain !

Je n'ai aucun souvenir des trois gars.

— C'est quoi cet hôtel, Molly ? Le Plaza ? Quel genre de prêt t'as obtenu de ta banque ?

Elle se redresse et se frotte les yeux.

— Cette chambre est plus grande que la maison de ma mère. (Elle balance les jambes sur le côté et se concentre sur la table de chevet.) Le Ritz-Carlton ? Putain…

Je contemple la vue à travers l'interstice entre les rideaux, puis je vérifie l'heure. À peine plus de 10 heures.

— Il faut que je m'active, dis-je, le cœur palpitant sous l'effet de l'alcool et de la caféine. J'ai des choses à faire aujourd'hui.

— Tu as le temps pour un petit déjeuner ? Merde, d'où tu tires le fric pour te loger ici ?

Je me reproche d'avoir été aussi insouciante. Aussi stupide.

— Ce n'est que pour une nuit. Juste pour notre grande aventure. Ce soir, je retourne au bon vieux Bedfordshire Midtown. Je sais que c'est idiot, c'est de l'argent jeté par les fenêtres, mais il fallait que je fasse mes adieux à la ville de KT comme ça. Avec sa meilleure amie, dans un bel hôtel, la totale.

— Tant mieux. Faut que j'aille pisser.

Elle se lève et je lui désigne la porte de la salle de bains.

Puis je me rappelle ce qu'elle m'a raconté hier soir dans l'Uber qui nous ramenait à l'hôtel. Est-ce un souvenir réel ou ai-je rêvé ? J'ai un mal de tête terrible, des pulsations derrière les yeux. Non, elle me l'a bien dit. Elle m'a même présenté des excuses.

J'entends la chasse d'eau.

Aux petites heures du matin, elle m'a avoué que Scott et elle couchaient ensemble. Qu'ils avaient fait l'amour deux ou trois fois avant la mort de KT. Et que… Je dois me tromper. Non, elle l'a bien dit. Ils ont fait l'amour *après* la mort de KT, la semaine dernière. En guise de médicament, en somme. Comment a-t-elle formulé ça ? *Comme un sparadrap.*

— Je peux prendre une douche rapide ? demande-t-elle. Tu veux bien aller nous chercher le petit déjeuner ? J'ai besoin d'une cigarette, et je pourrais avaler une montagne de pancakes.

— Impossible, dis-je, consciente de la froideur de mon ton. J'ai trop de choses à faire.

Puis je me souviens du papier à en-tête posé sur le bureau. Du beau papier personnalisé au nom de Violet Roseberry.

— D'accord, dit-elle en fronçant les sourcils. Alors juste une douche ?

Je traverse la pièce en courant et me plante devant le bureau.

Garde ton calme.

— Je pense que tu devrais partir.

— Molly, putain, je dois me doucher. Je suis dans un de ces états... Ça prendra cinq minutes max.

— S'il te plaît, Violet, dis-je en déployant les bras pour tâcher de dissimuler le papier à lettres et les enveloppes. Je ne me sens pas bien.

Elle ramasse son manteau et son sac.

— Qu'est-ce qui s'est passé ? Ça va, Molly ?

— J'ai beaucoup à faire.

— Très bien.

Elle sort de la chambre et je l'observe par le judas tandis qu'elle remonte le couloir avec rage.

Je soupire. J'appelle le room service pour mon petit déjeuner. Je me douche, puis je quitte la chambre.

À la réception, on me donne deux Tylenol pour mon mal de tête, puis je pars dans la ville. J'ai mes téléphones dans leur sac de protection et ma tablette.

Dans un café minimaliste du Meat Packing District, je télécharge ma vidéo sur YouTube. J'utilise de faux comptes Twitter et Instagram pour amplifier sa diffusion, en employant les mêmes hashtags que Shawn Bagby. Je veille à utiliser tout ce que j'ai appris cette semaine pour exploiter l'algorithme et faire en sorte que la vidéo soit vue par ses followers. Tags, description, titre. Il faut se servir des métadonnées pour leur faire faire le plus dur à votre place.

C'est en ligne.

Et maintenant, je m'éloigne d'un pas bondissant. Shopping en perspective.

Cette fois, c'est pour ce soir. J'ai six choses à acheter, six choses sur la liste mentale dressée en vue de ce rendez-vous.

Vingt minutes plus tard, j'entre dans la boutique Victoria's Secret de la Cinquième Avenue.

- 36 -

À 18 heures, je suis parfaitement préparée à retrouver Scott. J'ai la gueule de bois et je suis fatiguée, mais je me sens prête.

Je prends un long bain chaud, bien mérité. Les bulles parfumées à la fleur de citronnier débordent de la baignoire. Je me rase, m'épile, me pomponne et me récure minutieusement, puis j'enduis mon corps de lotion.

Room service. Dîner léger car je n'ai pas envie de me sentir ballonnée par la suite. Salade César et sorbet gingembre-citron vert.

Je passe tout en revue une fois encore. Je n'ai jamais rien fait de tel, ni même d'approchant. Nous allions en boîte ensemble, ma jumelle et moi, mais ça n'était pas comparable.

La chambre supérieure au Sofitel est réservée et payée en liquide, au nom de Scott Smith. Le concierge du Ritz-Carlton s'en est chargé avec compétence, et j'ai dû dépenser encore deux cents dollars en guise de dépôt pour éviter de fournir les détails de ma carte bleue. Si jamais quelqu'un vérifie, j'imagine que les petits cailloux conduiront de la chambre du Sofitel à Violet

Roseberry, et non à moi. Il est important que personne ne sache, pour Scott et moi. Il est peut-être déjà installé. À quoi pense-t-il ? Comment va-t-il me séduire ? Que va-t-il me faire ? Comment m'embrassera-t-il ?

J'enfile une tenue achetée aujourd'hui dans trois magasins distincts, élégante mais classique, puis un costume et un masque inspirés du film *Scream*. C'est Halloween. Il est essentiel que je me fonde dans la masse.

Dans l'ascenseur descendant au rez-de-chaussée, je suis la seule adulte déguisée. On pourrait croire que c'est gênant, mais pas du tout. Le masque est une source de pouvoir.

J'emprunte la Sixième Avenue et je marche vers le sud. J'achète une place au cinéma Broadway Luxe. Je paie en liquide. Je prends aussi une boîte de pop-corn et un grand Coca avec des glaçons et une paille.

Shining.

Deux heures vingt-six minutes.

Mon ticket est poinçonné et je dis *merci* en imitant de mon mieux l'accent du New Jersey.

À l'intérieur, il n'y a qu'une douzaine de spectateurs. Tous sont assis vers le milieu du rang central, ou près de l'écran. Selon Google, la foule arrivera plus tard : *L'Exorciste* passe à 21 heures, *Massacre à la tronçonneuse* à minuit et, à 3 heures du matin, ce sera *Le Projet Blair Witch*. Je m'assieds au fond, près du couloir. Quelques couples entrent et s'installent à l'avant. Les lumières s'éteignent. Je mange une poignée de pop-corn qui colle au bout de mes doigts. Quelques publicités. Je sens mon cœur accélérer. À l'idée de Scott Sbarra dans un lit king-size. La forme de son corps. L'odeur.

Après quelques bandes-annonces, le film commence. Quand le paysage en plan large apparaît – la famille Torrance roulant vers l'Overlook Hotel –, je dépose avec précaution mon Coca et mon pop-corn, et je me dirige sans bruit vers la sortie. Personne ne me voit partir. Vingt secondes plus tard, j'entre dans les toilettes des femmes. Troisième cabine, celle qui a une fenêtre, où je suis venue deux fois la semaine dernière, avec ma perruque et mon bonnet. Je sors mon couteau multi-fonctions et je choisis le tournevis cruciforme. La vis n'est pas facile à desserrer, mais je finis par y arriver. J'ouvre la fenêtre.

Quelqu'un entre dans les toilettes et je m'immobilise.

Au bout de quatre minutes, j'entends une chasse d'eau, de l'eau qui coule dans le lavabo, le sèche-mains, puis la porte. J'enjambe la fenêtre, en vérifiant qu'il n'y a pas de passants. Personne. Je me laisse tomber dans une benne à ordures, sur les caisses en carton que j'ai achetées, montées et placées là en début d'après-midi.

Je m'accroupis, entourée de carton défoncé et de matériau d'emballage. Mon pouls est rapide. J'enlève le costume et le masque *Scream* à dix-huit dollars, et je les range dans une des caisses, avec mon téléphone. Puis, lentement, je regarde au-dessus de la paroi métallique. Des sirènes, mais pas de piétons, pas dans cette ruelle. J'escalade la benne.

Si vous me voyiez entrer dans le Sofitel, vous verriez quelqu'un qui porte une combinaison de sécurité blanche. Vous verriez une femme rousse – une autre perruque achetée dans un magasin de souvenirs – qui porte un masque de Nixon attaché par un élastique. Je passe devant la camionnette de Jimmy et devant le Bedfordshire Midtown Hostel. Devant l'Algonquin et l'Iroquois. Puis j'arrive au Sofitel, excitée de retrouver bientôt Scott, sa barbe de trois jours, sa sueur, mais aussi à cause de la vibration dans l'atmosphère, ce soir. Tout le monde est déguisé, prêt à faire la fête. La ville s'anime.

Le hall d'entrée du Sofitel est long et bordé de canapés. Éclairage d'ambiance, cheminées et piles de vieux bagages Louis Vuitton. J'attends l'ascenseur en compagnie d'élégants touristes français, qui ne sont pas déguisés. Ils contemplent mon masque mais ne font aucun commentaire. Les portes s'ouvrent et je les invite tous à entrer d'un grand geste du bras. Ils rient, placent leur carte devant le lecteur et choisissent le septième étage. D'autres personnes apparaissent et je leur tiens la porte. Ils sélectionnent le 7e et le 21e étage. Puis une voix lance : « Retenez l'ascenseur », un homme entre et ajoute : « Au 9e, s'il vous plaît. »

J'appuie sur le bouton 9.

Nous sortons ensemble, l'homme et moi.

— Bonne soirée, monsieur le Président.

Je le remercie en prenant mon meilleur accent new-yorkais.

Il s'en va vers sa chambre. Il a peut-être le même genre de projet que moi pour cette soirée.

Probablement pas.

Restée en arrière, je suis les panneaux jusqu'à la chambre 919, celle que j'ai réservée tout à l'heure.

Mon cœur bat si fort que je le sens.

Sous-vêtements en dentelle, peau hydratée, jambes rasées.

Boum boum. Boum boum.

J'inspire profondément.

J'appuie sur la sonnette et la porte s'ouvre presque aussitôt. Attendait-il derrière le judas ? Je pense que oui. Il se tient devant moi, vêtu d'un peignoir Sofitel. Je vois les muscles de sa poitrine, ceux de son ventre. Il a les cheveux mouillés. Il tient un verre de whisky et paraît nerveux, excité. Il sourit devant mon masque et me fait signe d'entrer.

— C'est une jolie chambre que tu as là.

— Ah, merci, dit-il avant de se mettre à chuchoter : Tu es sûre de toi ?

Je hoche la tête, je baisse le masque, il se jette sur moi et tente de m'embrasser mais je recule.

— Tout doux, monsieur le rameur. Je ne suis pas comme les autres filles.

Il ricane.

— Va chercher toutes les serviettes de la salle de bains et étale-les sur le lit.

— Quoi ? s'étonne-t-il.

— Les taches. Je ne veux pas perdre ma caution.

Il dispose les serviettes sur le lit puis s'y assied, le verre à la main.

Je prends mon temps pour retirer ma combinaison de sécurité, puis j'ôte mes chaussures et mes chaussettes.

Il observe chacun de mes mouvements en sirotant son whisky.

Je m'avance vers lui et me place entre ses jambes écartées. Je tire lentement sur la ceinture de son peignoir et la garde entre mes doigts.

— Nous avons toute la nuit. Check-out avant 11 heures.

— J'ai une fête ce soir. Je vais peut-être devoir annuler.

Il avance la main pour la poser sur ma taille et je secoue la tête.

— Attends ton tour, rameur.

Il sourit, découvrant ses dents brillantes.

Je me penche pour que mes lèvres touchent presque son oreille et je souffle sur sa peau. Nous restons silencieux un moment, à nous respirer.

— Molly, murmure-t-il ensuite.

— Chut.

Je place mon visage juste devant lui, je le regarde droit dans les yeux et j'avance ma bouche vers la sienne.

Je ne laisse pourtant pas m'embrasser, maintenant entre nous un écart infinitésimal. Il a le souffle lourd, à présent. La chambre est brûlante.

— Allonge-toi, dis-je doucement. Ta tête sur les oreillers.

Il obéit sans poser de questions.

— Tu veux le show A ou le B ?

Son sourire s'élargit.

— Le show A, putain. Ah, ces Anglaises !

Je noue lâchement la ceinture du peignoir autour de sa tête, comme un bandeau pas serré. Il émet un sifflement.

— Si je te fais mal, tu cries « Violet ».

— Me faire mal ?

— Il faut toujours convenir d'un *safeword*, rameur. Toujours être *safe*.

Il sourit.

— Sois douce avec moi, Molly.

Je prends dans ma poche le fil de parachute, l'enroule autour des pieds du lit et l'attache autour de ses poignets, selon la disposition que j'ai répétée trente fois pour m'entraîner. Les nœuds sont lâches et confortables, comme dans un kit de bondage pour débutants. Enfin, confortables jusqu'à ce qu'on tire dessus.

— Il ne faudra en parler à personne, dis-je en plaçant l'index devant mes lèvres, avant de l'introduire un moment dans ma bouche.

— À personne, acquiesce Scott, qui tente de me voir à travers la ceinture nouée devant ses yeux.

Il est excité.

Je suis excitée.

Je prends un glaçon dans son whisky et frotte sa poitrine et son nombril, puis je remonte vers son cou et sa pomme d'Adam. Je laisse glisser le glaçon sur ses lèvres puis je le place délicatement sur sa langue.

Je sors une petite culotte en dentelle – payée en liquide – du sac zippé que j'ai dans ma poche, la promène sur son visage et ses cuisses, puis sur son entrejambe. Il gémit et commence à gigoter. Le fil se resserre autour de ses poignets. C'est de la paracorde 550 standard. Elle peut supporter un poids de 250 kg. Je dirais que Scott en pèse 100.

Je pousse la petite culotte sur ses lèvres, puis je la roule en boule et l'insère dans sa bouche.

Par anticipation, il grogne de plaisir.

Je remonte la fermeture Éclair de ma combinaison, replace le masque de Nixon sur mon visage, puis je sors de ma poche mon couteau à lame fixe de vingt centimètres, autorisé à New York.

Et je la fais glisser fermement le long de sa gorge.

- 37 -

Sur le lit, Scott se raidit.

La scène est horrible.

Il se tord, les yeux encore bandés et la petite culotte fourrée dans la bouche. Le lit est rouge. Gargouillis. Les serviettes sont rouges. Je ramasse un oreiller et le plaque contre son cou et son visage. Pour étouffer les bruits, mais aussi pour lui accorder un peu de dignité, un peu d'intimité dans ses derniers instants. Cela prend plusieurs minutes, exactement comme pour KT. Il vaudrait mieux que cela ne dure que quelques secondes, comme dans les films, mais en réalité c'est une épreuve pour tous les intéressés.

La quantité de sang est considérable, mais je m'efforce d'en avoir le moins possible sur mon costume ou sur mes mains. Au bout de cinq minutes, il est inerte, le pouls cesse, mais les serviettes et les draps sont imbibés de sang.

Je me recule avec précaution et je jette un coup d'œil par le judas. Personne ne vient. Dans un Sofitel, les chambres sont extrêmement bien insonorisées. Il ne s'agit pas d'un bâtiment de la fin du XIXe siècle reconverti en hôtel, mais d'une construction conçue d'emblée telle quelle. Pas une âme n'a entendu ses cris étouffés, ses *Au secours*, ses *Pitié*, ses *Violet* et ses *Maman.*

Je vérifie l'heure sur le réveil : j'ai deux minutes d'avance sur le programme. Je m'assure que le couloir est désert, puis je m'en vais, en veillant à suspendre à la porte l'écriteau *Ne pas déranger.* La chambre est payée pour trois jours. Avec un peu de chance, il sera découvert quand j'aurai déjà regagné la sécurité de mon appartement à Camden pour mener ma vieille vie prévisible.

Ici, on n'a pas besoin de clé lorsqu'on prend l'ascenseur pour descendre, seulement pour monter. J'appuie sur le bouton d'appel et, quand les portes s'ouvrent sur une cabine vide, le soulagement m'envahit. J'ai des taches de sang sur ma combinaison, mais on dirait de la peinture rouge que j'aurais appliquée moi-même. Au troisième étage, l'ascenseur s'arrête. Ma respiration accélère. Entre une femme en minijupe tigrée, le visage maquillé pour donner l'impression qu'elle a été égorgée, une fermeture Éclair révélant la fausse peau en dessous.

— Oh, j'adore votre costume ! dit-elle en m'admirant tandis que les portes se referment. *Point Break*, c'est ça ? Et c'est très pratique, avec le froid qu'il fait en ce moment.

Nous arrivons au rez-de-chaussée.

— Joyeux Halloween, dis-je avec l'accent du New Jersey.

Puis je me retrouve dans la rue. Je m'éloigne de l'hôtel, vers l'ouest, vers le cinéma Broadway Luxe, et j'éprouve une euphorie terrifiante. Je quitte la scène de crime. Je l'abandonne là. Lui. Les poignets attachés au lit si fermement que sa circulation sanguine serait coupée s'il en avait encore une.

Je traverse la Sixième Avenue et je continue.

Une bande de cinq zombies titube vers moi, les bras en avant.

Je suis de retour dans la ruelle, devant la benne à ordures. Trois minutes pour m'assurer que personne ne m'a suivie. Puis je grimpe et m'accroupis sur le nid de cartons. J'enlève avec soin ma combinaison de sécurité, je la range dans un sac-poubelle noir que je place dans un autre sac rempli de déchets alimentaires. Je fourre le tout sous une dizaine d'autres sacs identiques. Je récupère mon déguisement *Scream* et je le renfile. Puis j'empile les cartons pour atteindre le rebord de fenêtre, toujours à l'affût d'un couple d'amoureux qui se faufilerait ici pour s'embrasser ou d'un homme qui viendrait se soulager. Je regarde à travers le verre dépoli de la vitre sale : la troisième cabine est inoccupée. J'ouvre doucement la fenêtre et je me hisse, en appui sur une rangée de briques, pour redescendre sur la cuvette des toilettes. Sans bruit. Je revisse la fenêtre avec mon couteau multifonctions, puis je retire mes gants bleus et les mets dans ma poche. J'avais envisagé de les découper en petits morceaux avec les ciseaux de mon couteau et de les évacuer grâce à la chasse d'eau, mais il y a un risque de bloquer le siphon. Donc je les garde, je tire la chasse et j'ouvre la porte.

Personne.

Je me lave les mains et retourne dans la salle 2.

Tranquillement, je me rassieds à la place où j'ai laissé mon pop-corn et mon soda.

Jack Nicholson marche dans la neige, tenant sa hache, pourchassant sa famille. Je ne peux pas regarder, c'est trop affreux.

Je compte les têtes. Deux de plus qu'avant. Des retardataires. Mais tous deux assis au milieu de la salle. Personne ne sait que je suis sortie dès le générique d'ouverture et personne ne sait que je suis revenue. Il y a des caméras près des caisses, près du distributeur de pop-corn, près de l'entrée. Mais pas près des toilettes de la salle 2. Pas là.

Quand le film est terminé, mon cœur s'est remis à battre à son rythme ordinaire. Il y a des choses qu'on est obligé de faire, pour survivre, et m'occuper de ma sœur était l'une de celles-ci. Et puis il y en a que l'on fait parce qu'elles sont justes, pour restaurer l'équilibre, pour réparer les torts. Ce soir, il s'agissait moins de punir Scott, même s'il a trompé ma jumelle, que de faire souffrir Violet.

Soit parce qu'elle a perdu l'homme qu'elle aimait.

Soit parce qu'elle sera arrêtée pour l'avoir tué.

- 38 -

Après le film, je dois d'abord m'assurer que les gens remarquent mon costume et mon masque *Scream*. J'ai veillé à ce qu'ils me voient quand je suis entrée dans le cinéma, et maintenant je veille à ce qu'ils me voient partir. Je suis restée avec eux tout le temps, bien sûr, j'ai assisté au film en entier, *Shining* – « Un tiens vaut mieux que deux tu l'auras », « Ertruem » –, les deux heures et vingt-six minutes que dure la projection.

Je sais où sont les caméras et je prends soin d'être filmée par toutes. Je ne lève pas les yeux vers elles, rien d'aussi évident, mais je marche lentement et reste bien visible. Je sors dans la rue et prends la direction de Times Square. La zone est hantée par des squelettes, des fantômes et des hommes avec des masques de hockey. Je croise même un chien déguisé en démon et, dans une poussette, deux bébés avec chacun un masque de clown.

Le Shake Shack est bondé ce soir. Je dîne d'un cheeseburger, avec des frites et une glace, puis j'ajoute discrètement mes gants en caoutchouc aux emballages que je fourre à la poubelle. À la fin du service, il y aura une centaine de sacs noirs ou davantage, et aucune trace de mon ADN dans le sac de la benne parce que j'ai porté des gants chaque fois que je manipulais le costume. Des gants pour le tirer de son emballage, et des gants pour l'y remettre. Il n'y aura pas de sueur sur le costume, grâce aux protections hygiéniques ultra-absorbantes fixées sous mes aisselles, et aux serviettes placées au-dessus de mon front et dans mon cou. De toute façon, je ne transpire pas beaucoup en général. Mieux vaut pourtant un excès de précautions et c'est pourquoi j'ai pris soin de bien frotter ma peau, de couper mes ongles à ras avant de les nettoyer à fond, de brosser mes cheveux bien fort, et de désinfecter du mieux possible mes sourcils et mes cils. Ces mesures, associées aux serviettes hygiéniques, à la combinaison de sécurité, au masque, au bonnet, à la perruque, aux gants et au pansement en spray acheté à tout hasard, devraient garantir l'absence totale de mon ADN dans la chambre d'hôtel. Dans le cas contraire, je pourrai toujours suggérer que KT a pu coucher avec lui là-bas. Pouvez-vous imaginer combien d'échantillons d'ADN on trouve dans une chambre d'hôtel à Manhattan ? Je suis presque malade rien que d'y penser.

Je suis épuisée. L'adrénaline s'est consumée, me laissant lasse et glacée.

Je veux aller m'enfermer dans ma chambre et me faire couler un bon bain.

Au lieu de quoi, je trouve un magasin d'appareils électriques ouvert tard le soir, près du musée de Madame Tussaud. Quelques dizaines de personnes examinent les tablettes, les téléphones et les téléviseurs. Je reçois un SMS de Martinez, qui est désolé de ne pas avoir pu faire passer le dossier de KT sur *Crimestoppers*. La disparition d'un enfant est devenue *la* priorité. Je réponds « OK, merci », puis j'utilise un des i-Pad reliés au wifi, l'écran masqué derrière mon dos pour que la caméra de surveillance ne capte rien. Je porte toujours mon masque *Scream*.

Je télécharge YouTube et cherche ma toute première vidéo, pour voir si elle a du succès.

- 39 -

Il se trouve que j'ai trois mille deux cents abonnés.

La vidéo a déjà été vue près de sept cent mille fois en quinze heures.

Elle a déjà fait l'objet de citations, commentaires, critiques, insultes et félicitations de la part de sept YouTubers connus, chacun ayant plus de cent mille abonnés. Le hashtag #BagbyTroll est devenu viral. L'adresse Gmail associée à mon compte YouTube anonyme a reçu plus de trois cents messages.

Pas encore de réaction de Shawn Bagby. Comment va-t-il gérer ça ? S'en remettra-t-il jamais ? C'est le problème avec les stars créées par les médias sociaux : les fans donnent, les fans reprennent. Et il ne peut absolument rien y changer.

En rentrant, fatiguée, je marche sur les débris écrasés d'une citrouille-lanterne abandonnée dans la 57e Rue. Les foules se sont dispersées et la lumière matinale commence à poindre.

Un bain.

Au lit.

Je me réveille à 11 heures et j'appelle le room service. Bacon canadien, œufs de poules élevées en plein air, café La Colombe, jus d'orange avec glaçons. C'est agréable de ne pas avoir à s'inquiéter de la qualité des glaçons. C'est toujours un souci de moins.

La plupart des torts ont maintenant été réparés, je m'en rends compte.

Je prends une bouchée de bacon croustillant, pique dans un œuf jusqu'à ce que le jaune éclate. Qualité supérieure. Toute la nourriture ici est de qualité supérieure. Ce ne sera pas facile de me réadapter à la soupe en sachet et aux plats à chauffer au micro-ondes. Mais j'y arriverai. Il y aura une période d'ajustement post-Ritz, puis tout ira bien. Les quarante-sept mille cinq cents dollars que je détiens encore devraient amortir le choc.

Rien d'intéressant sur les chaînes d'actualités.

Les reportages seront peut-être diffusés après mon départ, comme la dernière fois. Il n'y a pas de meilleur alibi que d'être à l'autre bout du monde. Bien sûr, le mien est moins solide cette fois car on sait que j'étais à Manhattan il y a peu. Il n'est pas *aussi* parfait. Mais j'ai empilé assez d'épaisseurs de subterfuges pour cacher ce que j'ai fait. Des couches *à l'intérieur* des couches. J'ai été prudente.

C'était plus simple avant, parce que je n'étais pas dans le système. Quand la police a vérifié où je me trouvais le jour de la mort de KT, ils ont pu constater que je n'avais pas encore demandé de dispense de visa ESTA. Ils n'avaient pas encore mes empreintes car je n'étais jamais passée par la douane américaine ou les services d'immigration. Grâce à leurs contacts en Europe, ils ont pu s'assurer que mon passeport n'avait jamais été utilisé pour franchir une frontière internationale. J'étais l'une des nombreuses personnes qui ne quittent jamais leur pays natal. Je me trouvais au Royaume-Uni le jour où KT est morte. Je ne suis pas allée à New York en jet privé, puis repartie pour Londres, puis revenue à bord d'un vol commercial. Personne ne ferait une chose pareille.

New York se prépare au marathon. Dans toute la ville, des panneaux expliquent quels itinéraires seront barrés et à quelle heure. Une signalétique colorée a été mise en place pour les coureurs d'élite et pour les participants ordinaires. J'ai décidé de partir le lendemain de la course. Une partie de moi aurait voulu s'en aller dès aujourd'hui, pour simplifier les choses, limiter les risques, mais la vue depuis ma fenêtre est trop scintillante pour que je résiste. Je ferai ce que KT aurait fait. Je vivrai ma vie. Le télescope placé devant ma fenêtre, combiné avec le minibar et le room service, m'offre la plus belle occasion d'assister à l'arrivée, au terme d'un parcours de quarante-deux kilomètres. C'est trop beau pour manquer ça.

Environ un quart de mon argent liquide est caché derrière une prise électrique près de mon lit, démontée grâce à mon couteau multifonctions. Un autre quart est dissimulé sous un carré de moquette, lui-même dissimulé et lesté par mon luxueux lit king-size. J'ai découpé la moquette avec une lame de rasoir. Il m'a fallu beaucoup de temps et de patience. La bosse est presque imperceptible. Un troisième quart est placé dans une grosse lampe torche achetée chez Macy's, douze mille dollars en billets usagés à la place des piles. Et le dernier quart est sur moi en ce moment, alors que je me promène dans Park Avenue. Un peu dans chaque chaussette, davantage dans mon soutien-gorge, soixante dollars dans ma poche principale en cas d'agression. Il faut toujours avoir un peu d'argent à céder à son agresseur.

Je trouve la boutique que je cherche, mais il y a foule et l'endroit me fait mauvaise impression. Je continue au-delà de Madison Avenue, puis vers l'ouest.

Je longe la cathédrale St Patrick, le Barnes & Noble de la 5e Avenue, Washington Square Park. Cette ville m'a conquise. Au cours des deux prochaines années – mes deux dernières années, à en croire les statistiques, que je souhaite calmes mais productives –, j'y repenserai souvent.

Mon téléphone sonne.

— Molly Raven à l'appareil.

— Molly, c'est l'inspecteur Martinez. Où êtes-vous en ce moment ?

— Quoi ? Je suis dans Greenwich Village, je pense. Je ne connais pas encore très bien les différents quartiers.

— Je viens vous chercher.

— Comment ça ? (Je me mets à transpirer, je cherche des yeux une issue.) Pourquoi ?

— Pour votre protection, Molly. Il y a eu un incident. Je vous expliquerai. On peut se donner rendez-vous à l'angle de la Septième Avenue et de la 33e Rue, devant Penn Station ? Vous pouvez aller jusque là-bas ?

— Oui, je trouverai.

Derrière lui, j'entends qu'on frappe, puis une porte qui se ferme.

— Soyez-y dans une demi-heure.

- 40 -

La voiture banalisée s'arrête et la vitre se baisse.

— Montez, Molly. Je vous expliquerai tout en roulant.

Je m'assieds sur la banquette arrière, à côté de Martinez. Son collègue occupe la place du conducteur.

— Vous tenez le coup ?

— Ça va. Qu'y a-t-il ?

— Nous travaillons sans relâche sur le dossier de votre sœur, même si je n'ai pas réussi à décrocher un passage à *Crimestoppers*, et je le regrette. C'est très compliqué.

— Pourquoi êtes-vous venu me chercher ?

Le collègue reçoit un appel et Martinez me répond :

— C'est pour vous protéger. Vous pourrez partir quand vous voudrez. Il y a du nouveau.

— De quel genre ?

Il se frotte la mâchoire.

— Scott Sbarra, le petit ami de votre sœur. On l'a retrouvé mort dans une chambre d'hôtel.

Je me plaque les mains sur la bouche.

— Non !

— Si, hélas.

Déjà ? Quelque chose a dû mal tourner. Ils n'auraient pas dû déjà le découvrir.

Le collègue me regarde dans le rétroviseur.

— Qu'est-il arrivé ? Il s'est suicidé ? Oh, mon Dieu ! C'est ça, n'est-ce pas ? Scott s'est suicidé.

— Nous n'avons pas tous les détails, Molly, dit Martinez. On enquête encore sur la scène de crime. Je ne peux pas vous révéler grand-chose, mais nous partons de l'hypothèse que c'est un homicide. Et comme il avait une liaison avec votre sœur, nous supposons que ces crimes sont étroitement liés.

— Ce qui signifie que...

— Il y a un risque qu'un tueur poursuive une sorte de vengeance contre Katie et Scott, et nous ne savons pas s'il va s'arrêter là ou s'il a d'autres victimes en vue. Nous devons garantir votre sécurité. Voilà pourquoi nous sommes ici, d'autant plus que vous vous ressemblez, Katie et vous.

— Faut-il que je quitte New York ? Je suis en danger ici ?

— Nous veillerons à ce que vous ne couriez aucun danger. C'est notre travail.

— Scott est vraiment mort ?

— Je le crains.

— Faisait-il partie des suspects ? Vous pensez qu'il aurait pu... KT ?

Martinez s'éclaircit la gorge.

— Scott Sbarra était avec quelqu'un d'autre à l'heure approximative de la mort de votre sœur. Ce n'était pas un alibi en béton, mais c'était un alibi tout de même.

— OK.

Violet Roseberry. Il était avec Violet.

Nous n'allons pas au commissariat, nous approchons d'un autre bâtiment gouvernemental.

— Où m'emmenez-vous ?

— En lieu sûr, Molly. Dans un local contrôlé par la police.

Soudain, j'ai peur. Que se passe-t-il ? Est-ce moi qui suis naïve ? Le bâtiment n'affiche aucun signe distinctif des forces de l'ordre, aucun agent en uniforme ne monte la garde à l'extérieur. Pas de véhicules de police dans la rue.

La voiture se gare.

— Allons-y, dit le conducteur.

Nous franchissons une porte équipée d'un digicode, traversons un couloir, montons quelques marches et entrons dans un open space. Il y a un tas de gens qui passent des coups de fil, sont rassemblés pour une réunion, boivent du café, lisent des dossiers.

— Par ici, dit Martinez.

Nous pénétrons dans une petite pièce meublée d'une table, avec une poubelle dans le coin. Il y a un miroir sur le mur et une caméra fixée près du plafond.

— Vous voulez de l'eau ? Quelque chose de chaud ?

— De l'eau, s'il vous plaît.

Son collègue quitte la pièce.

— Molly, où étiez-vous hier soir entre 20 heures et 21 heures ?

— Moi, où j'étais ?

Il hoche la tête.

— J'étais au cinéma, pourquoi ?

— Avec qui ?

— J'étais toute seule.

— Toute seule ? Vous êtes allée voir un film toute seule ?

— Oui, je fais souvent ça.

Le collègue revient et dépose devant moi un gobelet en plastique rempli d'eau.

— Molly était au cinéma hier soir. Seule.

— Ah ouais ? fait le collègue. Vraiment ?

— J'ai vu *Shining* au Broadway Luxe, dans Midtown. C'est près de mon hôtel. Je ne savais pas quoi faire d'autre. Je ne connais personne ici.

Martinez renifle.

— Pas de problème, Molly, vous n'êtes pas en état d'arrestation, détendez-vous. Ce n'est pas un interrogatoire. On veut juste s'assurer que vous ne risquez rien.

— Vous croyez que je suis en danger ici ?

Le collègue hausse les épaules et regarde Martinez, qui me répond :

— Je pense que vous êtes en sécurité. Avez-vous remarqué que quelqu'un vous suivait, vous prenait en photo, ou autre chose du même style ?

Je songe à l'homme qui m'a suivie après le dîner avec Scott. Mais je suis à peu près sûre que c'était DeLuca.

— Je ne crois pas.

Je prends une gorgée d'eau.

— Avez-vous eu un contact avec un nommé Eugene Groot, professeur d'humanités à Columbia ? Votre sœur assistait à ses cours. Vous l'avez vu, ou vous lui avez parlé depuis que vous êtes ici ?

J'avale.

— Nous avons dîné ensemble un soir.

Les deux policiers me regardent sans rien dire.

— À son club, le Harvard Club. C'est lui qui l'avait suggéré. Mais je ne me suis pas sentie très à l'aise pendant ce dîner, le professeur buvait beaucoup. Je suis partie très tôt. Vous ne le croyez tout de même pas responsable de la mort de Scott ?

— Nous n'excluons aucune hypothèse, dit le collègue de Martinez.

— Groot a-t-il parlé de Scott Sbarra pendant ce dîner, Molly ?

— Je ne crois pas. Peut-être, je ne suis pas sûre.

Il se gratte le menton.

— Ne vous pressez pas, réfléchissez bien. Essayez de vous rappeler si Groot l'a mentionné, même de façon indirecte.

Silence dans la pièce. Je lève les yeux vers la caméra, puis les baisse sur mes mains.

— Je ne sais pas, inspecteur. Je vous dis la vérité. Je ne suis pas sûre. En tout cas, il n'a pas beaucoup parlé de lui.

— Un peu malgré tout ? insiste Martinez. Qu'a-t-il dit ? Vous vous rappelez ?

Je secoue la tête.

— C'était un dîner tellement bizarre...

— Comment ça, Molly ?

— Je n'ai pas l'habitude de ce genre d'endroits. Je me sentais un peu perdue. Et puis il s'est mis à boire beaucoup trop, du vin hors de prix, vous savez. Il... Je ne sais pas, à la fin, j'ai eu l'impression qu'il flirtait avec moi. En réalité, il me faisait clairement des avances. Il m'a dit qu'il y avait des chambres à l'étage pour les membres. Que je ressemblais à KT. C'est là que je suis partie. J'étais très gênée. Mais j'ai eu l'impression qu'il n'aimait pas du tout Scott. Il est devenu méchant quand il a été question de lui.

— Méchant ?

— Un peu. Hostile.

— Connaissez-vous quelqu'un d'autre qui fréquentait à la fois Scott Sbarra et votre sœur ?

Je hoche la tête, dubitative.

— Personne ? demande l'inspecteur en jouant avec son stylo.

— Non, à part Violet, bien sûr. Vous pensez qu'elle est en danger, elle aussi ? Oh, mon Dieu, il faut la prévenir !

— Je m'en charge, répond calmement Martinez. Y a-t-il autre chose que vous vous rappelez ? Quelque chose que Katie vous aurait confié cet été, au téléphone ou par écrit ? À propos de quelqu'un qui les aurait menacés, Scott et elle, quelqu'un de jaloux, qui leur en voulait ?

— Je crois vous avoir déjà tout raconté.

— Réfléchissez encore un peu. Vous seriez surprise de savoir tout ce que les gens se rappellent dès qu'ils essayent vraiment, dit le collègue.

Alors j'essaye.

— Non.

— Rien ?

— Eh bien, il y a le type qui habite dans son immeuble, j'imagine. Shawn. KT l'a toujours trouvé un peu bizarre, comme s'il était en colère contre la terre entière. Les premiers mois, ça l'inquiétait, mais il ne s'est jamais rien passé. Que je sache.

— Shawn Bagby, dit Martinez.

— Il habite au sous-sol. Je vous ai déjà parlé de lui. Bâti comme un sportif.

— Avait-il quelque chose contre Scott Sbarra, à votre connaissance ? demande le collègue. Une dispute, une bagarre, quelque chose dont Katie vous aurait fait part ?

— Non.

— Une raison pour laquelle il pourrait en vouloir à Scott ?

— La jalousie, peut-être. À une époque, il courait après KT. Il lui glissait des mots dans sa boîte aux lettres, il laissait des bouquets devant sa porte – ma sœur a eu très peur, au début. Et puis tout s'est arrêté. Oui, il était sans doute jaloux de Scott.

— Merci, Molly. Vous nous aidez beaucoup. J'aimerais savoir, pour pouvoir veiller sur vous d'ici là, quand vous prévoyez de repartir en Angleterre. Vous avez déjà réservé votre vol ?

— Après-demain. Mais je peux changer mon billet si nécessaire. Vous avez besoin des détails ?

— Oui, ce serait utile, dit Martinez. Je suis certain que tout ira bien. Nous voulons que vous puissiez reprendre une vie normale au plus vite. En attendant, si quelque chose nous tracasse, nous vous recontacterons. Vous êtes toujours au Bedfordshire Midtown, n'est-ce pas ?

— Tout à fait.

— Bien. Je vous raccompagne.

Nous sortons, sans que le collègue ait dit au revoir.

— Qu'est-il arrivé à Scott ? Vous pensez vraiment qu'il a été tué ?

— Je ne peux pas vous dire grand-chose, Molly. Ça avait l'air d'être un bon gars, qui avait un bel avenir devant lui. Un sportif, avec d'excellents résultats en classe. C'est vraiment moche.

Nous débouchons au soleil, dans la rue.

— Quand j'étais petite, j'entendais toujours raconter des histoires sur New York. Comme quoi c'était une ville dangereuse, entre les gangs, les dealers, la mafia... Je pensais que c'était exagéré. Mais le danger est réel ici. Il est bien réel.

— Le danger est partout, Molly. Ce n'est pas propre à New York, mais aux êtres humains. Ne sous-estimez jamais les capacités des gens, même s'ils paraissent très normaux, très raisonnables. Aucune ville n'est dangereuse en soi, mais les humains sont dangereux.

- 41 -

Le retour à l'hôtel prend du temps car je dois m'assurer que je ne suis pas suivie. Tous les deux cents mètres, j'entre dans un fast-food ou dans une boutique et ressors par une autre issue. Au besoin, je peux passer par les toilettes des femmes pour semer un homme. Si je suis suivie par une femme, je la perdrai dans le labyrinthe des rayons vêtements d'un grand magasin, en me cachant derrière les portants ou dans les cabines d'essayage, en faisant la queue aux caisses, puis en m'esquivant par l'arrière.

Le Ritz-Carlton est mon sanctuaire, réel ou supposé. Réel, parce que personne ne sait que j'y séjourne, à part James Kandee et son équipe, dont les intérêts s'alignent presque entièrement sur les miens. Je paie encore ma chambre au Bedfordshire Midtown Hostel, où j'ai laissé une partie de mes affaires. Chaque jour, j'y fais un saut pour défaire les draps. Parfois, j'humidifie même une serviette que je suspends à côté de mon poncho de touriste et de mon pull de rechange.

J'ai chaud quand j'arrive dans ma suite. Pas fiévreuse, mais ça y ressemble. J'ai atteint un point de bascule : j'ai pris tellement de micromesures pour masquer mes traces et détourner les soupçons que je m'épuise à me rappeler tous les détails. Le cerveau humain aspire à oublier ce genre de choses. Notre matière grise excelle pour retenir les faits utiles, les compétences, les souvenirs attachés aux sentiments et aux moments agréables ; mais les détails logistiques sont faits pour être effacés après utilisation. Je m'efforce de revenir mentalement sur mes pas – tous les trajets empruntés, les heures et les lieux, les mensonges, les hasards – pour me rassurer : je n'ai commis aucune erreur, je suis en sécurité. Je n'avais pas prévu que Scott serait découvert aussi vite et cela aura des conséquences. À présent, je dois me reconcentrer. Redoubler d'attention. C'est un mécanisme de survie qui me permet de reprendre mon sang-froid. Examiner un par un les risques que j'ai contrés. Puis, après un moment, une fois certaine de la chronologie des faits, je recommence à me sentir à peu près normale.

Les chaînes de télévision mentionnent périodiquement qu'un étudiant de vingt-deux ans a été découvert mort au Sofitel de la 44e Rue ouest. J'ai envie de regarder tous les bulletins d'information, mais je me rationne. Je zappe sur d'autres émissions, de jardinage, de cuisine, un documentaire sur le sentier de randonnée des Appalaches, avant de revenir aux actualités. Je veux découvrir ce que savent les présentateurs, ou du moins ce qu'ils croient savoir. Les détails qu'ils partagent. Mais je ne peux pas simplement écouter les nouvelles en boucle. Les chambres d'hôtel sont bien insonorisées, je le sais maintenant, mais je me méfie encore des femmes de ménage ou des voisins qui tendent l'oreille. *Pourquoi cette femme regarde-t-elle tous les journaux télévisés où on parle du type qui est mort au Sofitel ? C'est normal ou c'est une obsession ?* C'est un facteur de risque, mais léger, et je le gère de mon mieux.

Après un long bain chaud et une heure de stretching et d'exercices face aux couleurs kaléidoscopiques de Central Park, je repars vers le monde extérieur.

D'instinct, je suis tentée de ne prendre que les rues par lesquelles je suis déjà passée. D'entrer dans un Starbucks parce que j'y suis déjà allée et parce que c'est une chaîne qui sert chaque mois des millions de clients et où le danger devrait donc être moindre. Mais, aujourd'hui, je choisis tout le contraire. Je me dirige vers Roosevelt Island, cette mince bande de terre qui sépare Manhattan du Queens. Je trouve un café indépendant adjacent à une synagogue et je commande un panini et un chocolat chaud.

Je choisis l'emplacement optimal : au fond, près d'une sortie de secours, avec un énorme cache-pot derrière lequel je pourrai m'abriter en cas de fusillade.

J'ai menti à Martinez en lui disant que mon billet retour British Airways était échangeable. J'ai pris le moins cher et je ne sais pas trop pourquoi j'ai menti. Il n'y avait aucune raison, aucun plan. Cela ne me ressemble pas. C'était irrationnel.

Mes dernières expériences dans New York.

C'est peut-être mon ultime voyage hors du Royaume-Uni, même si j'ai de nouveaux objectifs de visite, moins ambitieux, la France ou peut-être Rome un jour. Voir la Méditerranée. Et les monuments de Florence. Les canaux de Venise. Le compte à rebours est enclenché dans mon cœur. Dans deux ans environ, je rejoindrai KT dans la tombe. Ou dans l'urne. Bien sûr, ce sera peut-être dans deux mois. Ou deux semaines. Les statistiques ne sont que des chiffres. Je suis sûre que les données sont plus pertinentes pour les jumeaux qui meurent de causes naturelles, mais je ne peux pas m'ôter cette idée de la tête. Vingt-quatre mois. On ne peut pas prévoir son existence en fonction des moyennes et des statistiques, mais on peut se laisser guider par la probabilité lorsque l'on prend des décisions essentielles.

J'avale une bonne rasade de chocolat chaud et je branche mes écouteurs sur ma tablette. Le wifi du café est excellent. Adresse IP anonyme, identité YouTube anonyme vers un compte Gmail anonyme créé dans un autre café anonyme sur une tablette anonyme.

Il a posté une vidéo d'excuses. De huit minutes. Neuf cent mille vues, et ce n'est pas fini. Quarante mille likes et sept cents dislikes. Plus de cinq cents commentaires.

Le voilà, l'œil vitreux face à l'écran. L'arrière-plan est un mur neutre, l'éclairage est parfait, conçu pour mettre en valeur le contour de sa mâchoire et la tristesse de son expression.

Il avoue. Il est désolé pour ce qu'il a fait. Il en accepte la pleine responsabilité.

Je roule des yeux et mords une grosse bouchée de panini.

Shawn Bagby dit qu'il n'est plus le garçon que dépeint l'autre vidéo – la mienne ; c'est un homme, désormais, et il assume sa responsabilité. Il a déjà prononcé ce mot deux fois au cours des quatre-vingt-dix premières secondes. Il dit qu'il a grandi en tant que personne. Grandi ? Il dit qu'il était sous l'influence d'antalgiques sur ordonnance, c'est une addiction qu'il a combattue, un processus de désintoxication qu'il a partagé, peut-être à l'excès, dans des vidéos antérieures. Il dit que ces médicaments lui ont inspiré une vision négative du monde pendant un certain temps, l'ont rendu déprimé et aigri. Il se déclare sincèrement désolé envers tous ceux qu'il a pu blesser.

Eh bien, Shawn Bagby, tu es assez doué pour ce genre de discours. Tu sais exactement comment mener tes abonnés par le bout du nez.

Il explique que sa vie a été dure depuis que son père est mort, il y a dix ans.

Quel rapport avec le fait de se moquer de ses fans et de créer du contenu misogyne ?

Il dit que la vie est parfois cruelle mais qu'il faut prendre son courage à deux mains pour faire face à l'adversité, il faut agir en alpha, conduire sa meute même dans les situations les plus difficiles. *Agir en alpha !* J'aurai tout entendu.

Il conclut sa vidéo en suggérant que l'anonyme qui a lancé cette attaque, qui a réuni tous les vieux posts effacés, est un individu amer et dangereux, à qui il aimerait tendre un rameau d'olivier virtuel et dont il est prêt à financer la thérapie, sans contrepartie.

Ma bouche s'ouvre toute grande et un morceau de tomate tombe dans mon assiette.

Comment a-t-il réussi ? Le professeur Groot va être puni, Mme Groot y veillera d'une manière ou d'une autre. Scott a payé cher sa trahison et sa mort devrait horrifier Violet. Les torts ont été réparés. L'ordre est rétabli. Pourtant, par quelque tour de passe-passe, par quelque ruse insaisissable, Shawn Bagby a survécu à son épreuve. Non content d'y survivre, il a même gagné treize mille nouveaux abonnés en l'espace de vingt-quatre heures.

Je ne suis pas en colère, simplement surprise.

Il a fait quelque chose de mal, et pourtant il prospère.

Cela va exiger encore un peu de travail.

- 42 -

Tandis que je marche vers le sud, mon téléphone sonne. L'écran m'indique que c'est Violet.

— Molly Raven à l'appareil.

Elle pleure.

— Allô ? Qui est-ce ?

— C'est moi. Tu es au courant ?

Je me tourne pour mieux voir le carrefour. Un camion blindé est venu chercher la recette d'un bijoutier.

— Oui, c'est affreux. Je ne peux pas le croire. Je ne me sens plus du tout en sécurité. Qui peut bien faire ça ?

— Un dingue, un salaud, dit-elle en reniflant. Un taré. Bon sang, je ne peux pas croire qu'il est mort. Je n'arrive pas à digérer ça, Molly.

Je réponds par un mensonge :

— Martinez pense que les deux incidents ne sont pas forcément liés. Parce que les deux agressions sont très différentes. L'une calme, l'autre ultra-violente. Je ne sais pas ce que je dois penser. À Londres, ce genre de chose n'arrive pas.

— Ultra-violente ? Il n'a pas voulu me dire comment Scott est mort mais des rumeurs circulent à la fac. Qu'est-ce que les flics t'ont raconté ?

— Rien. Je l'ai juste deviné à son attitude. Que c'était violent. Je crois que Scott n'a pas eu une belle fin, Violet. Mais je n'ai aucun détail.

— Tu es où ?

Je regarde la plaque de rue.

— À l'angle de la 55e Rue et de Lexington Avenue. Et toi ?

— Je suis à la fac. Je ne veux pas rentrer chez moi, Molly. Je ne veux pas aller bosser et je ne veux pas rentrer chez moi. Je ne me sens en sécurité nulle part.

— Tu penses être en danger, Violet ?

Elle soupire et se mouche.

— Peut-être, je ne sais pas. Peut-être pas. Qui sait ce qu'il faut croire ? On a tué Scott, c'est tout ce que je sais. J'ai entendu dire que c'était un truc BDSM qui a mal tourné – un type à Columbia dit qu'on l'a retrouvé avec les poignets attachés au lit. Il a dû être attaqué par un dingue.

— BDSM ?

— Tu sais, sado-maso. Scott aimait l'asphyxie érotique, tu te rappelles ? Il n'a jamais essayé avec moi, mais...

— Qu'est-ce que tu viens de dire ?

— Rien. On peut se voir ?

— Bien sûr. Près de la bibliothèque ?

— Butler ?

— La bibliothèque publique.

— Ah, OK. Bryant Park ? À 16 heures ?

— OK. Fais attention à toi, Violet.

— Ouais, toi aussi.

Je n'ai pas encore déjeuné. J'entre dans le restaurant Zuma et me laisse guider vers une table située dans un coin. Un bel homme en noir m'apporte un menu, puis une bouteille d'eau pétillante qui coûte plus que mon budget moyen pour un repas à Londres. Deux fois plus.

KT aurait aimé cet endroit. Je sais que je dois encore être prudente, mais je ressens aussi le vif besoin de vivre ainsi une dernière fois. Vivre la vie de KT. J'équilibre les risques, il s'agit toujours d'équilibre. Pour ces dernières heures à New York, je peux sans doute courir le risque d'être un peu plus comme KT.

Je laisse le serveur choisir à ma place. Tout ce que je dis, c'est que j'ai moyennement faim, parce que c'est vrai, et que je ne veux pas de poisson-globe, parce que j'ai lu qu'il pouvait être mortel s'il n'était pas correctement préparé. Surtout le foie. Seuls les chefs les plus expérimentés sont autorisés à le cuisiner. Le serveur me dit qu'ils n'en proposent pas.

La nourriture est sublime, chaque plat meilleur que le précédent. Je goûte d'abord des sashimis de saumon, avec autant de circonspection qu'on met un doigt de pied dans l'eau glacée. Chez Zuma, on ne se moque pas du monde : le saumon est si velouté et si doux qu'il fond sur ma langue. Ça n'a pas le goût de poisson. Ça n'est pas froid et dur. C'est divin.

Ceux que je préfère, c'est l'anguille, le sashimi de sériole au piment jalapeño et ponzu, et la morue noire. Je me régale des saveurs et des textures. KT a peut-être mangé de bons sushis une centaine de fois au cours de ses vingt-deux années d'existence, à Aruba avec James Kandee, à Paris avec James Kandee, à Hong Kong avec James Kandee, mais elle n'a jamais vécu ça. La joie sans mélange de dîner seule, à une table tranquille, hors des heures de pointe ; chaque bouchée est une surprise et un ravissement. Je suis résolue à profiter pleinement de ce moment.

Comme dessert, une glace au thé vert. Je paie, j'offre au serveur trente pour cent de pourboire, parce qu'il est terriblement séduisant et qu'il fait bien son métier. Toute peine mérite salaire.

J'ai l'impression d'être KT alors que je marche jusqu'à la bibliothèque publique de New York et que j'attends l'apparition de Violet au centre de Bryant Park. Je me sens cosmopolite et cultivée. Moins effrayée. Moins l'éternel outsider.

Le parc est en travaux. Je trouve deux chaises vertes, chacune équipée de sa petite table, et j'essaye de comprendre ce qu'ils sont en train de construire. Quelqu'un parle du marathon et une femme, d'un marché de Noël. Puis son mari la corrige : il s'agit d'une patinoire, comme tous les ans, c'est une tradition au même titre que l'immense sapin devant le Rockefeller Center.

Violet arrive et fond en larmes lorsqu'elle me rejoint. Je ne m'attendais pas à cela de sa part. Pas parce qu'elle n'aimait pas Scott – elle l'aimait beaucoup, je ne le sais que trop –, mais parce que c'est une New-Yorkaise endurcie, et parce que je ne l'ai jamais vue pleurer ainsi pour KT. Des gens nous regardent du coin de l'œil.

— Je suis désolée, je... Merde, on peut aller ailleurs ?

— Bien sûr.

Nous partons vers le nord, sans échanger un mot. Elle me prend le bras et cela me plaît. C'est comme si nous jouions une pièce de théâtre.

— Tu préfères qu'on aille parler dans ma chambre ?

— Au Ritz-Carlton ?

— Ah non, c'était juste pour une nuit. Je suis de retour au Bedfordshire Midtown. Tu viens ?

Elle acquiesce et, une fois à l'hôtel, j'ouvre ma porte et nous entrons. Je jette un coup d'œil vers la chambre d'à côté, me demandant qui occupe à présent le lit où papa et maman ont dormi. Ma chambre sent le renfermé.

Violet s'assied sur le lit. Il y a en dessous un pack de six bouteilles d'eau, une réserve que j'ai achetée au cas où je ne pourrais pas retourner dans ma suite.

— Il… il a été tué dans un lit d'hôtel, à deux cents mètres d'ici.

— Je sais. C'est absolument horrible.

— J'ai dit à la police qu'il y a un fou en liberté. Un psychopathe. Un type qui tue les étudiants de Columbia.

— Que t'a-t-on répondu ?

— La même chose qu'à toi. Il est possible que les crimes n'aient aucun lien. Aucun lien, tu le crois ? Une fille et ensuite son copain, étudiants dans la même fac. Bien sûr qu'il y a un lien, putain.

— C'est un cauchemar.

Je reste étonnée que le corps de Scott ait été découvert aussi vite. Je pensais qu'il s'écoulerait quarante-huit heures, le temps que le gérant ou le responsable du ménage frappe à la porte, lance un avertissement, puis pénètre par la force. Mais en moins de douze heures ? Ai-je oublié quelque chose ? J'ai bien suspendu l'écriteau *Ne pas déranger*, j'en suis certaine. Peut-être a-t-il tellement perdu de sang que cela a imprégné le plafond de la chambre d'en dessous ? Des gouttes de pluie écarlate… Non, c'est impossible. Pas avec toutes les serviettes et la literie. L'odeur ? J'ai baissé la clim à 15 °C. Il ne devait y avoir aucune odeur.

— À quoi tu penses ? demande Violet en débouchant sa bouteille d'eau.

— À ma sœur.

— Oh ! Molly, merde, c'est encore pire pour toi, je le sais. J'aimais énormément Scottie, mais c'est beaucoup plus dur pour toi. J'aurais dû y penser, bordel, je suis désolée.

— Ce n'est pas un concours de tristesse. Maman m'a expliqué ça avant de repartir pour Londres. Elle l'avait entendu dire dans l'émission d'Oprah Winfrey.

Violet sourit.

— J'ai parlé à quelques amis, des personnes qui connaissaient Scott, et qui connaissaient Katie aussi, mais ils ne fréquentaient pas les mêmes cercles. Il y a peu de gens qui étaient amis avec elle et lui. Quand je te parle, ça m'aide à comprendre.

— Il n'y a rien à comprendre.

— C'est vrai. J'espère que celui qui a fait ça brûlera en enfer.

— Oh, ça me paraît très probable.

— Les parents de Scott arrivent du Connecticut. Son père n'est pas en bonne santé – il a des problèmes cardiaques et un pacemaker –, je ne sais pas trop comment ils vont supporter tout ça.

— Dieu merci, ils peuvent se soutenir l'un l'autre. C'est ce que font mon père et ma mère depuis quelques semaines. On prétend que le mariage, c'est démodé, mais mes parents peuvent compter l'un sur l'autre. S'ils avaient divorcé, comme ils ont failli le faire il y a des années – pour des histoires d'argent, en fait –, je crois que ni l'un ni l'autre n'aurait survécu à cette épreuve.

Violet détourne les yeux vers le mur.

— Qu'y a-t-il ?

— Rien d'important.

— Dis-moi.

— Tu viens de parler de divorce et ça m'a rappelé un truc. La femme du professeur Groot lui a apporté sa demande de divorce ce matin. En plein cours. Elle a déposé le papier devant lui, elle était très calme, et elle est sortie de l'amphi. Groot n'en croyait pas ses yeux.

- 43 -

La chambre est trop étroite pour qu'on y reste longtemps. Trop étouffante. Nous sortons dans la rue et nous repérons une équipe de télévision : une présentatrice qui se protège sous un parapluie, un type tenant une caméra, un autre qui veille à ce que les piétons ne s'approchent pas trop.

Violet et moi nous regardons.

— Le Sofitel est juste là-bas.

— Je sais.

Nous marchons jusqu'au snack, où nous trouvons encore plus de journalistes. Un ruban jaune délimite une zone autour de la réception de l'hôtel et deux voitures de police sont garées sur le trottoir.

Nous entrons dans le snack, avec sa chaleur familière. Zuma, c'était très bien, mais je me sens mieux ici.

— Je ne suis pas sûre de pouvoir manger, dit Violet. Tout ça m'a retourné l'estomac.

Un serveur que je ne reconnais pas s'approche, et je commande.

— Deux cafés, s'il vous plaît.

— Du café ? proteste Violet. Scottie est à la morgue et moi, je bois un café. Je le crois pas, putain.

— Tu vas parler à ses parents quand ils seront ici ?

Elle prend un sachet d'édulcorant et le fait rouler entre ses doigts.

— Je ne sais pas, je ne suis pas sûre. Peut-être. Je n'étais pas sa copine, alors je ne sais pas quoi leur dire, tu vois ? Merde, par où je pourrais commencer ? Je ne sais même plus quoi penser. Les pauvres gens...

— J'aimerais aller à l'enterrement. Je sais que ça paraît un peu macabre, mais le fait d'assister à la crémation de KT, à cette cérémonie si paisible, être obligée d'accepter la vérité... ça m'a aidée. Je pense que je me serais effondrée si je n'avais pas pu lui faire mes adieux. J'aurais vécu dans le déni de ce qui s'est passé.

— Ça t'a aidée ? Vraiment ?

— Enfin, je suis encore perdue sans elle. (Je secoue la tête.) Honnêtement, ça me paraît trop bizarre de ne pas l'avoir près de moi, de ne pas savoir où elle est. Je sais que ça n'a aucun sens, mais tu vois ce que je veux dire.

— Ouais.

Les cafés arrivent.

— Scott avait l'air d'être un brave garçon.

Violet se couvre les yeux avec les mains et inspire profondément.

— Oh oui ! Il avait un bel avenir devant lui.

— La vie est courte. Je l'ai appris ce mois-ci. Il faut en profiter.

Elle sirote son café.

— Comment a réagi Groot ?

— Quoi ?

— Le professeur. Quelle tête a-t-il faite quand sa femme a fait irruption, furieuse, dans son cours ?

— Oh, elle n'était pas furieuse du tout, répond Violet. Elle était parfaitement calme. Une vraie pro. Elle lui a apporté la demande de divorce, point barre. Du moins, c'est ce qu'on a tous supposé. C'était un gros dossier de paperasses. Elle lui a dit de se trouver un avocat, et que s'il revenait au foyer familial il serait accueilli par des gardes de sécurité. Et puis elle est repartie la tête haute.

— Il a dû se décomposer.

— Il est encore en vie, lui. Il peut continuer, il arrivera peut-être à s'en remettre. Se réconcilier avec elle, faire une thérapie de couple, je ne sais pas. C'est pas comme Scottie. J'ai toujours l'impression que je vais recevoir un message de lui sur WhatsApp ! Où il me proposera d'aller au ciné ou d'aller prendre ensemble un bagel chez Wu + Nussbaum après les cours.

— Et si le criminel est encore dans Manhattan ?

— Qui sait ? Il pourrait être n'importe où. Il pourrait déjà être à l'autre bout du monde. C'est quand, ton avion pour Londres ?

— Après-demain, il décolle de JFK. Je n'ai aucune envie de prendre ce vol.

Elle m'interroge du regard.

— Les turbulences. Le risque aviaire. Les deux pilotes qui tombent malades en même temps. Ou bien un détournement par un dingue avec une arme improvisée. Une bombe dans un des bagages. Une défaillance technique dans une aile. Un feu dans un moteur, ou plusieurs. Des vents de travers catastrophiques. Une nouvelle souche de grippe aviaire. Ou même Ebola. Une collision en plein ciel. Un crash au décollage ou à l'atterrissage. Je préfère ne pas y penser.

Elle fronce les sourcils.

— Putain, tu n'as qu'à avaler un Valium et tu n'y penseras plus.

— Je ne peux pas.

— C'est ce que ta sœur faisait toujours, dit Violet en souriant. Je lui donnais ses somnifères chaque fois qu'elle prenait l'avion pour un rallye de vieilles bagnoles ou une vente aux enchères. Elle dormait pendant tout le vol, et pareil pour le trajet retour. Elle faisait descendre les cachets avec du champagne. Elle savait vivre, ta sœur.

— C'est sûr.

— Tu vas me manquer, Molly.

— Et toi aussi. Je suis heureuse que KT t'ait eue pour amie.

— Tu veux bien que je te recontacte si un jour mon compte en banque est assez garni pour que j'aille à Londres ?

— Je te tuerai si tu ne le fais pas.

— Tu m'emmèneras voir Buckingham Palace, d'accord ?

— Évidemment !

Nous sommes trop affligées pour rire, trop tristes pour sourire. Nous buvons nos cafés et en commandons de nouveau. Maman m'appelle mais je ne décroche pas. Elle insiste, alors je présente mes excuses à Violet et je réponds.

— Maman, je ne peux pas te parler, je suis avec Violet.

— Tu sais ce qui est arrivé à Scottie, l'ami de Katie ? Il a été assassiné.

— Oui, maman, je suis au courant. C'est pour ça que je suis avec Violet en ce moment. Elle est bouleversée.

— Il faut que tu rentres, ma chérie. Je t'assure. Appelle la compagnie aérienne, ils te trouveront un vol plus tôt, tu n'as qu'à leur expliquer tout ça. Il faut que tu rentres en Angleterre tout de suite, pour être en sécurité.

— Je rentre, maman. Après-demain. Il me reste quelques points à régler, mais je serai très prudente, je te le promets.

Je l'entends qui panique à l'autre bout du fil, elle parle d'exiger une protection policière.

— Violet est avec moi. Je ne cours aucun danger. Je ne suis pas seule.

Nous terminons notre conversation. Violet règle l'addition, puis nous sortons du restaurant.

Jimmy me fait signe depuis sa camionnette et je tente de l'ignorer.

— Ce type veut te parler, le marchand de smoothies.

Je le salue de la main, puis nous partons dans la direction opposée.

— Molly, venez ! crie-t-il.

— On devrait aller le voir, non ? insiste Violet.

Je hoche la tête, à contrecœur.

— Il est gentil. Je lui achète des smoothies.

Nous faisons demi-tour et nous approchons de sa camionnette.

— Vous êtes au courant ? Dans l'hôtel français.

Il fait glisser son index en travers de sa gorge et, devant ce geste, Violet se plie de douleur.

— Jimmy...

— Je suis désolé. Le pauvre gamin.

— Elle le connaissait. Enfin, moi aussi, je le connaissais un peu, mais elle, beaucoup mieux que moi.

— Je suis vraiment désolé, madame. Je m'excuse. Je ne savais pas.

— C'est bon, dit Violet en se redressant. Ce n'est pas votre faute.

— Je ne savais pas, répète-t-il. On se croirait revenu comme avant. C'est mauvais pour le commerce, vous savez. Normalement, le marathon, c'est une période où on fait du chiffre. Je suis désolé, ça ne compte pas comparé à ce qui se passe. Dites, Molly, il y a un type qui vous cherche. Il m'a demandé si je vous avais vue.

— Un type ? Quel type ?

Bogart DeLuca ? Martinez ?

— Un homme dans les cinquante, cinquante-cinq ans. Pas un poil de graisse, le genre sportif, vraiment mince. Avec des lunettes en fil de fer. Il voulait savoir si je vous avais vue entrer au Bedfordshire.

— Et que lui avez-vous répondu, Jimmy ?

— Que je ne savais pas de quoi il parlait. Que, s'il ne voulait pas m'acheter un smoothie, il pouvait laisser la place à un vrai client. Vous en faites pas, je ne lui ai rien dit du tout.

- 44 -

Assise sur mon lit dans ma suite, je lis le guide fourni par le Ritz-Carlton, *Vingt choses à voir absolument à New York*. Je suis munie du bloc-notes et du stylo offerts par le Ritz-Carlton. Je bois de l'eau minérale du Ritz-Carlton et je porte un peignoir du Ritz-Carlton.

Apparemment, sur la vingtaine de choses à visiter avant que je quitte cette ville pour reprendre une existence normale, il y en a neuf que j'ai déjà vues. Il m'en reste onze.

Je dois aller au Met, ou au Museum of Modern Art. Viennent ensuite Top of the Rock, l'observatoire du Rockefeller Center, ou celui qui se trouve au sommet du One World Trade Center. La vue paraît spectaculaire.

Le pont de Brooklyn, le ferry de Staten Island, la statue de la Liberté. Autant de hauts lieux touristiques, avec tous les risques associés : pickpockets, terroristes, tueurs. Mais l'avantage est qu'ils sont tous gratuits.

La High Line. Gratuite aussi. Coney Island. Gratuit, là encore. Un spectacle à Broadway. Pas gratuit du tout, mais ce n'est pas loin, et si ce n'était pas la semaine du marathon j'essayerais sans doute d'en voir un.

Le concierge de l'hôtel pourrait m'aider à obtenir d'excellentes places, mais j'aimerais mieux ne pas lui reparler car j'ai lu qu'ils servent parfois d'indicateurs aux forces de l'ordre. Un ballet au Lincoln Center. Même problème.

Il y a quelques options moins évidentes : un bar installé dans une cave du Lower East Side. Les théâtres du quartier de Bushwick, à Brooklyn.

Le problème, c'est l'argent.

Selon mon expérience, l'argent est souvent le problème.

J'en ai à présent, pour la première fois de ma vie. Même après quelques achats extravagants, il me reste encore plus de quarante-sept mille dollars. Si j'étais seule au monde, si j'opérais dans le vide, j'irais chez Bloomingdale's, je verrais un spectacle à Broadway et je ferais peut-être une balade en hélicoptère au-dessus de l'Hudson. Non, je n'irais pas jusque-là. Monter dans un hélicoptère, c'est comme faire un tour à moto. Deux pièges mortels tout à fait classiques.

Mais papa et maman ont pour ainsi dire fait faillite. L'assurance vie de KT ne sera pas versée assez vite pour les sauver, elle ne suffira même pas à couvrir leurs dettes. L'entreprise ne leur appartient plus, et même s'ils sont parvenus à payer certains de leurs créanciers grâce à des accords au cours des dernières années ils sont désormais assez mal vus en ville. Ils n'ont personne à qui parler à part la sœur de maman, et leurs relations sont difficiles depuis la mort de grand-mère.

C'est donc à moi de jouer. Je n'ai pas assez pour qu'ils continuent à habiter la maison de notre enfance, mais je peux les aider à louer un appartement, par exemple. Je peux les aider pour les courses de base. Mes dollars serviront à cela, après être passés par plusieurs bureaux de change dans les Midlands. Je suis maintenant tout ce qu'ils ont, et ils sont tout ce que j'ai. Ma fortune est à leur disposition.

Derrière ma fenêtre, Central Park grouille de policiers en gilet fluorescent, qui surveillent la ligne d'arrivée du marathon. Qui était l'homme qui a questionné Jimmy à mon sujet ? Un autre flic ? Ou bien un journaliste ? Grâce au télescope, je les regarde empiler des packs de bouteilles d'eau et des tables pliantes sur lesquelles sont réunies des centaines de couvertures de survie pour éviter que les coureurs épuisés souffrent d'hypothermie. C'est un vrai risque à cette période de l'année, après tant d'efforts. Même une personne en parfaite santé peut mourir sur le coup.

Que ferait KT si c'était sa dernière journée à New York ? Elle dépenserait probablement tout son argent, elle flamberait avec son insouciance habituelle. Elle s'achèterait peut-être des bottines en daim dans une boutique de la Cinquième Avenue, ou bien elle dînerait avec un groupe d'amis à la Tavern on the Green. Voilà ce qu'elle ferait ; elle réunirait quatre ou cinq convives pour un long repas arrosé. Mais je choisis la sobriété, merci. Je dois rester sur mes gardes jusqu'à mon retour à Heathrow. Pendant les deux années à venir, je devrai vivre ma vie, voyager et découvrir des choses, tout en étant vigilante. Je dois équilibrer les deux.

Je choisis une promenade dans l'Upper East Side.

C'est pittoresque. Les gens cool opteraient plutôt pour Williamsburg ou East Harlem, pour un endroit branché du quartier de Corona, dans le Queens, mais les rues situées au-dessus de la 59e, à l'est de Central Park et à l'ouest de la Deuxième Avenue, sont un paradis pour les ennemis du risque. Des artères calmes et propres, sans un seul carrefour ou taudis inquiétant. Des femmes en long manteau, des portiers à casquette. Rien d'avant-gardiste, que de l'hygiénique et du stérilisé.

Mon téléphone sonne.

— Molly, je ne sais pas qui appeler. C'est la police, les flics...

— Moins vite, Violet, je t'entends mal. Que se passe-t-il ?

— Ils veulent me parler. Bon Dieu, c'est à propos de Scottie ; ils veulent m'interroger. Je dois y aller avec un avocat ou bien ça fera mauvaise impression ? Toi, tu prendrais un avocat ? Comment je dois faire ?

— Tu n'as aucune raison d'avoir peur. Ils essayent simplement de reconstituer qui était où, qui a fait quoi. Ils cherchent des indices, c'est tout.

— Je n'ai pas d'alibi, Molly. Rien du tout.

— Mais si, tu en as probablement un, sans le savoir. Tu es allée à l'épicerie ? Tu es sortie pour acheter du lait ou autre chose ? Tu as vu un voisin ? Un livreur de repas ?

— Non. (Sa voix semble tendue.) C'est ce que j'essaye de te dire. Merde, je suis restée chez moi toute la soirée, comme toujours à Halloween. Ça me fout la trouille. J'étais toute seule chez moi. J'ai mangé une pizza surgelée et j'ai revu *Bienvenue à Gattaca*. J'ai lu pendant une heure. Ils me croiront pas, hein ? Ils vont m'arrêter, c'est ça ? M'inculper ?

— Calme-toi. Reprends ton souffle, je suis sérieuse.

— Moi aussi, je suis sérieuse. Putain, les flics avaient l'air sacrément sérieux.

— S'ils pensaient que tu as tué Scott, ils seraient venus t'arrêter chez toi. Tu es un témoin, une source d'information, c'est tout.

— Mais oui ! s'exclame-t-elle, soulagée. Bien sûr, tu as raison, Molly. Je sais que tu as raison. Bon sang, ils m'auraient déjà passé les menottes s'ils pensaient que je l'ai tué. Hein ? Tu as raison. Qu'est-ce que je ferais sans toi ? Je suis trop conne.

— Ça va mieux ?

Je me dirige vers le nord, au-delà de la 66e Rue. Les immeubles sont majestueux.

— Un peu, soupire-t-elle. Un peu mieux. Ton avion décolle à quelle heure demain, Molly ? Je viendrai te dire au revoir à l'aéroport.

— À JFK ? C'est gentil, mais ne te sens pas obligée de faire ça.

— J'en ai vraiment envie. Si tu penses qu'on ne se reverra jamais, je voudrais te saluer une dernière fois.

— J'y serai vers 18 heures.

— Quel terminal ?

— Je ne sais pas. Je t'enverrai un texto... mais tu n'es vraiment pas obligée.

— Je sais bien, mais j'en ai envie.

— C'est très gentil. Oh, et puis, Violet...

— Oui ?

— Si tu te sens mal à l'aise quand ils t'interrogeront, tu n'auras qu'à demander un avocat. Ils s'arrêteront et ils t'en attribueront un, c'est la loi. Tu peux toujours faire ça.

Nous nous disons au revoir.

Ils pourraient l'interroger sur le meurtre de Scott mais ils ne l'inculperont pas. Il n'y a aucun risque de ce côté-là. Des perles de sueur ruissellent dans mon dos. J'en ai peut-être trop fait, trop vite ? J'aurais dû ralentir, être plus méthodique. Je lève les yeux vers le ciel et j'inspire profondément. Si j'avais voulu la faire accuser, j'aurais arraché un de ses cheveux lorsqu'elle dormait dans mon lit au Ritz-Carlton, racine incluse, et je l'aurais déposé dans la chambre du Sofitel. Ou bien je lui aurais proposé une bouteille d'eau – avec la gueule de bois qu'elle tenait, elle aurait accepté – que j'aurais laissée là-bas. Pour être honnête, j'ai envisagé ces deux options. Puis j'ai décidé que ce serait tout à fait disproportionné.

Le juste doit compenser l'injuste. Un équilibre est nécessaire ; la nature a horreur des déséquilibres. Violet a perdu Scott, c'était suffisant. Aller plus loin aurait été exagéré.

Je traverse Park Avenue et je continue vers le zoo dans Central Park. Je dois me montrer prudente. Il y a des barrages routiers et des bénévoles partout, prêts à accueillir les premiers marathoniens.

Une camionnette me double, puis allume son clignotant et se gare lentement.

Les portes arrière s'ouvrent.

Surgit un homme en costume sombre.

Dans sa veste, je vois qu'il a une arme.

- 45 -

Je tourne les talons et m'apprête à filer en sens inverse quand il dit :

— C'est DeLuca qui m'envoie.

Je lui fais face à nouveau.

— Bogart DeLuca.

Je contemple son arme et il boutonne sa veste.

— Écoutez-moi, Molly. Vous allez marcher vers le sud jusqu'à voir un type par terre, à deux cents mètres. (Il ferme les portes de la camionnette.) Allez-y tout de suite.

Qu'est-ce que ça signifie ? Je suis au carrefour. Je peux m'enfuir vers l'est, du côté du fleuve, vers l'ouest et Central Park, ou vers Yorkville, au nord. Mais je pars vers le sud. Mes sens sont en alerte maximale. Pourquoi ne m'a-t-il pas simplement téléphoné s'il avait besoin de moi ? Il aurait pu laisser un message à l'hôtel.

Un type par terre ? James Kandee et moi communiquons par des codes inspirés du langage que j'utilisais dans l'enfance avec KT, mais *Un type par terre* n'a aucun sens pour moi.

Je passe devant un bâtiment dissimulé par un échafaudage. Un SDF demande l'aumône dans un gobelet en carton.

— C'est moi, dit-il.
Je me retourne.
— Approchez-vous.
— Bogart ? Ou Peter Hill ?
— Bogart.
— Que vous est-il arrivé ?
— Rapprochez-vous, dit-il à travers ses dents serrées.
Il a la peau sale et porte des habits déchirés. Je m'accroupis près de lui.
— Mettez de l'argent ici, Molly.
Je fourre un billet d'un dollar dans le gobelet qu'il désigne.
— Vous devez vous en aller. Vous n'êtes plus en sécurité ici.
Son accent de Brooklyn est de retour.
— Comment ça ?
— Vous m'avez entendu. Vous devez partir.
— Je prends l'avion demain. C'est à cause du type qui a tué Scott ? Vous pensez que je suis en danger ?
Il me fixe d'un air impatient et déçu.
— La photo, Molly. Mes contacts l'ont appris en début de journée. Cette foutue photo...
Je hausse les épaules.
Un couple s'avance et Bogart dit :
— Juste deux ou trois dollars pour que je puisse me loger, madame. Dieu vous bénisse.
Ils s'éloignent.
— La photo ?
DeLuca regarde à droite et à gauche.
— La photo de Katie devant la maison du professeur, près de Rye. Ça vous rappelle quelque chose ?
Je m'efforce de maîtriser l'expression de mon visage.
— Il y a des avocats sur le coup. Des malins, qui coûtent cher. Cette photo a été examinée de près, et même si ce n'est qu'un Polaroid, ils ont remarqué.

Merde.

— Je ne sais pas de quoi vous parlez, Bogart.

— Mais si, vous le savez.

— Je dois vous laisser.

— La citrouille, Molly. Vous avez pris une photo sexy dans son jardin et vous avez brûlé le reste, mais à l'arrière-plan, il y a une citrouille. Une citrouille d'Halloween. Elle n'est pas vraiment visible à l'œil nu, mais si on nettoie l'image, qu'on l'agrandit, avec des logiciels sophistiqués... on la voit très bien.

— Je ne vois pas où vous voulez en venir.

— Je veux en venir à ça : l'épouse du professeur Groot a été bien embarrassée quand ses juristes lui ont signalé cette information, puisque les Groot n'ont sculpté leur citrouille bio achetée chez Wholefoods que deux jours avant. Quand Katie était déjà morte. Donc c'est *vous* qui vous êtes introduite dans leur jardin de Greenhaven, un quartier tout à fait charmant, c'est vous qui avez pris les photos en vous faisant passer pour Katie, en les datant, et en brûlant la plupart d'entre elles. Le professeur et sa femme ont confié l'affaire aux flics. Leur divorce n'est plus à l'ordre du jour, mais vous pouvez être absolument certaine que Martinez étudie votre dossier. Ça sent très mauvais, Molly. Bon Dieu, vous pensiez à quoi ?

— Je... je ne sais pas, j'étais... Je suis encore sous le choc. Un stress post-traumatique, peut-être. Je n'avais pas les idées claires.

Comment ce détail a-t-il pu m'échapper ? Je croyais pouvoir m'en tirer. Je suis nulle. Mon Dieu ! Et Kandee semble plus puissant que je le pensais. Il comprend tout.

— Je croyais que Groot avait fait du mal à ma sœur. Qu'il l'avait peut-être tuée. La police n'avançait pas, je voulais qu'il soit puni.

— Martinez va vous interroger pour de bon.

— Pourquoi avez-vous réservé ma suite sous le nom de Violet ?

— Quoi ?

— Pourquoi avez-vous fait ça ?

— Nous n'avons plus le temps.

— Pourquoi ?

— C'est une tactique parmi d'autres pour retarder, différer, dissimuler, brouiller les pistes. Comme le jour où je me suis fait appeler Peter Hill, au parc. Ils lisent sur les lèvres, ils ont des micros, on est surveillés. Partez du principe qu'il y a toujours quelqu'un qui vous suit. Tout ça fait partie d'une stratégie plus large que vous avez fait échouer. Maintenant, écoutez-moi bien. Vous devez partir aujourd'hui, Molly.

— OK. Compris. Je pars.

— Donnez-moi votre téléphone.

— Quoi ? Pourquoi ?

— Vous savez pourquoi.

— Je le laisserai dans sa cage de Faraday. Promis.

— Ce n'est pas une question, c'est un ordre.

— Il faut que je retourne dans ma chambre. J'ai besoin de toutes mes affaires. Je rentre à l'hôtel, je fais mes bagages et j'irai dormir ailleurs.

— Nous ne savons pas si votre chambre est dangereuse, mais supposons qu'elle l'est.

— À cause d'une citrouille ?

— Oui, une citrouille.

Il tend la main et je lui remets mon téléphone.

— Et l'autre.

Je regarde autour de nous et je lui donne le portable prépayé.

— Vous avez le choix entre deux possibilités, et c'est une chance. Par certains côtés, vos intérêts sont les mêmes que ceux de l'Homme, sans quoi…

— Quelles possibilités ?

— Premièrement. Écoutez bien. Vous partez à 14 heures, comme Katie l'aurait dit, vous me comprenez ?

— Deux heures.

— Comme votre sœur l'aurait dit, d'accord ? Il y a peut-être des espions qui lisent sur nos lèvres en ce moment.

Il veut dire 20 heures. L'opposé sur le cadran d'une horloge.

— Je vous comprends parfaitement.

— OK, 14 heures. Vous partirez par la mer. 31e Rue, comme d'habitude. Compris ?

— Oui.

— On est bien d'accord : comme votre sœur vous l'aurait dit.

— Je m'en souviendrai.

— Quelle rue ?

— La 31e, comme d'habitude.

— OK, Molly. L'Homme s'occupera du reste, compris ?

J'ai mal aux jambes d'être restée accroupie aussi longtemps.

— Et la seconde possibilité ?

— Vous ne venez pas au rendez-vous et l'Homme envoie une équipe de nettoyage pour rendre visite à vos parents à Nottingham. Ce n'est pas ce que vous voulez, hein, Molly ?

— Je serai dans la 31e Rue. À 14 heures.

— C'est dans votre intérêt.

— Vous préviendrez mes parents qu'ils risquent de ne plus avoir de mes nouvelles pendant un moment ? Que tout va bien, qu'ils ne doivent pas s'inquiéter ?

— Bien sûr.

— OK, il faut que j'aille préparer mes bagages. Récupérer mes affaires. Merci, Bogart.

— Ne me remerciez pas encore. Et il n'est pas question de bagages, Molly. La chambre est peut-être surveillée.

Vous n'emporterez que les vêtements que vous avez sur le dos. Rien d'autre.

— Non. Non, il faut que j'y retourne, je m'assurerai d'abord que je n'ai rien à craindre. J'ai… (Je baisse la voix.) J'ai près de quarante mille dans la chambre.

— Dans le coffre ?

— Non, pas dans le coffre.

— Dites-moi où et j'enverrai quelqu'un. Donnez-moi votre clé.

— C'est un piège ?

— Oui, un piège dans lequel on vous sauve la vie. La clé.

Je la lui tends.

— Il y en a une partie derrière une prise électrique, il faut un tournevis. Une autre partie sous le lit – j'ai découpé un morceau de moquette et l'ai caché en dessous. Le reste est dans une torche.

— Une lampe électrique ?

Je hoche la tête. Il me regarde comme si j'étais folle.

— Quoi ?

— Rien. Écoutez-moi : surveillez vos arrières, n'allez dans aucun de vos endroits habituels, ne pensez même pas à aller voir le professeur à Columbia ou une connerie du même genre. Ne contactez pas Violet et n'allez pas à l'appartement de votre sœur, c'est clair ?

— Oui.

— Je suis sérieux, Molly. Vous avez une possibilité de vous échapper, et c'est déjà une grande chance.

— OK, je ferai profil bas.

— Ne laissez personne vous suivre, évitez les caméras, les équipes de télé et les gens qui filment à proximité de l'itinéraire du marathon. Restez discrète, et soyez comme convenu au rendez-vous. Compris ?

— Compris.

- 46 -

La camionnette s'éloigne lentement.

J'ai besoin de me fondre dans la masse et de faire profil bas jusqu'à 14 heures. C'est-à-dire 20 heures, dans le monde réel. La police m'attend peut-être à l'hôtel. Non. Trop évident. Ils savent que je n'y retournerai pas. Si DeLuca a raison, s'ils savent que j'y suis descendue, il vaut sans doute mieux que je ne m'approche plus du Ritz-Carlton. Je dois supposer que les forces de l'ordre ont déjà relié les pointillés, et je dois faire confiance à DeLuca pour remettre la main sur mon argent. Mes entrailles me disent que, si l'homme qu'il envoie ne peut pas entrer, ils me rembourseront. Je dois y croire.

Je croise un homme vêtu d'un poncho en papier aluminium, qui boit du Gatorade. Il doit être un des premiers à avoir terminé le marathon.

Le parc est plein de spectateurs qui filment avec leur portable. Je marche vers le West Drive, et la ligne d'arrivée est isolée, avec des centaines de bénévoles et des dizaines de policiers. Mon premier instinct serait de fuir, mais je décide d'attendre un peu. Parfois, nos entrailles ont besoin d'un peu de temps pour évaluer une situation.

Au bout d'une trentaine de minutes, les plus lents parmi les coureurs d'élite arrivent au bout du marathon.

Au bout d'une heure, les premiers marathoniens déguisés commencent à apparaître. Le parc est plein de familles fêtant leurs héros. Un homme passe à côté de moi, des taches de sang coulant de ses tétons, son T-shirt attirant les regards choqués des adultes comme des enfants.

Près du lac, non loin de la fontaine de Bethesda, je ramasse une couverture de survie jetée à terre et je me drape dedans. Personne ne semble le remarquer. Je m'assieds sur un bac et remonte mon pantalon au-dessus de mes genoux. Ai-je l'air d'une coureuse de marathon ? Non, pas encore.

Vers la ligne d'arrivée, je trouve une pochette avec cordon, sponsorisée par les mêmes banques et compagnies d'assurances qui financent les couvertures et les gradins des spectateurs. Elle contient une bouteille d'eau, une boisson protéinée, une barre de céréales au miel, un flacon de Gatorade et un sachet de bretzels sur lequel figure l'inscription *Tu l'as fait !*

C'est sûr, je l'ai fait.

Il me faut maintenant une casquette à visière pour masquer mon visage. J'en vois une, mais elle est dans la zone sécurisée, réservée aux coureurs répertoriés qui portent un bandeau au poignet. Je finis par repérer une casquette sponsorisée par la même banque que tout le reste, abandonnée sur un rocher près de l'hôtel Plaza. Je m'approche, la ramasse, vérifie qu'elle est propre, puis je la rince avec la bouteille d'eau et je vide le reste sur ma tête pour faire croire que j'ai transpiré. J'ai maintenant l'air d'une coureuse triomphante, qui court le marathon en moins de quatre heures, qui s'entraîne depuis des mois et qui est allée jusqu'au bout de la course.

C'est *presque* le cas.

Le Ritz-Carlton est devant moi, je vois mon étage à travers le feuillage orangé des arbres. Ma fenêtre et mon télescope. Mes affaires. Mes vêtements. Et mon argent.

Je consulte ma montre. Encore plusieurs heures à rester invisible avant de quitter ce pays. Je suis tentée de prendre le ferry de Staten Island et d'y attendre la tombée de la nuit. Quelque part hors de Manhattan, mais pas trop loin. Le métro est dangereux ; il est bourré de caméras, de même que les grandes artères, et qui sait quels progrès la reconnaissance faciale a pu accomplir ces derniers temps ?

Je reste donc dans le parc.

Sur mon rocher, je me tourne vers le sud.

À ma gauche, il y a l'Upper East Side, où DeLuca m'a avertie ; plus à l'est, Brooklyn et le crématorium, la maison de Violet et l'aéroport JFK. Au sud, le Bedfordshire Midtown Hostel et tous les souvenirs avec mes parents, ces deux chambres minuscules, la gentillesse de la serveuse du snack, la nuit où j'ai fait des recherches avant la tempête, sachant que mon historique pourrait être étudié, désireuse de prendre de l'avance, d'être celle qui découvrirait les voyages de James Kandee afin d'éloigner les soupçons de moi. Bien sûr, il avait un alibi en béton. Cet après-midi-là, il a prononcé des discours et présidé à un déjeuner. Il s'est rendu au conseil d'administration d'un fonds de placement privé implanté dans le centre-ville avec deux de ses fondateurs, et il a eu une réunion à l'ONU concernant l'un de ses projets humanitaires. Il n'a pas été seul une minute, et il ne s'est jamais trouvé à proximité de l'appartement de ma sœur dans Morningside Heights.

À ma droite, il y a la YMCA, et plus loin l'université Columbia, l'une des meilleures au monde.

Un passant me félicite en levant le pouce et je soulève ma casquette pour le remercier.

Je mange les bretzels. J'ai besoin de conserver des forces et je dois éviter les magasins et les cafés jusqu'à ce qu'on vienne me chercher à 20 heures.

Alors que je lèche le sel sur mes lèvres, je les repère.

Quatre flics en uniforme, au loin, qui marchent vers moi. L'un d'eux pointe le doigt. Vers moi ?

Ce n'est pas possible.

Et pourtant si.

- 47 -

Je dégringole du rocher et me dirige vers la Cinquième Avenue. Je ne regarde pas en arrière, mais d'après les réactions des gens qui viennent vers moi je devine que les flics courent. Alors, je m'élance.

Comment m'ont-ils localisée ? Une opération clandestine ? Les caméras de surveillance ? Je cours, je sens les jambes de mon pantalon retomber sur mes chevilles et je sprinte, plus vite que jamais.

Au carrefour devant l'hôtel Plaza, je zigzague entre les voitures et frôle le rétroviseur d'un taxi jaune. Les automobilistes klaxonnent, un type dans un camion de livraison me hurle « Non, mais vous êtes dingue ? » par sa vitre ouverte.

Les flics sont ralentis par la circulation. J'entre dans le Plaza et ressors de l'autre côté.

Dans les miroirs, je les aperçois au loin : deux flics. Un rapide, un lent.

Alors que je reprends ma course dans la Cinquième Avenue, je vois Martinez qui parle dans une radio. Je me précipite dans un magasin. Bergdorf Goodman.

Le personnel paraît horrifié de me voir galoper avec ma couverture de survie. Je fonce à travers deux rayons, puis je ralentis et me débarrasse de la couverture. Je m'accroupis derrière un portant de manteaux et je retourne ma veste, qui passe du rouge au gris. Je jette le sac de nourriture et la casquette, et je rassemble mes cheveux en une queue-de-cheval.

Un flic en uniforme entre. J'achète un béret que je paie cent quarante dollars en liquide.

Munie d'un sac en papier vide et coiffée du béret, je sors par une porte latérale et traverse lentement la rue, l'air sûre de moi. Encore huit cents mètres. Je file vers Lexington Avenue, puis je reviens vers la Cinquième et je prends la 46e Rue.

Je me sens chez moi.

Je passe devant le Sofitel et à proximité du Bedfordshire Midtown.

Je ne vois pas de policiers, mais il y en a probablement un qui attend que je revienne à ma chambre. Je fais encore plusieurs détours afin de mieux brouiller les pistes et reviens. Cinq minutes plus tard, un homme vêtu d'un long imperméable pénètre dans le Bedfordshire. Je vois la bosse sur sa hanche. C'est un inspecteur de police.

Le béret vissé sur ma tête couvre presque mes yeux.

— Jimmy, dis-je en m'approchant de la camionnette du marchand de smoothies. C'est moi, Jimmy. Le sac.

Il se penche sous le comptoir et en tire mon sac prêt-à-emporter de survie.

— Vous devez partir ?

Je fais signe que oui, saisis le sac et me dirige vers le Sofitel.

On ne peut pas entrer dans l'ascenseur d'un établissement comme le Sofitel et avoir accès aux étages des chambres, c'est tout simplement impossible. En revanche, on peut descendre vers les salles de gym, fréquentées par une clientèle plus large que celle de l'hôtel qui maximise ainsi ses profits, pour le bonheur de ses actionnaires. Je descends donc, coiffée de mon béret, et je m'installe dans des toilettes climatisées à la propreté irréprochable.

Mon cœur bat à se rompre.

J'ouvre la fermeture Éclair du sac.

J'ôte mon béret et ma veste, je les plie et les place sur le couvercle des toilettes. Je sors le masque en latex de qualité supérieure acheté dans un magasin de déguisements lors de mon deuxième jour entier à New York, ainsi qu'un costume de vieillard, pas cher et froissé, payé en liquide dans un dépôt-vente de Gramercy. Je fourre mes habits dans le sac, puis je tends l'oreille. Personne n'est là à se laver les mains ou à se remaquiller.

Je quitte la cabine, terrifiée à l'idée de me promener en public ainsi travestie. Dans la glace, un vieil homme mal rasé, aux cheveux gris, me regarde. Le déguisement fait illusion.

Je glisse mon sac dans la poubelle et le recouvre de serviettes en papier.

Alors que je m'apprête à m'en aller, une femme entre et pousse un cri de stupeur. D'une voix grave, je marmonne des excuses, puis je me dirige vers les toilettes des hommes. Elle m'observe : un petit octogénaire vêtu d'un vieux costume et de baskets noires toutes neuves.

Dans les toilettes des hommes, deux messieurs se lavent les mains et ni l'un ni l'autre ne m'accorde la moindre attention.

Je me lave les mains moi aussi et, avant de sortir, je dérobe un caillou minuscule dans le pot d'une plante décorative. Je le place dans ma chaussure droite, j'appelle l'ascenseur et je monte au rez-de-chaussée. Un membre du personnel m'ouvre la porte de l'hôtel et me salue :

— Bonne journée, monsieur.

Je le remercie d'un signe de tête et m'engage en boitillant dans la 44e Rue.

Dehors, la troisième personne que j'aperçois est l'inspecteur Martinez.

Il est à trente mètres devant moi.

Nous marchons l'un vers l'autre.

Il met sa main dans sa veste.

- 48 -

Je continue à marcher.

Martinez sort son téléphone.

J'avance toujours. En boitillant. Sur YouTube, un ancien agent de la CIA appelle ce type de déguisement *la méthode oignon*. On ajoute ou on retire des épaisseurs. Grâce à mon masque, je ressemble à un petit vieux quelconque. J'ai des taches brunes, des cheveux clairsemés, des bajoues, et le cou fripé : le masque descend jusque sous mon col de chemise. Il faut habiter son rôle. Il faut y *croire*. Ne rien faire à moitié. Si je ne boitais pas, je me ferais peut-être remarquer, or il est difficile de feindre une claudication de façon convaincante. Là, je ne fais pas semblant, le caillou qui s'enfonce dans mon pied me cause une souffrance réelle.

Martinez se rapproche.

Je marche toujours.

Quand nous nous croisons, je le regarde dans les yeux. Je détecte presque son parfum.

Il passe sans s'arrêter.

Je continue.

Cinquième Avenue.

C'est une opération de grande ampleur, impliquant peut-être le FBI. Et s'ils étaient sur la piste de James Kandee et comptaient sur moi pour les mener jusqu'à lui ? Je ne suis qu'un pion.

Central Park à nouveau. Lentement. La police n'imagine pas qu'un suspect puisse retourner sur les lieux où il a d'abord été repéré, et c'est exactement pour cette raison que je m'y rends.

Le parc est en plein nettoyage post-marathon. J'ai une heure à attendre avant mon exfiltration.

Il commence à faire sombre par endroits, mais les grilles sont encore ouvertes. Elles ne ferment qu'à 1 heure du matin. Un jour, j'ai voulu savoir pourquoi Central Park n'était pas bien éclairé partout ni surveillé par des caméras. La meilleure réponse que j'ai pu trouver est que, si c'était le cas, une présence policière serait nécessaire. Quand on éclaire un endroit, on le rend plus sûr, après quoi la police doit veiller à ce qu'il le reste. L'intégralité des 341 hectares. Alors que les forces de l'ordre sont déjà sous pression. On laisse donc courir. C'est le seul endroit de Manhattan à être *vraiment* sombre.

Je dépasse le lac et continue vers le nord.

L'air est frais, je suis à l'affût de la moindre sirène, du moindre cri au loin.

Après l'Aiguille de Cléopâtre, je m'avance vers les eaux noires du Jacqueline Kennedy Onassis Reservoir. Le parc fait à peu près quatre kilomètres de long. C'est un miracle qu'il existe encore, dans l'une des villes les plus denses et les plus coûteuses du monde occidental.

Je croise un policier qui ne s'intéresse pas du tout à moi. Pourquoi le ferait-il ?

Il ne me reste à manger que la barre de céréales trouvée dans le sac d'un marathonien et cachée dans ma poche. J'ai faim mais je patienterai un peu. Je ne sais pas trop à quel point cette nuit sera longue.

Je dépasse les courts de tennis et m'enfonce dans l'épais sous-bois.

Je vérifie les alentours car je n'ai aucune envie qu'un individu bien intentionné me prenne pour un vieillard sénile et veuille me ramener chez moi. Quand la voie est libre, je me traîne jusqu'aux buissons, je m'accroupis et je mange ma barre de céréales.

C'est bon.

DeLuca m'a dit 14 heures, il est à présent 19 h 55, je suis dans les temps. DeLuca m'a dit que nous voyagerions par mer, et je sais ce qui va suivre. DeLuca m'a dit de le retrouver « dans la 31e Rue comme d'habitude », c'est pourquoi je me tiens près de la 97e Rue, près du pont, près de l'endroit où j'ai été récupérée le jour où j'ai tué ma sœur. Si vous regardez le cadran d'une horloge, le 3 est à l'opposé du 9, et le 1 à l'opposé du 7.

Quand il ne reste plus que trente secondes, j'enjambe les buissons et me retrouve sur un talus bétonné. Je suis prête. Je n'ai plus qu'à me laisser glisser sur la pente.

Deux voitures passent, puis une Volvo apparaît.

Elle ralentit.

La portière s'ouvre.

Je monte.

— Mettez-vous à genoux et sous la couverture.

J'obéis sans prononcer un mot.

Nous roulons un long moment. J'essaye de déterminer la direction et la distance en me focalisant sur les bâtiments et les lumières que je distingue à travers le tissu. Je sais déjà où nous allons, mais j'ignore par quel itinéraire.

— Ils étaient tout près, dit-il.

— Je sais bien.

La voiture sent le neuf. Je devine que nous roulons juste en dessous de la limite de vitesse. Le chauffeur veille à bien utiliser ses clignotants. Une Volvo comme il y en a tant dans le New Jersey.

Les lumières se raréfient.

Nous quittons l'autoroute et entrons dans ce qui semble être une banlieue.

Cinq minutes plus tard, nous ralentissons et nous nous arrêtons dans un garage.

Obscurité totale.

— Terminus, dit-il.

— Quoi ?

— Sortez.

- 49 -

Le garage est éclairé par trois néons et le sol est parfaitement propre. Il semble vitrifié, comme dans les hôpitaux.

Les murs et le sol sont couverts de bâches en plastique transparent.

L'homme de la voiture porte des gants en latex.

Un tonneau arbore des étiquettes signalant qu'il contient un liquide dangereux.

À l'autre bout de la pièce, un mur d'outils et d'appareils, tous attachés à un panneau, leur contour dessiné en blanc.

DeLuca apparaît et me tend une bouteille d'eau. Le bouchon est neuf. Elle n'a jamais été ouverte.

— Buvez. Si vous avez besoin de pisser, il y a un seau dans le coin.

Je fronce les sourcils et bois une gorgée d'eau.

— Qu'est-ce que c'est que cet endroit ?

— Vous n'êtes jamais venue ici. Vous n'y reviendrez jamais.

— Où suis-je ?

— Nulle part, dit-il en ouvrant le hayon d'un 4×4 Mercedes. Montez.

— À l'arrière ?

— Non. Dans la caisse.

Le véhicule contient une caisse en cuir noir, avec une étiquette indiquant le nom de son propriétaire et des trous d'aération.

— Dans la caisse ?

— L'autre est déjà au hangar. Deux boîtes jumelles. Vous aurez besoin de ça (il me tend un dictaphone) et de ça (un morceau de fourrure plié).

— Quoi ?

— L'Homme a deux chiens.

— Je suis au courant. Des saint-bernard ?

— Des bouviers bernois. Deux sœurs de la même portée. Krista est déjà à proximité du hangar, et cette caisse est celle de Milla.

Il m'explique que la méthode qui m'a permis d'aller de Londres à New York il y a une semaine, cachée dans une valise à roulettes, pourrait ne pas fonctionner cette fois. Trop risqué. Les aéroports ont renforcé leur sécurité. Il ne sait pas si c'est lié à la récente série de meurtres commis dans Manhattan, ou si c'est simplement l'administration qui durcit les règles. Nous employons donc une nouvelle méthode. Sur une ligne commerciale, ça ne marcherait jamais, mais pour un vol privé la solution de la caisse devrait convenir, si l'on compte aussi que James Kandee a deux employés de l'aéroport à sa solde. Évidemment, il ne leur a jamais versé la moindre somme, mais deux parrainages, pour que la fille de l'un puisse étudier à Brown et que le fils de l'autre soit admis à l'université de Pennsylvanie. Simple échange de faveurs : un passage à la douane facilité contre des études supérieures gratuites.

La caisse en cuir sur mesure, siglée Hermès, est plus spacieuse que la valise customisée dans laquelle j'ai voyagé la première fois, qui m'avait causé une crampe pendant la seconde moitié du vol et laissée endolorie pendant deux jours. Je portais une couche pour adulte, mais je ne m'en suis pas servie. J'ai l'habitude d'en mettre pour mes marathons de recherche. Ça ne me dérange pas. Je ne pèse pas plus lourd que le chien, semble-t-il. Et j'aurai la place de m'étirer un peu. DeLuca explique que les deux caisses répondent à des exigences très précises, avec des panneaux pleins et grilles d'aération, pour garantir que les chiens anxieux restent calmes durant le trajet. J'ai une bouteille d'eau munie d'une paille et une réserve à croquettes remplie de granola bio.

Avant que la Mercedes démarre, un autre homme vient chercher la Volvo dans laquelle nous sommes arrivés. Deux minutes plus tard, nous sortons du garage.

Être enfermée dans une caisse procure des sensations étranges. L'instinct humain - mon instinct - serait de hurler. De me débattre. Je me suis volontairement laissé emprisonner dans cette chose, le dictaphone dans une main, le morceau de fourrure dans l'autre, mais j'ai quand même envie de crier, de faire sauter le couvercle. Je tâche pourtant de rester aussi calme et silencieuse que possible.

— Testez les appareils, ordonne DeLuca depuis le siège du conducteur.

J'appuie sur le bouton 1 et le dictaphone se met à grommeler. Le bouton 2 donne un grognement différent, plus agressif. Les boutons 3 et 4 produisent des aboiements, l'un court, l'autre long. DeLuca soulève le panneau retenu par un velcro, devant lequel je place la fourrure.

— Bien, approuve-t-il. Des questions ?

— Vous avez récupéré mon argent dans la chambre ?

— L'Homme vous dira ça.

Pas très encourageant.

— C'est bon ?

— C'est bon.

Nous roulons une trentaine de minutes, puis nous garons à l'aéroport de Teterboro. Je ne vois rien, sauf quand j'ouvre un panneau dans la partie supérieure de la caisse.

Une fois arrivée dans le hangar, je referme le panneau et m'étends dans la boîte, mes sens en alerte maximale, mon doigt sur le bouton du dictaphone.

J'attends, j'écoute.

Mon haleine crée de l'humidité à l'intérieur de la caisse.

J'entends plusieurs voix masculines, puis DeLuca ouvre l'arrière de la Mercedes et décharge la caisse avec l'aide, je suppose, d'un autre type qui pourrait être James Kandee. Je n'avais pas remarqué que cette boîte a des roulettes intégrées. Ils la poussent en dehors du hangar, vers la piste, jusqu'à une autre caisse identique. L'odeur de chien de Krista se mêle à celle du cuir.

Elle grogne.

Les deux hommes sont rejoints par d'autres et j'entends des rires.

Puis le bruit de moteurs d'avion qui s'allument.

On parle à nouveau. Vérifient-ils le passeport de James Kandee ? Vérifie-t-on même quoi que ce soit dans un endroit comme celui-ci ?

Je sens qu'on donne un petit coup sur le côté de la caisse et déplie à nouveau la fourrure qui me fait penser à un poney, avec ses poils noirs, bruns et blancs. Je la plaque devant le panneau soulevé et j'appuie sur le bouton 1. Grognement grave. Dans sa boîte, Krista répond par un grognement similaire. Les hommes rient à nouveau. Un appareil de lecture optique émet un bip. Le panneau se referme.

— Belles bêtes, déclare un des douaniers.

— Ça, oui, répond une voix de petit garçon.

Une voix nasillarde. Celle de James Kandee.

J'actionne le bouton 2 pour un grognement plus long.

Nouveaux rires, puis les hommes laissent DeLuca hisser les deux caisses à bord du jet. Je suis propulsée à l'arrière de l'appareil, où se trouve la chambre privée du Gulfstream G650.

Je n'entends plus rien que Krista qui renifle et gratte le revêtement intérieur de sa caisse. Puis elle se met à aboyer lorsque les moteurs rugissent.

J'enfonce les ongles dans la pulpe de mes doigts, concentrée, pour ne pas m'évanouir d'effroi.

L'avion prend de la vitesse.

Krista aboie, hurle.

L'avion est dans le ciel, et je quitte définitivement New York.

- 50 -

Finalement, décoller alors qu'on est prisonnier d'une caisse à chien n'est pas aussi terrible qu'on pourrait le croire.

Je préférerais un siège confortable et une ceinture de sécurité, mais, contre toute logique, il y a quelque chose de rassurant à être confiné dans un petit espace. Je suis entourée de cuir de veau Hermès et la caisse est coincée entre le lit et le fuselage.

Une fois dans les airs, je bois un peu d'eau à la paille.

J'attends un long moment, qui me paraît durer des heures, avant d'entendre un bruit.

La porte de la chambre s'ouvre.

Le panneau se soulève et je vois son étroit visage glabre. Il me sourit, ouvre le couvercle et me tend sa main délicate. Je l'accepte, je me contorsionne pour sortir, puis je m'étire, pliée en deux pendant un instant avant de me redresser.

— J'ai l'impression que vous avez besoin d'un verre, Molly.

— Il n'y a pas de danger ?

— Ici ? Aucun. Le capitaine et le copilote travaillent pour moi depuis onze et sept ans respectivement.

Ils connaissent la musique, je vous l'ai dit la dernière fois. Ils ne sortiront pas du cockpit à moins d'avoir besoin des toilettes, qui se trouvent juste à côté. Ils ne pénétreront pas dans cette zone de l'appareil. Vous êtes en sécurité. Je vous en prie, venez.

Il me conduit jusqu'à la partie centrale de l'avion, où je retrouve le canapé, le vidéoprojecteur, les douze grands fauteuils en cuir crème frappés du monogramme JK sur les appuie-têtes. Exactement comme dans mon souvenir.

— La caisse à chien était-elle plus confortable que la valise, ou moins ?

— Bien plus. Le pilote a le plan de vol ?

Il acquiesce.

— Bon choix, Molly. Vous avez bien travaillé. En fait, les trois options que je vous proposais n'entraînaient aucun risque d'extradition, mais votre choix était le bon, sur le plan financier. Palmiers et vie facile.

J'ai fait mon choix quand la nouvelle de la mort de KT a été divulguée. J'ai contacté James Kandee et lui ai annoncé qu'il devrait m'aider, sans quoi il serait complice de meurtre. Il me fallait un plan de repli au cas où les choses tourneraient mal.

— Combien de temps avant l'atterrissage ?

— Nous y sommes presque.

— Les hommes de DeLuca ont-ils récupéré mon argent dans la suite du Ritz-Carlton ?

Il sourit et me désigne un fauteuil. Nous nous asseyons face à face.

— Non.

Je me relève aussitôt.

— Détendez-vous, Molly. Je vous en prie, asseyez-vous. Après la journée que vous venez de passer… Prenez un siège et laissez-moi vous expliquer.

Je m'assieds.

— Je vous sers quelque chose à boire ?

— Où est mon argent ?

— En réalité, c'est *mon* argent, mais je comprends votre inquiétude. Ils n'ont pas pu entrer dans votre suite, la police de New York y était déjà. Je suis désolé, je sais que vous étiez attachée sentimentalement à ce que vous y aviez caché.

— J'y avais caché trente-huit mille dollars.

Il glisse une main sous son siège et en tire une pochette en cuir noir. Assortie aux caisses à chien.

— J'ai arrondi à cinquante mille.

Il pousse la pochette sur la table et je l'ouvre.

— Cinquante ?

— Comptez si vous voulez, Molly.

Je feuillette une liasse de billets.

— Je vous fais confiance.

— Vous pouvez, après ce que j'ai fait pour vous. Bon, et ce verre ? Gin, whisky, champagne ? Je n'ai pas de steward, donc je vais vous servir moi-même.

J'hésite.

— Gin-tonic. Pas trop fort.

Il se dirige vers la kitchenette et prépare deux verres.

— Citron, citron vert, concombre ?

— Citron vert et glaçons.

Il termine et se rassied, déposant l'un des verres devant moi. Les bulles de l'eau gazeuse explosent sous mon nez et je me détends pour la première fois depuis très longtemps. La boisson est forte.

— Que se passera-t-il quand nous serons là-bas ?

— C'est simple. Milla est censée participer à un stage de dressage dans une station de bord de mer. À l'atterrissage, je sors de l'avion avec vous dans la caisse, vous serez emportée dans la zone des bagages de grandes dimensions, d'où l'on vous conduira à l'établissement que vous avez sélectionné, à une heure de l'aéroport.

Je dois rencontrer un marchand d'art au Grand Hôtel, acheter un dessin de Matisse, puis je reprendrai l'avion pour Saint-Kitts.

— C'est donc fini.

— Oui, Molly, c'est fini.

Je bois.

L'avion tourne vers la droite et je m'accroche d'une main au fauteuil.

— Tout va bien, dit James. Ces gars-là sont les meilleurs.

Je boucle malgré tout ma ceinture.

— J'ai une question à vous poser, Molly. Comment avez-vous vécu ces derniers jours ? Je suppose que vous n'avez pu parler de tout ça à personne. Comment cela vous a-t-il affectée, sur le plan psychologique ?

— J'ai fait le nécessaire.

— DeLuca me dit que vous avez châtié certains amis de Katie pour leurs mauvaises actions.

— Je ne vois pas de quoi il veut parler.

— Vous pouvez vous exprimer librement, Molly. C'est sans doute le seul endroit au monde où vous pouvez parler sans crainte. Je fais inspecter l'appareil avant chaque vol pour détecter d'éventuels micros ou dispositifs de surveillance. Il y a une chose que j'aimerais savoir. Pourquoi m'avez-vous menti ?

— Je ne vous ai pas menti.

— Vous avez exigé que je vous emmène à New York pour vous réconcilier avec votre sœur jumelle pendant que vos parents lui rendaient visite. Vous m'avez dit que vous n'aviez ni passeport ni argent.

Mon cou commence à me démanger.

— Mais vous aviez un passeport, Molly. Et vous ne vous êtes pas réconciliée avec Katie – c'est même tout le contraire.

— Ça ne s'est pas déroulé comme prévu. On ne peut jamais savoir comment les gens vont réagir.

— Foutre non.

Son ton ne me plaît pas. Je détache ma ceinture.

— Vous nous avez fait courir un risque inutile, Molly, à moi et à mon organisation. DeLuca et son équipe travaillent vingt-quatre heures sur vingt-quatre pour éliminer vos traces, afin que personne ne puisse établir de lien entre vous et nous.

— Je sais.

— Pourquoi avez-vous fait ça à votre sœur ?

— Je ne sais pas.

— Si, vous le savez. Que vous avait fait Katie ?

Je hausse les épaules.

Il secoue la tête.

— Par expérience, je peux vous dire que si vous n'en parlez pas, si vous ne l'extériorisez pas, cela va vous ronger jusqu'à ce que vous en ayez des tumeurs. Que s'est-il passé dans l'appartement de Katie cet après-midi-là, Molly ?

J'inspire profondément, puis je bois une gorgée de gin-tonic.

— C'est une très belle montre que vous avez, dis-je.

Il paraît confus un instant, les yeux baissés sur son poignet gauche.

— C'est une vieille Rolex. Elle appartenait à un pilote de course. Je l'ai remportée à Genève.

— Je sais. J'ai assisté à cette vente aux enchères.

— Non, Katie y a assisté.

Je trempe le bout de ma manche dans mon verre et j'essuie mon sourcil. Kandee se décompose lorsque mon maquillage fond et que la cicatrice reparaît.

— Qu'est-ce que... ?

— Oui.

— Katie ?

Je tire de ma chaussette le briquet en forme de revolver calibre 38 que j'ai acheté dans un magasin de souvenirs et je le braque calmement vers sa poitrine.

Il déglutit.

— Ne faites rien de stupide, Molly.

— Katie. Je m'appelle Katie.

Il plisse le front.

— Que vous ai-je murmuré à l'oreille quand j'ai remporté cette montre aux enchères ?

Je souris.

— Vous avez murmuré : *Un jour, Katie, cette montre sera à vous.*

Il reste bouche bée.

- 51 -

— Vous ?

— Moi.

Il secoue la tête, puis fixe mon arme.

— Ne me tuez pas. Je peux vous procurer plus d'argent, mais ne me tuez pas, s'il vous plaît.

— Faites exactement ce que je vous dis et rien ne changera dans votre vie parfaite. J'en ai assez de votre argent, de votre parrainage, de vos forfaits secrets, de vos conditions, de vos exigences quant à la façon dont je dois m'habiller pour vous accompagner à l'opéra ou la façon dont je dois vous regarder quand nous dînons avec vos amis en Italie. J'en ai assez de votre fondation. (Je sens que mon visage rougit.) Assez des livraisons, assez des hommes en costume noir qui me poursuivent dans une demi-douzaine de pays à cause de mes liens avec vous et avec le Projet H. Assez de Bogart DeLuca, de Peter Hill ou du nom qu'il portera le mois prochain. C'est fini.

— Tout ce que vous voudrez. (Ses mains sont à la hauteur de ses joues.) Mais posez votre arme.

Je ne l'écoute pas.

— Putain, vous avez emmené Molly à New York pour qu'elle me tue. Qu'est-ce que j'avais fait pour mériter ça, James ?

— Je ne savais pas qu'elle venait vous tuer ! Elle a dit qu'elle voulait se réconcilier, tourner la page, prendre un nouveau départ avec vous.

Mes yeux s'étrécissent.

— Elle a dit qu'elle ne pouvait pas se payer le vol. J'ai proposé de lui acheter un billet pour un vol commercial, mais elle a prétendu ne pas avoir de passeport, et elle tenait à vous voir de toute urgence. Elle savait ce que nous faisions, Katie. Je ne sais pas comment, mais elle savait. J'étais forcé de l'aider.

— Vous mentez.

— Je dis la vérité.

— Vous l'avez emmenée de son petit studio minable à Londres jusqu'à mon appartement.

— Je suis désolé.

— Ce jour-là, elle a en effet commencé par tenter de renouer avec moi. Elle m'a présenté ses excuses pour avoir surréagi quand je lui ai dit que je m'installais à New York. J'ai écouté. Elle avait le sentiment d'être toujours celle qui n'arrivait à rien et qui cassait les pieds de tout le monde. Comme si elle n'avait pas reçu autant de bons gènes que moi avant la naissance, des conneries dans ce goût-là. Elle en avait assez d'être sans cesse comparée à moi, sans cesse méprisée. Puis je suis partie pour les États-Unis.

— Elle était vulnérable.

— Non, dis-je en vidant mon verre. Molly n'était pas vulnérable. Putain, elle était dangereuse. Cinglée, coupée de la réalité. C'est moi qui courais un risque. À cause de son tempérament excessif. Si quelqu'un était vulnérable ce jour-là, c'était moi. Parce qu'elle était dans mon appartement.

— Que s'est-il passé ?

Je maintiens le revolver dirigé vers sa poitrine.

— Elle a parlé, j'ai écouté. J'étais assez ébahie de la voir se pointer à l'improviste. On a bu du thé, on a bavardé. Une vraie conversation comme quand on était gosses. Elle m'a raconté comment elle était venue, le voyage jusqu'à New York, comment tout ça avait été combiné, combien vous l'aviez *aidée*, et qu'elle repartirait le soir même avec vous, que vous la preniez en voiture dans Central Park. C'était la chose la plus excitante qui lui soit arrivée depuis des années. Elle m'a raconté que vous utilisiez notre code d'enfance dans vos courriels. Nous avons même parlé ensemble en code pendant quelques phrases, jusqu'au moment où nous avons éclaté de rire tellement c'était dingue. Et puis nous avons toutes les deux pleuré. Passant du rire aux larmes. Je ne sais pas ce qu'elle éprouvait, mais moi, j'ai eu un sentiment de perte. Une proximité impossible changée en distance. Pas une distance simplement physique, mais aussi affective. Après le thé et les larmes, nous étions toutes les deux épuisées. J'ai suggéré une sieste avant le dîner. Elle a pris le canapé et moi, le lit. Mais je savais que quelque chose n'allait pas du tout. Je ne sais pas comment, un genre d'intuition. Je me suis reposée, mais je n'ai pas dormi.

— Elle a voulu vous attaquer ? demande-t-il en remuant sur son siège.

— Si vous bougez, je vous mets une balle dans le ventre. Une mort lente et douloureuse. Oui, James, Molly a essayé de m'attaquer. Elle a attendu le moment où elle me croyait endormie. Nous dormons toutes les deux de la même manière : sur le dos, le visage vers le plafond. C'est une posture rare. Je l'ai entendue s'approcher et mon pouls a accéléré. J'ai pensé qu'elle allait me poignarder ou m'injecter quelque chose dans le corps. Mais elle a pris l'oreiller et l'a soulevé au-dessus de moi. Elle était de marbre. Elle n'avait pas l'air malfaisante, juste inexpressive. Elle a baissé l'oreiller vers moi, et je l'ai repoussée d'un mouvement rapide. Je suis nageuse, pas elle.

Elle voulait peut-être simplement se coucher à côté de moi. J'y ai pensé par la suite. Mais son expression indiquait tout autre chose.

J'ai fini par accepter ce que j'avais fait. Je sais au fond de mon cœur qu'elle était chez moi pour me tuer. Elle ne me supportait plus, elle voulait que je disparaisse.

— Je ne peux pas croire que ce soit vous. Où avons-nous séjourné à Monaco, pour le Grand Prix ?

— La première nuit à l'Hôtel de Paris, la seconde sur le yacht de votre ancien camarade de classe, le *Lunar*.

Il secoue à nouveau la tête.

— Votre cicatrice au sourcil ?

— J'ai dû employer beaucoup de force pendant qu'elle se débattait, ça a été plus long que je l'aurais pensé. J'ai maintenu l'oreiller en place un bon moment alors qu'elle ne bougeait plus. Alors je lui ai dit bonne nuit.

J'ai suffoqué toute ma vie. Elle n'a subi cela que quelques minutes.

— Mais la cicatrice ?

— Je lui ai arraché une ligne de poils pour qu'elle me ressemble. J'ai avalé les poils en question.

— Et vos parents n'ont rien remarqué ?

Je caresse le canon de mon revolver de l'index.

— Quand ils l'ont trouvée, elle ne se ressemblait plus. Elle avait les yeux très rouges à cause des vaisseaux éclatés, la peau blanche. Le visage affreux. Mais elle était en paix. Elle était venue m'achever et j'ai inversé la situation. Légitime défense. Parfaitement justifiable.

Elle m'étouffait depuis l'enfance. C'était un poids sur moi. À cause d'elle, je me sentais coupable de vivre pleinement ma vie. Depuis toujours, elle me volait mon énergie, elle exigeait l'attention de nos parents, elle les obligeait à s'inquiéter tous les jours pour elle : chantage affectif pour être sûre qu'ils la maintiendraient en vie. Elle exigeait des choses de moi depuis l'autre côté de l'Atlantique, alors je prenais mes distances, je l'ignorais, je protégeais ma vie, sachant que chacun de mes actes alimenterait son angoisse. Un jumeau identique est dans une position privilégiée pour mener ce jeu-là. Le degré de confiance est inimaginable pour la plupart des gens.

— Je vous donnerai plus d'argent, mais laissez-moi partir. (Il transpire, je vois que ses mains tremblent.) Prenez l'avion, prenez les pilotes.

— Je ne veux ni de votre avion ni de vos pilotes. Je veux disparaître pour de bon.

Il fronce les sourcils, il ne comprend pas le concept. L'identité de James Kandee est tellement associée à ses fondations, à son action humanitaire et aux hôpitaux baptisés au nom de ses ancêtres. Il *est* son compte Instagram.

Nous ne savions jamais ce que nous devions livrer. Certaines filles soupçonnaient qu'il s'agissait de pièces de collection : bijoux dérobés, objets d'art perdus et impossibles à revendre sur le marché. Une fille de Yale avait une théorie concernant une nouvelle drogue expérimentale : un psychotrope indétectable et sans danger, consommé uniquement par les milliardaires.

Peu importe. Tout ce qui compte, c'est que ce soit terminé.

— Je veux une vie normale, pour le temps qu'il me reste. Selon les statistiques, les jumeaux identiques meurent à deux années d'intervalle l'un de l'autre. Je veux au moins deux années normales.

— Vous croyez que c'est possible ? Après ce que vous avez fait ?

Je sens un frémissement lorsque le train d'atterrissage se met en place.

— Chaussures !

Il enlève ses baskets puis commence à ôter ses chaussettes.

— Gardez vos chaussettes et vos sous-vêtements. Entrez dans la chambre.

Il n'oppose aucune résistance pendant que j'utilise un morceau d'adhésif pour lui fermer la bouche et lui ligoter les chevilles et les poignets. Il ne proteste pas quand je l'enferme dans la caisse Hermès. Il paraît même plutôt soulagé.

J'étais nerveuse à l'idée d'entrer en territoire américain avec le passeport inutilisé de ma sœur. Je craignais que les empreintes ne déclenchent une alarme. Mais le service de l'immigration n'a fait aucune difficulté.

— Il ne faudra jamais essayer de me retrouver. Vous savez de quoi je suis capable.

En vérité, si je le tue, ses équipes me pourchasseront. Je devrai constamment surveiller mes arrières. Or James tient toujours parole. Je n'ai pas pitié de lui, je me défends.

— Je vous laisse en vie. Règlement total et définitif. C'est terminé.

Il me fait signe qu'il est d'accord.

Je n'ai pas encore décidé ce qu'il adviendrait de Bagby. Le choix le plus sage serait de le laisser s'autodétruire. Je crois qu'il le fera. Mais, si je m'ennuie, j'envisagerai de hâter sa chute. Il y a des moyens d'attaquer anonymement une chaîne YouTube. Sans jouer les trolls, sans publier une unique vidéo censée dégoûter ses fans, mais par une véritable campagne. Une guerre.

Avant de refermer la caisse à chien, je retire de son poignet la Rolex Daytona Paul Newman 1969. Je me rappelle combien il l'a payée. À quel point ce modèle est rare.

La vue depuis l'avion est spectaculaire. Palmiers et bâtiments blancs.

J'enfile les habits de James et me coiffe de sa casquette de base-ball. Nous avons presque la même taille, la même carrure. Je chausse ses lunettes de soleil. J'attache sa Rolex.

Enfants, Molly et moi jouions à échanger nos identités. Pour surprendre nos parents. Pour voir si nos amis le remarqueraient. Molly ne savait peut-être pas que je suis aussi efficace qu'elle en matière de recherches. Nous n'étions pas si différentes, de ce côté-là. Pour que le jeu fonctionne, il suffisait d'y croire nous-mêmes. D'habiter vraiment le rôle. C'était assez palpitant. Il fallait *penser* comme l'autre. J'ai appris d'un policier retraité, qui avait vécu pendant des années en planque dans un gang de motards. Sa vidéo m'a enseigné que, pour ne jamais être démasqué, il faut se dépouiller momentanément de sa propre personnalité. Il faut s'entraîner à penser comme l'autre. Je devais lire mes propres courriels sur FortressMail avec des yeux innocents. Les yeux de Molly. L'historique de recherche avait une importance cruciale. Je savais que, si la police fouillait dans mes archives numériques, elle trouverait ce que Molly aurait logiquement cherché. Je réfléchissais comme elle l'aurait fait. Je devais imaginer chaque détail de ce qu'elle ressentirait lors du vol retour. Créer ces faux souvenirs. Même enfants, quand nous jouions, nous savions qu'il fallait s'investir à fond.

La porte s'ouvre, mais les pilotes restent dans le cockpit, conformément aux ordres.

Molly croyait tout savoir sur moi, mais elle me connaissait à peine. Je *sais* que je savais tout sur elle.

Je fais rouler vers la porte la caisse contenant l'Homme, puis je recule pour laisser le manutentionnaire s'en charger.

— Bon vol ?

Je hoche la tête depuis l'intérieur de la cabine.

— Votre voiture vous attend, monsieur.

J'attends qu'il soit parti, puis je descends les marches, seulement munie de ma pochette en cuir bourrée de dollars usagés. Quand je donne le signal aux pilotes, je vois ma Rolex briller sous le soleil équatorial. Ils la voient aussi.

J'entre dans ma nouvelle vie.

Imaginez. Vous savez qu'il existe sur terre une autre version de vous-même. Une manifestation physique de toutes vos faiblesses, de tous vos pires traits de caractère. Un rappel constant de ce que vous pourriez devenir.

L'air est brûlant.

Un jour, je ferai venir mes parents ici, nous habiterons ensemble une maison modeste et nous jouirons modestement de quelques années ensemble. Ils ne seront plus accablés par les dettes et les mauvais souvenirs, la plupart liés au fait qu'ils ont consacré tellement de temps à s'inquiéter pour Molly. Je pense que mes parents aspirent à cette nouvelle situation même s'ils auraient peur de l'admettre. Maman connaîtra à nouveau la joie. Je ne serai jamais un fardeau comme l'était Molly. Je ne leur ferai jamais subir ça.

Nous avons eu trois minutes ensemble après ma naissance. Trois minutes parfaites. Voilà ce que nous allons retrouver.

Je grimpe à l'arrière de la voiture tandis que la caisse à chien est emportée vers le terminal. J'ai mon briquet dans ma poche, au cas où.

Nous vivrons ici, rien que mes parents et moi. Je leur raconterai peut-être que Groot a acheté mon silence. Ils auront du temps pour moi. Nous ferons des choses ensemble. Nous partagerons de bons moments.

Les trois Raven. Les trois corbeaux, en anglais.

Sans ajout.

Sans doublon.

La famille idéale.

Remerciements

Quand j'étais enfant, dans les Midlands, j'étais timide et maladroit. J'avais souvent l'impression d'être un intrus observant une autre espèce. J'observais sans participer. J'essayais de comprendre les enfants autour de moi. J'essayais de comprendre le monde. Cela n'a pas tellement changé. Je n'aurais jamais pensé devenir écrivain. Très tôt, j'ai trouvé un grand réconfort dans la fiction, je m'évadais grâce à la lecture. Dans ma famille, on lisait peu. Il n'y avait pas de livres chez nous. Mais j'ai eu de la chance. Ma mère m'emmenait à la bibliothèque itinérante et j'empruntais autant de livres que je pouvais en porter. Elle était occupée, fatiguée, et je lui serai toujours reconnaissant de m'avoir permis de découvrir tous ces univers imaginaires.

Le timide petit garçon britannique est maintenant un barbu de quarante-deux ans qui vit loin de tout dans une forêt suédoise. Je le répète, je n'aurais jamais pensé devenir écrivain – je ne croyais pas cela possible pour quelqu'un comme moi. Je suis la première personne de ma famille à avoir continué l'école après l'âge de seize ans. Le premier à être allé à l'université. C'est seulement après la trentaine que j'ai eu assez confiance en moi pour me mettre à écrire. Jusque-là, je me contentais d'être un lecteur, et cet aspect de ma personnalité reste au centre de ma vie. Je suis lecteur avant tout. Je ne peux me passer de cette sensation que j'éprouve en plongeant la tête la première dans un récit. Je remercie donc les auteurs que j'ai lus. Ils ont façonné mon écriture. Je leur dois beaucoup.

Je remercie du fond du cœur Jo Dickinson, chez Hodder, qui a pris un risque avec moi, qui m'a aidé à améliorer chacun de mes livres. J'ai une dette envers Jenny Platt, Alice Morley, Sorcha Rose, Nick Sayers, Dominic Gribben et toute l'équipe de Hodder. Un grand merci à mes relecteurs et correcteurs d'épreuves, qui font un travail formidable.

Et puisque je parle de prendre des risques, je voudrais aussi remercier mon agent littéraire, Kate Burke, chez Blake Friedmann, pour avoir tiré mon manuscrit d'une pile il y a des années. Merci aussi à Isobel Dixon, Conrad Williams, Julian Friedmann, James Pusey, Hana Murrell, Lizzy Attree, et toute l'équipe de BF.

En Amérique, j'ai la chance de travailler avec Emily Bestler chez Atria/Emily Bestler Books. Je lui suis reconnaissant, ainsi qu'à Lara Jones, David Brown, Maudee Genao et toute l'équipe de Simon & Schuster.

Merci à tous mes éditeurs et traducteurs internationaux.

Merci à *vous* d'avoir pris le temps de lire ce livre. Cela me fait grand plaisir.

Enfin, mon amour et mes remerciements pour ma femme et mon fils. Et mon saint-bernard. Et mon chat forestier.

Composition et mise en pages
Facompo à Rouen

#lisez engagé !
www.lisez.com
Pour plus d'information :
Imprimé sur du papier issu de forêts gérées durablement.

CET OUVRAGE
A ÉTÉ ACHEVÉ D'IMPRIMER
SUR ROTO-PAGE
PAR L'IMPRIMERIE FLOCH
À MAYENNE EN FÉVRIER 2024

N° d'impression : 104172
Imprimé en France